窟野河

亚东 著

陕西新华出版传媒集团
太白文艺出版社

图书在版编目（CIP）数据

窟野河 / 亚东著. -- 西安：太白文艺出版社，2016.1（2023.2重印）
ISBN 978-7-5513-0922-6

Ⅰ.①窟… Ⅱ.①亚… Ⅲ.①长篇小说－中国－当代 Ⅳ.①I247.5

中国版本图书馆CIP数据核字(2016)第004961号

窟野河
KUYE HE

作　　者	亚　东
责任编辑	申亚妮　刘　涛
封面设计	可　峰
版式设计	高　薇
出版发行	陕西新华出版传媒集团 太白文艺出版社
印　　刷	三河市嵩川印刷有限公司
开　　本	787mm×1092mm 1/16
字　　数	230千字
印　　张	15.5
版　　次	2016年1月第1版
印　　次	2023年2月第2次印刷
书　　号	ISBN 978-7-5513-0922-6
定　　价	46.00元

版权所有　翻印必究
如有印装质量问题，可寄出版社印制部调换
联系电话：029-81206800
出版社地址：西安市曲江新区登高路1388号（邮编：710061）
营销中心电话：029-87277748　029-87217872

一

快要初中毕业了,高家河乡中学的文艺骨干高光亮要在毕业晚会上给大家朗诵一首诗歌,这是一首当代知青诗人叶延滨的《驮炭的毛驴走在山道上》。

高光亮天生一副唱信天游的亮嗓门儿,在他想来,也许这次表演就是他人生中最后一次演出,原因是以后回到黄土地当上了农民,也就没了这个兴致。初中一毕业同学们就各奔东西,一部分同学要到县上念高中,而更多的同学则要回家种地,从此过上农民的日子。自己属于后者,因为家里太穷,没有闲钱供他继续完成学业,何况他是独生子,眼瞅着一天天长大,成了家中的壮劳力,他必须得回到家里为父母分担一些农活。

父亲高扬成近些日子也在话里话外地表露出让他回去的意思,父亲说:"你爷爷养育了三个儿子,你二爸高扬国早亡,你三爸高扬威一生不能生养,高家河村咱们这一脉到了我这一辈儿上人丁不旺,你是咱这一脉的独苗苗,回来安安生生地种庄稼比做甚都强。"

高光亮明白,父亲的意思是让他早点儿回去娶妻生子,为高家这一脉传宗接代。

一路走来,满脑子里想的都是烦恼的家事,嘴里却在反复背诵着那首诗歌,其实,他早已把它记下了,为了保险起见,他还是要不断地重复记忆。

道路有道路的性格:坑洼。
毛驴有毛驴的性格:疲沓。
我的性格,
走山路爱唱歌,
一张脸厚不怕嗓子哑!

窟野河

……
道路坑洼，毛驴疲沓，
咱偏不唱"断肠人在天涯！"
苦日子，吹醒发昏的脑瓜，
感谢你，陕北，穷家！

这最后一句的原文是"延安，穷家！"他自作聪明地把它改成了"陕北，穷家！"他觉得，这样更符合他此时的真实心情。

听到后面有人叫："光亮哥。"

他回头看去，是同村的毛女子刘粉花。粉花和他是同级不同班的同学，两个人都住在高家河村。于是，光亮便站住等她。粉花身材高挑，脸庞白皙，有着陕北人特有的高鼻梁和深眼窝。据说，有这样长相的人属于匈奴的后裔，也有人说，是北宋时期党项族羌人的后代。粉花和他一样也是年级里活跃的文艺骨干，能扭几下秧歌，和他经常在学校举办的文艺晚会上一起演出，他们彼此熟悉，说话也较为随便。

粉花走上前来说："光亮哥，我们班打算出一个《兄妹开荒》的节目，我演妹妹，大家一致推荐你来演哥哥。"

光亮说，他还要上台朗诵诗歌，怕没时间。

粉花道："误不了事的。我都在我们班同学面前夸下了海口，说你一定会帮这个忙的。"

光亮想了一想，最终还是点头应承了下来。

"青线线来蓝线线，
蓝格英英的采呀……"
"挎洋枪，骑白马，
当红军的哥哥回来啦……"
"解放脚走起来一阵风，

大辫子剪成个齐刷刷……"
老驴，破筐，少年，
虽也似"古道西风瘦马"，
这心境偏偏潇洒，
——像走入黄胄的风俗画！
这路，走过赤卫队的兵马；
这筐，装过保育院的娃娃。
莫非扛梭镖的父辈也唱这些歌，
声音山路录下，
心劲山沟留下，
儿子来走，踩着录音机的闸?!
拾野菜的光屁股娃，
听愣了，荆条篮子滚下山崖。
"这知青哥哥疯啦，
还唱哩，穿一件露肉的褂……"
山道上有一个赶驴的少年，
天苍苍地茫茫，一幅千年古画。
不对，扎白羊肚手巾的脑袋里——
装着哥白尼、司汤达，
施特劳斯《蓝色的多瑙河》，
黑格尔的辩证法。
……

  毕业晚会上，高光亮在台上富有激情的男中音朗诵，引来台下同学们的阵阵掌声。粉花静静地站在戏台一侧，她两眼放光，脸庞绯红，想着自己马上就要和光亮哥同台演出，她的内心既激动又紧张。她为光亮哥的激情表演在同学面前赢得阵阵掌声而高兴，同时，又怕自己会忘记台词尴尬地站在台上难堪。她一遍遍地在心里默诵着台词："人家英雄是人家的功，自己的眼发红，又有个什么用。人人都能把劳动英雄来做呀咳，今年的生产，要更加油来更加劲来……"

轮到她和光亮上台演出了，粉花的心一下子加剧地跳动起来。光亮唱道："雄鸡雄鸡高呀么高声叫，叫得太阳红又红，身强力壮的小伙子，怎么能躺在热炕上做呀懒虫。扛起锄头上呀么上山岗，山呀么山岗上，好呀么好风光，我站得高来看得远来么依呀咳，咱们的家乡到如今成了一个好呀地方……"

她竟然忘记了在一旁扭秧歌，只是傻呵呵地站在那里看着他唱。看到粉花站在那里没有动静，光亮一边唱，一边伸手拽她，示意她跟着自己一块扭起来。在光亮的带动下，粉花的四肢逐渐开始扭动了起来，她很快便忘记了台下的观众，全身心地投入到了演出中。

二

一阵大风吹来，漫山遍野掀起黄沙，远处的山洼和起伏的山丘顷刻间消失在一片混沌之中。

高光亮眯起细长的眼睛，嘴里一边喊着头羊的名字"提溜，提溜"，一边把鞭子甩得啪啪山响。他大声吆喝着他的羊群到窟野河畔的一处山洼里，以躲避这场突如其来的沙尘暴。

"一只、两只、三只……"他一边数着羊，一边眯着细长的双眼，向不远处的硷畔（崖畔，陕北方言）上瞭望。大约一顿饭的光景，风沙过去了，四周静悄悄的，仿佛时间在这一刻停止了转动，唯有千年不变的窟野河水在他的脚下潺潺流淌。他向远处看去，在一望无际的陕北北部高原与毛乌素沙漠边缘接合地带，一簇簇沙柳成排竖立在土黄色的沙漠中，与高光亮眼前洁白的羊群组成一幅雄浑而凄美的壮丽风光。高光亮数完最后一只山羊，不多不少正好十三只。于是，他把羊群一直吆到山坡上，放下拦羊铲，坐下来歇息一会儿。这时，听到远处山洼里传过来三爸高扬威嘹亮的信天游歌声：

走头头的那个骡子哟，

　　三盏盏的那个灯，

　　哎哟戴上了的那个铃子哟噢，

　　哇哇的那个声……

　　高光亮躺在被阳光晒得发烫的阳坡坡上，听着三爸那嘶哑而略显沧桑的信天游歌声，脑子里便有了青春的冲动，粉花的身影开始在他的眼前晃动。这让他微微闭上双眼，脑海里再次闪现无数次出现过的那个身材苗条、脸庞白皙、胸部丰满的毛女子来。

　　微风扬起细小的黄沙，灼烫刺眼的阳光懒洋洋地晒在他的身上，灼热与温暖让他的欲望从身体里面冒出青春的萌动。于是，他坐了起来，随手捡起一块沙土，抛向一只离开羊群跑到远处窟野河岸的白绵羊。

　　白脖子的那个哈巴哟朝南了的那个咬，

　　哎哟赶牲灵的那个人儿哟噢过来的那个了……

　　三爸的歌声再次传了过来，撩拨着他，这让他的心跳一紧一紧地憋得难受。他努力改变着自己的注意力，拾起一块沙土再次砸向那只白绵羊，白绵羊受到了惊吓，掉转身子跑回了羊群中。然而，让人挥之不去的歌声照旧在窟野河岸边回荡着，粉花那苗条的身材、白皙的脸庞、丰满的胸脯……

　　正当高光亮百无聊赖，难解思春之苦时，猛然间，在河的对岸，他看到一队公家人手里举着一杆红旗向这边走来。能够判断出他们是公家人，是因为他看到这群人手里拿着各式各样他从来没有见到过的测量工具。这群公家人来到窟野河的崖畔上，把手中的红旗插在沙窝里。起先，他们用尺子丈量着那片沙地，后来又三个一群、两个一组地分头忙碌起来。

　　高光亮很是好奇，这荒无人烟的大沙地上能有什么宝贝？于是，他胆怯地一

窟野河

点一点向离他最近的一个公家人靠拢过去，在看了一会儿以后，高光亮壮起胆子小声地问那个正在忙碌着的公家人：

"大哥，你们这是在做甚呢？"

那个公家人抬起头看了一眼脸膛儿黑红、衣衫褴褛的高光亮，笑着回答："勘探。"对方一口标准的干部腔，让高光亮心头一亮。当地人把普通话叫干部腔，在他的印象中，能说一口标准干部腔的人，一定是从大地方来的公家人。

"勘探甚？"看到对方和蔼的表情，高光亮大着胆子追问。

"煤。"

"煤能做甚？"

"煤可以取暖，可以发电……"公家人看了看衣衫不整的高光亮，继续微笑着说，"还可以做衣服。"

煤能做衣服？这让高光亮着实不敢相信，但看到对方一本正经的表情和一口流利的干部腔，不像是和他开玩笑。他的脑海里只是傻呵呵地想，煤能做衣服？在他有限的人生经验里很难解开这个扣。

看到高光亮愣在那里的表情，公家人又一次和蔼地笑了笑，说："小老乡，来帮我们干活吧，一天给你一块五毛钱。"

天啊，干一天活就能挣一块五毛钱，这让高光亮想都不敢想。在他的记忆中，有一次看到父亲从集市上回来，在羊皮大袄里掏出一把毛票，说是今天运气好，一驴车柳条筐卖了个好价钱，他目睹了母亲一张一张地数着那些毛票，一毛、两毛、三毛、四毛，厚厚的一摞毛票一共数了一块八毛钱，那是他一家三口人没明没黑编了一个月红柳条的收入哩，也是他平生第一次看到那么多的钱。今天真个是遇上财神爷了，帮着公家人做一天的活就给一块五毛钱。

想到这里，高光亮激动得声音发颤："能行，能行，你让我为你做些甚活？"

公家人说："帮我把这些工具扛在肩上，我走到哪儿，你就跟着我到哪儿。"

就这样，高光亮跟着这些公家人一连干了三天，挣了四块五毛钱。

三天后，公家人走了。临走时，那个公家人问高光亮："你挣下这四块五角钱打算干什么？"高光亮不假思索地回答说："到县上美美吃上一顿羊肉面，再到乡供销社给粉花买一条绿围巾，剩下的拿回家补贴家用。"

提到粉花，高光亮略微显得有些羞赧。公家人看出来了，问："粉花是你的相好吧？"

高光亮抠着手指甲小声说："现在还不算是相好。"他的这一句回答引来公家人的一片笑声。

又有一个公家人逗他说："你娶了媳妇打算做甚？"

高光亮认真地想了想说："放一大群羊再养活一群儿女。"

公家人再一次哄堂大笑。

高光亮在心里盘算，有甚好笑的，生儿育女、放羊种地、养家糊口是天经地义的事情，你们这些公家人难道连这个道理也想不明白吗？

在送走了公家人的当天，高光亮拿着他人生中第一次挣下的四块五毛钱，走了一下午的沙石路来到了高家河乡街道钟楼旁的供销合作社。在供销合作社里，他花了一块三毛钱，给他心仪已久的粉花买了一条绿底衬着暗花的绸子围巾，想象着当自己亮开歌喉像三爸那样高唱着信天游，把这条漂亮的绸子围巾围在粉花细白的脖颈上，再把围巾的两头一前一后搭在她高高耸起的胸脯和直溜溜的后背上，欣赏她羞红的面颊的场面时，高光亮的内心就有了想立刻和粉花结婚过日子的念头。一想到结婚，他的兴奋和冲动便稍稍有了一些暗淡，四块五毛钱似乎离村里人家办喜事的摊场还差得很远。于是，他想到了挣钱，只有挣下钱才能娶到粉花。此时此刻，在高光亮的内心深处，粉花早已是他的媳妇了，尽管自己还没有像三爸在歌子里唱的那样和粉花拉过手手、亲眼亲过口口。

三

粉花一大早起来走出院落，太阳还没有露出东边的沙丘，母亲艾玉琴早已在灶上熬上了豆钱钱饭，院落里到处飘着豆钱钱和小米的清香。

她拿起锄头，沿着窟野河畔父亲和哥哥们走过的那条羊肠小路，向自家的自留地里走去。她寻思趁着上午时间，挖一袋子土豆背回来，下午为一家人做一顿洋芋擦擦熬南瓜粥饭吃。

对于窟野河畔的庄户人家来说，几千年来一直遵循着这样一条规律，一天只吃两顿饭。清晨天不明起来趁着清凉下到地里劳作，一直到上午九点光景，回来吃早饭；吃罢早饭继续到地里劳作，下午四点钟收工，回到家里吃晚饭；吃罢晚饭，一天的劳动算是结束了，晚上便早早熄了煤油灯歇息下来，等待明天的继续劳作。这样周而复始地度过每一天。

千百年来，这里的人们从来没有想到过他们的生活会有什么改变，即使是在血雨腥风的战争年代，他们依然坚守着这块贫瘠的土地。农民嘛，离开了土地还能叫农民？他们世世代代固守着"一亩地两孔窑老婆孩子热炕头"的俗语，传承着千年不变的农耕文明。

沿着弯曲熟悉的乡间小路，迎着前方渐渐变淡的红色朝霞，粉花掮起锄头，左手臂弯搭着一个尿素编织袋，快步走在窟野河边柔软而细腻的沙土地上。

此时，高光亮手里拿着那条好看的绿色围巾，早已焦急地等待在河边转弯处的圪梁梁下了，那儿是粉花每天下地劳动必经的地方。

一整夜的兴奋，让高光亮这个荷尔蒙正盛的年轻后生，只是在黎明时分，才浅浅地在土炕上眯了一会儿，现在看上去，他的眼睛里还残留着一缕血丝，那些血丝在朝霞的衬托下若隐若现。

当看到粉花苗条的身影出现在不远处的碥畔上时，高光亮的心一阵紧似一阵地跳动，那怦怦心跳的声音仿佛让他的耳膜有了嗡鸣的感觉。对粉花的暗恋已久，然而真正面对面地送她围巾，这让他吃不准会不会被她拒绝。

"管尿他呢，豁出去了。"

他在心里暗暗下着决心。粉花苗条而性感的身影越来越近，高光亮的勇气随着粉花的临近开始动摇。他的白脸蛋涨得通红，却怎么也张不开口，他在心里暗骂自己真是个废物，可是骂归骂，张不开口还是张不开口。

粉花早已看见他了，走近了看到他脸蛋通红，以为他病了，就关心地问了一句："光亮哥，你咋了？"

这一声关心的问候，给粉花的形象增添了更多的温柔，高光亮像服下一粒安定药般恢复了平日的神态。

他稳了稳心神，却说出了一句与今天的行动无关痛痒的话来："你，你下地嗑（去，陕北方言）了？"

望着高光亮略显尴尬的表情和他那一双柔情似水的眼睛，粉花的心头咯噔一下，她想起前些日子光亮哥对她说的那句玩笑话来。

那天，两个人在村头相遇，光亮哥看到她后，当着村里的几个年轻后生的面，半开玩笑半认真地说："你看粉花妹子那粉嘟嘟的脸蛋，越长越像大姑娘了，谁要是寻下了这样的婆姨，一辈子都好受。"

高光亮当着大伙儿的面对她的夸奖，惹得几个年轻后生嗷嗷地在那里起哄，粉花心里很受用。女孩子被人夸长得漂亮，自然是心里面甜甜蜜蜜，何况，她对光亮哥并不讨厌，甚至有些喜欢他高大魁梧的男子汉形象。

于是她红着脸笑着回答道："光亮哥，老拿人家开玩笑。"

"光亮哥，叫得好甜哟！"几个后生再次起哄。

粉花没想到，自己顺口说出的儿时称谓被人抓住了话把儿，于是羞红了脸庞迅速跑开了。现在想来，那天无意间说出的话语，难道是自己的真实想法？这样想来，一句儿时"光亮哥"的称谓就有别的意思在里面了。

当两个年轻人的心思都想到一处时，便没有了往日的率性，站在圪梁梁下的两个人都涨红了脸，却又都不知道该给对方说什么。

恰在此时，粉花的老子茂雄老汉掮着锄头从自家的自留地里往回走，他盘算着今年播种的种子钱该从哪儿出？寻思卖了家里的那头伢猪，可又有些舍不得。想到年前五弟媳妇从县城里来给粉花说下的人家，听五弟媳妇说，男方是吃商品粮的，前些年死了婆姨，打算花重金续弦，要求只有一个，就是必须要对他前妻留下的孩子好。要是茂雄老汉能够答应，聘金先给八百。五弟媳妇还说："男方的家庭条件非常好，父母也都是吃商品粮的公家人，粉花要是嫁了过去，以后吃香喝辣由着她。"

后来听婆姨艾玉琴说，男方的娘和五弟媳妇沾些亲戚关系，相互之间知根知底靠得住，如果粉花嫁过去，那就是亲上加亲。

当时，茂雄老汉弹嫌人家是个鳏夫没有答应，但碍于脸面也没有拒绝，只是说粉花还小，等过阵子再说。

正思谋着这件事儿，他一抬头，看见穷小子高光亮正和女儿粉花站在圪梁梁下，一大清早，孤男寡女凑在一起，成何体统！茂雄老汉的心一下绷紧了，顾不得多想，便张口冲着粉花吼道："粉花，你个死女女一大早站在那儿挺尸啊！还不快到地里去刨山野去，你妈后半晌还在家等着你回去做饭哩。"

当地人把土豆叫山野，大概意思是能够在漫山遍野生长的农作物。

听到茂雄老汉的吼声，两个年轻人这才缓过神来，借着圪梁梁遮挡住茂雄老汉的视线，高光亮迅速地把那条好看的绿围巾夹带着一张字条塞到了粉花的手中。粉花并没有看清楚他塞过来的是甚，正待推辞，眼睛的余光看到父亲已转过山弯向这边走来，出于本能便立刻把它塞进了衣兜。

凭着手感，她感觉到高光亮塞给自己的东西是一条丝巾，想着把它拿出来还给他，却看到他已经迎着茂雄老汉走了过去。

高光亮一边走，一边冲着茂雄老汉大声说道："叔，这是要回嗑了？"

看到穷小子高光亮和自己的女儿一大清早单独凑在一起，茂雄老汉一肚子的怒气，癞蛤蟆想吃天鹅肉，也不看看你家里有几个大钱，几孔青砖窑洞？他没有理会高光亮，打鼻孔里哼了一声，算是和眼前这个年轻后生打了招呼。

看到粉花走了过来，茂雄老汉缓和了一下刚才的语气，说道："刨了山野晌午早早回来做饭，你妈身子不好。"说到这里欲言又止，他不想当着外人的面过多指责自己的女儿，毕竟女儿大了，应该有个脸面了。

茂雄老汉一共生育了两个儿子、两个女儿。大儿子金强，二儿子银强，大女儿粉花，二女儿红花，时下让他最操心的还是这个大女儿。按照村里的习俗，大儿子金强早已到了娶婆姨的岁数，大女儿粉花也已到了嫁人的年龄，他还指望着女儿的彩礼钱能给大儿子娶回一个儿媳妇来呢。

三个人打了个照面，谁也没有再说啥，又各自向各自的方向走去。

红彤彤的太阳泛着亮光从东山头上升了起来，把三个人的身影拉成斜斜的不规则的形状。

粉花怀里揣着那条丝巾，向自己家的自留地走去，她的心头怦怦直跳，毕竟是头一次当着父亲的面干了这么一场惊心的事情。想到自己是在欺瞒父亲，她的内心升起一丝愧疚，有心转身叫住离去的光亮哥，把围巾还给他，可是那样一来，她的父亲也会听到，何况，她也并不想当着父亲的面让光亮哥难堪。再一想到光亮哥刚才那一双火辣辣地望着自己的眼睛，内心里属于姑娘家的娇羞便涌了上来，猛然之间，她的心中咯噔一下有了数。

转过一道弯，看看四下无人，粉花小心翼翼地掏出那条让她心跳加速的围巾，随手抖开，多漂亮的绿围巾哟！她曾无数次走进高家河乡上的供销社，站在柜台前用眼睛抚摸过它，他是怎么知道她喜欢这条绿围巾呢？难道说……她不再想下去，粉花明白了，光亮哥那天在村头当着几个年轻后生说的话，原来是话里有话呢。

阳光下，她再次抖开绿围巾，把它潇洒地围在自己细白的脖颈上，幻想着自己白皙的脸庞在这条绿围巾的映衬下该是多么的美丽，就不由自主地轻轻笑出声来。

一张白字条随着围在她脖颈上来回甩动的围巾落在了沙土地上，她弯腰捡了起来，绿围巾在她的一起一伏之间水一般舞动，甚是好看。这是一张从笔记本上撕扯下来的带着蓝格子的纸，格子纸上写着一行工工整整的字："今天晚上，我在这圪梁梁下等你，不见不散。"落款是光亮两个字，再就是年月日，没有署上他的姓。

阳光下的粉花围着绿色围巾站在空旷的沙土地上看着这张字条发呆，她的脑子里一片混乱和模糊，她努力地摇了摇头，黑油油的长发和碧绿的围巾也随着她的头左右摆动。

耳边传来小弟银强的声音："姐，你站在那里做甚呢？"

听到银强的叫声，粉花缓过神来，又听到小弟不高兴的声音："叫你咋不理我呢？"

粉花疑惑地问："你叫我了？"

011

小弟不满地说:"叫了你一阵子了。姐,你的围巾真好看,是爸给你买的?"

粉花不知该咋样回答他,嘴里含糊地应了一声,急忙岔开话题:"哥呢?"

银强把嘴朝前一努,粉花顺着他努嘴的方向望过去,看到大哥金强正在不远处的地里刨着山野。

他这是干完地里的活,过来帮自己干活呢。粉花的心里一阵松泛,对银强说:"咱们过去装山野吧,后响吃洋芋擦擦饭。"

银强噘起嘴抱怨说:"又吃洋芋擦擦,难吃死了。"

他一边这样说着,一边极不情愿地跟在姐姐粉花的后面向地里走去。

四

黄昏,在农家人忙碌的农活中悄然来临,随着太阳从窟野河西岸缓缓落下,茂雄老汉一家六口人围坐在小圆桌前开始吃晚饭。

茂雄老汉端起一碗豆钱钱稀饭就着腌酸菜,一边哧溜哧溜地喝着滚烫的稀饭,一边拿眼角瞅女儿粉花。他是在观察女儿今天晌午和穷小子高光亮见面被自己看到后的细微变化。他太了解自己的这个女儿了,虽然年岁不大,却是一个很有主意的女女,一旦被她认准的事情,九头毛驴也别想把她拉回来,因此,他得提早打算,敲打敲打她。

"粉花,你五婶在县城里给你寻下个人家,你要是愿意,下周让男方来家走一趟,双方见个面,看看合适不合适。"他用的是询问的口气,可是语气却很坚决。粉花低着头只顾吃饭,没有言语。不明就里的母亲艾玉琴不满地看了一眼茂雄老汉说:"你不是跟五弟媳妇说,娃娃还小,等过阵子再回复人家嘛。"母亲的话让粉花一下子明白了她的老子为啥偏在这个时候提起这事儿,一定是今天早晨的那一幕被他猜疑了。于是,粉花极不情愿地说:"我不嗑。"

从粉花的口气中,茂雄老汉大概能够揣摩到今天早晨那一幕的真实性。他突然大了嗓门儿道:"父母之命,媒妁之言,你听也得听,不听也得听,还由了你的性子了？"

　　所有人被一家之主暴怒的言辞震惊，沉默了片刻，母亲艾玉琴开口说了话："今儿个你吃戗药了。"

　　茂雄老汉也为自己突然发这无名火而不自在，听到婆姨的不满，他便沉默了下来，继续喝他的稀饭，不再说话。可是他在心里却对自己说，你个婆姨家懂个甚，头发长见识短，要是粉花真跟了穷小子高光亮，到那时候，你哭都没处抹眼泪去。他抬眼看了一眼大儿子金强，想到自己未来的大儿媳妇是要靠粉花换回来的，也就是说，他的大孙子就指望粉花嫁个有钱的人家才能抱上。想到这一层，茂雄老汉的心肠硬了下来，娘老子看不住你的心，却能看住你的身子，从今天起，晚上不能让她再出去串门子了，谁晓得她晚上出门不会是和那个穷小子约会去了。茂雄老汉在心里暗暗下定决心。

　　吃罢晚饭，粉花帮衬着母亲收拾完家务事，看看外面的天色还早，便到院子里和哥哥金强、弟弟银强一起捡起地上的红柳条编起了筐子。

　　看到姐姐过来，银强的屁股朝一边挪了挪，示意粉花坐在他的旁边。粉花坐下后，银强道："姐，那天五婶来咱家里给你说媒，说人家不但是城里人，而且还是干部家庭，他老子在粮食局当副科长，娘是会计，他本人是库管。多好的一户人家，你咋就不愿意呢？"

　　粉花打鼻孔里哼了一声，没有言语。哥哥看出了粉花的心思，他也晓得，父亲逼妹妹相亲，是指望着用妹妹的彩礼钱给自己能聘下一个婆姨回来。他同情妹妹，毕竟男方是个鳏夫，而且还有前妻留下的孩子，妹妹还是黄花大闺女。可是想到自己在村里早已是大龄青年，再娶不上婆姨，过上两年就只能寻下一个寡妇过日子。金强心里的矛盾，粉花并不知晓，她打心底还指望着哥哥能帮着自己在娘老子面前说上几句公道话。想到这里，粉花开口道："哥，你说咱爸是甚心思，非要给我说下个城里人家才肯罢休？"

　　金强沉默，银强斜眼看着哥哥，在弟兄姊妹当中，银强是心眼儿最活的一个，他早就揣摩透了他老子茂雄老汉的心思。看到哥哥金强不说话，银强便有意捅破这层窗户纸："咱家不是没钱嘛，城里人有钱，把姐嫁出去，好给哥娶婆

013

姨呗。"

银强的口气里明显带着揶揄。

粉花抬眼瞅了一眼哥哥金强，金强便涨红了脸，张开嘴嗫嚅了两下却没有发出声来。其实，粉花不是没有想到这一层关系。她只是觉得或者不愿意相信哥哥金强会为了自己而把亲妹妹的幸福断送掉。现在被二弟银强捅开了这层窗户纸，粉花感觉到有些茫然。隔了几秒钟，粉花再一次抬眼看金强，发现金强也正在望着自己，从金强的眼神中，粉花看到了他作为兄长的目光，这目光是宽厚的，也是无奈的。此时金强的心思全都显露在他的目光中，他疼爱妹妹粉花，打小他就带着她走街串巷，和村子里的孩子们一起玩耍，如果谁要是敢欺负她，让她受了委屈，金强都会拼了命地和人家争斗，甚至不惜被打得头破血流，抑或是自己为了妹妹在外面受了委屈，或者是妹妹在外面闯下了祸，被爸妈责罚时，他也都会勇敢地担当过来，心甘情愿地替妹妹挡住一顿皮肉之苦。

看到妹妹粉花期待的眼神正望向自己，金强憨厚地咧开嘴笑笑，红着脸说："别听银强瞎说，那是没影子的事情。"这是一颗定心丸，哥哥金强没有这个心思，都是鬼精鬼精的银强在胡言乱语。粉花刚才还悬着的心放了下来，兄长永远是兄长，永远能替她挡风遮雨。

接下来三个人都不再作声，院子里只能听到红柳条被弯来弯去发出吱吱的响声，还有院墙外面仅一墙之隔的猪圈里，那头伢猪拱圈时发出的哼哼声。

晚霞在窟野河的西边渐渐抹去了它的颜色，天空开始变得暗淡下来，黄昏中的高家河村这一刘姓庄户人家的院子里透出的是安谧、祥和与宁静。

看看天色渐黑，粉花放下手中的红柳条，对哥哥金强和弟弟银强谎说去村里的兰兰家串嗑，便站起身来拍拍沾在手心的细沙，走出了自家的院落。

粉花走出家门后并没有走进村子，而是沿窟野河边，趁着黄昏落日的余晖向白日里与高光亮见面的那道圪梁梁走去。

河水款款地平铺在满是细沙的河床上，在黄昏的余光中发出闪闪的如鱼鳞般的光辉。粉花穿着一双自己亲手纳制的绣花布鞋，双脚踩踏在河边的细沙上发出吱呀吱呀的声响。

一阵微风掠过她的鬓发，像一条柔软的猫尾巴抚摸着她白皙的脸庞。她的刘海儿迎风起舞，把春心荡漾的心情暴露无遗。缓缓流淌的窟野河水啊，晶莹剔透的窟野河水啊，几千年来养育了一代又一代这里的人们，无声无息地流淌过庄户人家年复一年清贫恓惶的日子。

来到河畔的圪梁梁下，看到高光亮早已站在那里等着她了，粉花的心一下子加速跳动起来。这是她平生头一回在这样的场合与自己心仪的年轻后生单独约会，心情怎能不紧张呢？

高光亮早早就来了，他坐在窟野河畔的圪梁梁下，双眼漫无目标地望着平平展展的窟野河水，说实在的，他的心情是激动的，也是忐忑不安的。

在这一天里，他曾经无数次地在脑海中回放着晌午与粉花相见的情形，她收下了他亲手送给她的绿围巾。他曾经无数次悄悄地、远远地尾随在她的身后，看到她在乡供销社里盯着这条绿围巾驻足观看。她一定是非常喜爱这条绿色带暗花的绸围巾。于是，他便暗下决心等自己挣下钱，一定把它买下来送给她。

老天作合，来了公家人，让他如愿挣下一笔钱，满足了自己的愿望，满足了她的心愿。

可是上午相见时，不巧的是，被她老子茂雄老汉撞上，他与她只是匆匆忙忙见了一面，说了不到十句话，更没有揣摩到她的心思到底是咋想的。她会如约而至吗？他在心里打着鼓。当他早早来到圪梁梁下坐在那里，眼前像放电影一样一遍又一遍回放今天上午与她相见的那一幕情景时，焦虑的心脏在希望与失望之间不断变幻和挣扎。当看到粉花真的沿着窟野河畔向自己走来，他简直有点儿不敢相信自己的眼睛，他看到的那个正在走向自己的人会是她吗？眼前的场景会是真的吗？他该不会是坐在这里时间久了打了一个盹儿做了一个梦吧？他暗暗用左手掐了一下自己右手的虎口，由于用力过猛，钻心的疼痛让他确信这一切都是真的。当他确定这一切并非是幻觉时，穷小子高光亮打心里向外乐开了花，他的心脏一下子紧张地怦怦跳动起来，如果此时有人把一下高光亮的脉搏，一分钟定会在一百二十跳以上。

两个人走近了，更近了，面对面了。他们默默地站在圪梁梁下，互相对望一眼,又都把眼光同时望向一湾清亮宽阔的窟野河水。粉花怀里揣着那条绿围巾,丝绸的柔软让她的心跟着柔软,天完全暗下来,宝石蓝的天空出现了几颗眨眼的星,他们谁也看不清楚对方的表情和红得发烫的脸庞。这样最好,可以放着胆子说出自己的心里话。他这么想,她也这么想。

沉默了一会儿,她首先开了口:"白日里你约我来这儿,有甚事情要说?"明知故问。

高光亮答非所问地结巴着回答:"喜欢那条绿围巾吗?"

见他提及,粉花从怀里掏出围巾故意压低了嗓门儿道:"还给你。"

高光亮一下子被她的话给打蒙了,一时站在那里手足无措,他不知道是应该接过来还是不接的好。

看着他傻傻的憨态和窘相,粉花忍不住扑哧一声笑出了声。看到她温柔的眼神和甜蜜的笑脸,高光亮一下反应了过来,他机警地一把抓过围巾,与此同时,也抓住了她递围巾的手。

她一惊,心头一阵地震般地颤抖,拿围巾的那只手轻轻推脱了一下,便失去了力道,于是,脚底下那双绣花鞋(鞋是她在来时特意从箱子底翻出来穿上的)在松软的沙地上略微倾斜了一下,便连人带身子一起靠在了他的臂膀上。

也许是想象力太过贫乏,他想象了无数次和自己心爱的女人初次相拥在一起的场景,而今天这样的场景是高光亮所没有想到的。这一切都来得太过突然,甚至有点儿天上掉馅饼的味道,高光亮一时更加手足无措,他像一根电线杆般杵在原地,任她的脸颊软软地倚靠在他的肩头。在心仪的男人面前,女孩子表现出来的大胆让她自己都会震惊。倚在他宽厚的肩头,她似乎觉得自己有了一种依靠,那是一种能够让她依靠一生的感觉。

也不知过了多久,一阵夜的凉风从窟野河对岸的红柳和沙柳丛中吹了过来,她打了个冷战,颤抖着声音说:"光亮哥,我有些冷。"

正在手足无措的他突然像是得到了某种指令,张开温暖有力的双臂把苗条娇柔的她紧紧搂在了怀中。

高家河村夜晚的宁静与潺潺的窟野河水,还有这一对情窦初开的恋人的心融在了一起。

看看天麻麻黑了,茂雄老汉与婆姨艾玉琴掐算好这个月全家的用度后,走出窑洞,他把院子里的白炽灯打开,好让儿女们趁着白炽灯的光亮再多干一会儿。他打算明天一早就到乡上去,把这几天编的柳条筐给供销社送去,这一批箩筐是供销社月初向他定购的,他想着今晚上再加把力气,全家人一齐上手,能多编几个是几个,一个筐两毛钱,今晚连夜编上他三五个箩筐就能多出来一笔好收入。这居家过日子精打细算,自不用说,勤劳吃苦把穷日子往前赶,也是他这一辈子琢磨出来的心得体会。

"农民嘛,一辈子就得在地里吃苦,能受得下苦,才能有饱饭吃,才不会在饥荒年月饿肚皮。"父亲临走时说的话,一直都被茂雄老汉牢记在心里。

在昏暗的白炽灯下,看到金强和银强坐在那里编着箩筐,独独不见了女儿粉花,他的头脑里嗡地响了一下,天刚黑下来,这个死女女就跑得不见了人影,一定是寻那个穷小子高光亮去了。

他大声问金强:"粉花哪嗑了?"

没等金强回答,银强抢着回答:"姐说,去兰兰家找兰兰耍嗑了。"

银强并不相信姐姐粉花真的去了兰兰家,他思想粉花一定是找她的相好商量对策去了。在银强的心里早就打好了算盘,把姐姐粉花嫁给有钱人家,用她的彩礼钱给哥哥金强换回一个婆姨。前面有了先例,等再过上几年,妹妹红花到了出嫁的年龄,自己也就顺理成章地用红花的彩礼钱娶婆姨。

于是,他又接着说道:"可我瞅粉花没有进村,她是往窟野河方向嗑了。"

看到哥哥金强拿眼直瞪他,便住了口,心说:"金强你个傻蛋!少了粉花看你的婆姨咋接娶回来?我是先为你考虑,然后才为我考虑。"

听到银强如此说,茂雄老汉从外面叫回来正在玩耍的红花叮嘱她说:"快去兰兰家把你姐叫回来,就说家里寻她有事。"尽管他不相信粉花去了兰兰家,但是为了验证一下自己的判断,他还是让小女儿跑一趟。

十分钟后,红花回来了,说兰兰姐在家做针线活,她家压根儿就没有粉花姐的影子。

茂雄老汉一下子全明白了，这也证明了他的判断是正确的，女儿粉花一定是去找穷小子高光亮了。他心头的无名火一下子蹿了上来，大声吼道："金强、银强跟我寻她嗑，红花和你妈在家候着。"

艾玉琴在窑里听到他的吼声，三下两下匆匆赶完手里的针线活，急忙出来看个究竟。院子里空落落的，男人们都走了，只有红花一个人站在院门里向外张望。她问红花："家里人都哪嗑了？"

红花说："寻姐姐去了。"

今晌午的事情，茂雄老汉回来就给她说了，看到男人们出去找粉花了，她害怕真的闹出乱子来不好收场，便也紧赶着追了出去，还不忘回头叮嘱红花关了院门，看好家门。

茂雄老汉披着外衣，头上扎着白羊肚毛巾，气势汹汹地走在前面，两个儿子紧跟在他的身后，看这派头大有上阵父子兵的架势。她能跑到哪里呢？茂雄老汉一边走，一边寻思，他想到了窟野河边的那道圪梁梁，那儿是他上午撞见粉花和穷小子高光亮见面的地方，当然也是他眼下唯一能确定的目标。

于是，茂雄老汉便背起双手披着外衣顺着窟野河边的羊肠小路，踩着细软的沙土地，摸黑向那个方向大步走去。

高光亮和粉花并排坐在圪梁梁下，双眼望向映着星辉的窟野河水。

粉花问他是什么时候开始喜欢上她的？

高光亮挠了挠头皮，说已经有几年了，具体是哪天哪月，他也说不清楚。

记得在高家河乡中学毕业晚会上，他和粉花同台一起演活报剧《兄妹开荒》时的情景。他头上扎着一条白羊肚毛巾唱：

雄鸡雄鸡高呀么高声叫，
叫得太阳红又红。
身强力壮的小伙子，
怎么能躺在热炕上做呀懒虫。

粉花头戴一条蓝花布巾接着唱：

扛起锄头上呀么山岗，
山呀么岗上好呀么好风光。
我站得高来看得远来么依呀咳，
咱们的家乡到如今成了一个好呀地方。
那哈依呀咳咳哎咳那哈依呀咳……

高光亮有着一副和他三爸一样的好嗓门儿，语音中透出一股男中音的魅力。粉花说，她特别喜欢看他唱"雄鸡雄鸡"时昂头挺胸时的男子汉模样。

有一天，粉花扎着两个羊角辫从高光亮所在的教室门前经过，恰好遇到高光亮从门里走出来，两个人打了个照面。看到高光亮后，粉花冲他甜甜地一笑说："光亮哥，好久没见你，咋长高了半个头？"

这本是一句熟人之间的玩笑话，却让高光亮从她那仰视自己的眼神中读出了一些温情的东西，那东西软软得像水一样，却没有水那么爽利，黏黏的像糨糊，却没有糨糊那么稠密，有点儿像冰糖水，对，像冰糖水，看起来爽利，摸上去却黏黏地有些粘手。

当高光亮把自己对粉花的最初印象用这样的方式表述出来后，粉花的心头甜甜蜜蜜，仿佛荡漾起一层云雾久久挥之不去。

快要毕业的时候，粉花开始有意无意地注意到了年级里的两个年轻后生。一个叫田卫国，是他们班的班长。田卫国模样长得帅气，说话风趣，他父亲是高家河乡的副乡长，家庭条件优越，是班上女生们一致仰慕和追求的首选对象。

以粉花的家庭条件和在班级里算不上班花的模样来说，要想追求田卫国，恐怕很难。粉花想，她没有必要为一份没有把握的爱情做出太多的付出，于是，在同年级里众多对田卫国的追求者当中，她选择了放弃。

另一个年轻后生就是光亮哥，她和光亮哥是一个村子里的，打小她就喊他光亮哥，后来上了学，又都在乡中学就读，随着年龄的增长，在同学们面前，他们很少说话，偶尔两个人单独遇见，她还是会轻声地叫一声"光亮哥"。

高光亮在粉花的心目中是实诚人，他朴实上进，待人宽厚，甚至宽厚得到了木讷的地步。粉花认为，他是能够让女人依靠着过日子的那一类男人，只是他的家庭贫困了些。可是，除了城里人家，庄户人家谁家又能富裕到哪里呢？记得那天两人碰面时，她小声问他："光亮哥，初中毕业还打算考高中不？"在她的心里早就认定，凭高光亮的学习成绩是一定能考上县高中的。

高光亮坦诚地回答她，说家里供不起他上高中，他得回家干农活补贴家用。望着光亮哥那一张稚气而老实的脸，粉花的心里一动，她寻思，这后生定是个能居家过日子的男人。

初中毕业后，粉花也没有继续读高中，不是她考上考不上的问题，而是她的老子茂雄老汉压根儿就没有给她考高中的机会。在茂雄老汉的心里，女人嘛终归是外人，早晚得寻个人家嫁出去。俗话说，嫁出去的闺女泼出去的水，要那么多知识有甚用？能识文断字就行了。

因此，粉花初中一毕业就被喊了回去，留在家中帮着干家务。

粉花没有抱怨父亲，她深知家里的生活条件有限，何况，她的学习成绩并不算很好，能不能考得上县高中，也还另说。于是，她无怨无悔地回家下地干农活去了。直到那天光亮哥当着村里后生们的面夸奖自己漂亮时，当然，她可以把他对她的夸赞当成一句玩笑话，可是，当一个男人在一个女人的心目中留下痕迹后，这一句夸赞的话也就有了抹不去的沉甸甸的分量。

这或许就是初恋的感觉，她在心里无数次默默地这样对自己说。

就在两个人浑然不觉地沉迷在忘情的初恋甜蜜中的时候，茂雄老汉披着外衣站到了他们身后。看到眼前两个人并肩坐在沙堆上相互依偎的情景，茂雄老汉气得浑身发抖，他大声吼道："粉花，你个死女子做下的好事！"

由于用心专注，两个陶醉在初恋爱情中的年轻人直到茂雄老汉的这一声怒吼，方才如梦初醒般迅速分开站了起来。当高光亮看清楚了眼前的人是茂雄老汉，在他的后面相跟上的是金强、银强时，他便想到今天是来者不善，面对围过来的三个气势汹汹的男人，高光亮的大脑一片空白，一直到粉花颤抖的手伸过来拉住他还在颤抖的手时,他才开始慢慢恢复了冷静。

镇定下来后,高光亮皮笑肉不笑地冲着茂雄老汉叫了一声:"叔。"

茂雄老汉并没有理会他的这一声称呼,而是继续冲着粉花吼叫道:"你还不快快回去,还不嫌丢人现眼是咋地?"

茂雄老汉想着把粉花打发回去后,再好好教训一下这个勾引自己女儿的穷小子。没想到粉花不但没有动,反而伸出手拉住了高光亮这个穷小子的手,这让他更加恼怒,做老子的权威在茂雄老汉的头脑中是不可动摇的,更是不容挑衅的。为了表现老子的权威,他回头对两个儿子说,把粉花拉开。

金强看了一眼妹妹粉花,没有动作。银强得到父亲的命令后,扑上前一把抱住姐姐将她拉了过来,高光亮正要上前拉粉花,却被金强站在中间挡住了去路。看到女儿被拉开,茂雄老汉一挥手对儿子们说:"给我打这个穷小子。"说着自己首先上前踢了高光亮一脚。老子动了手,银强便没了顾忌,他还正是愣头青的年龄,只见他拎起地上的一根枯树棒就要往前冲,却被粉花一把拉住,粉花喊道:"光亮哥,快跑。"

她这一声"光亮哥",让茂雄老汉的火气又添了几分:"哼!光亮哥,哼!光亮哥,叫得多好听。"

茂雄老汉一边嘴里念叨着,一边继续指挥儿子们上去打高光亮,毕竟自己是长辈,如果再出手就失了长辈的身份。

银强拾起地上的一根枯树棒冲向高光亮,在几个人的大呼小叫声中,银强甩开了姐姐粉花的拉扯,扑了上去,在老子茂雄老汉的呼喊声中,银强抡起枯树棒照着高光亮的脑袋狠狠砸了下去。也是天黑,加上在一片混乱当中,高光亮并没有意识到危险的来临,他还在口口声声地叫着茂雄老汉:"叔,叔,你听我说。"就在这个时候,枯树棒砸了下来,高光亮感觉到头顶风声犀利,出于本能反应,他一偏头,枯树棒正好落在了他的右肩膀上。谁知不知轻重的愣头青银强这一下是使出了全力,枯树棒顷刻断成了几截。

在重力的作用下,高光亮的身子晃了几晃,便栽倒在了沙土地上。

粉花号哭着拼命冲上去死死抱住了弟弟银强,免得他再冲上前伤害她的光亮哥。正在大家乱作一团时，母亲艾玉琴赶来了，她是听到这边的哭喊声后循着声音撵过来的。看到这一幕，她眼前一黑差点儿跌倒，被眼疾手快的金强和银强一边一个搀扶住总算没有倒下去。她冲着茂雄老汉大声喊叫道："你个糊脑子，要是打坏了粉花，我就跟你拼了命了。"

她并没有看清楚眼前的场景，只是看到有人倒在地上，粉花哭喊着扑倒在地，便认为是打倒了粉花。看看如此场面，茂雄老汉有些胆怯了，他重重地打鼻孔中发出一声哼后，转身披着外衣往回走去，紧随他的身后，粉花也被银强拉走了。金强扶着母亲艾玉琴来到高光亮面前，看到高光亮仰身坐了起来，确定没甚大碍后，她什么话也没有说，口中发出一声哀叹，由金强搀扶着也走了。

四周静了下来，能够听到不远处的窟野河水哗哗的流淌声，高光亮坐在松软的沙土地上，他的右肩膀还在隐隐地作痛。"格老子的，和你女儿谈恋爱，还被你打，甚时代了还搞封建家长制那一套？不就是嫌我穷嘛，等有一天，老子有钱了看你还咋说。"

右肩膀的再次作痛打断了他大脑的思想，他用左手撑着站起，拍打掉身子上沾着的细沙，他的右臂一时半会儿还使不上力。看到宁静的窟野河水，想到刚才还和心爱的人一起望着它潺潺流淌的温馨场景，一阵骚动过后，那场景就像是放电影般一下子就变幻了模样，窟野河的水还在潺潺流淌，而他心中的甜蜜却变成了苦涩。

粉花被挟持着回到了家中，茂雄老汉气哼哼地坐在院子里的青石板上，他冲着婆姨和大儿子金强说："把她关到后窑去，门要上锁，看她还能往哪儿跑？"

粉花在窑里喊叫："我们是自由恋爱，受法律保护。"

听到粉花的辩解，茂雄老汉极难看地咧开嘴，龇着他那被旱烟熏得发黄的牙齿，又好气又好笑地骂道："自由恋爱？还受法律保护？娘老子把你养活这么大，是白养活了你。你长这么大，是谁供你吃供你穿供你上学的，你个白眼狼咋都忘了，你这是长大了，翅膀硬了，和娘老子不一心了。"

骂到这里，他狠命向地上啐了口唾沫星子接着说："你还自由恋爱，你还受法律保护？那法律咋不供你吃供你穿供你上学念书？你娃娃翅膀还没有长硬，还得由娘老子管着你哩。"

茂雄老汉觉得他这一口气逻辑性极强的说辞是理直气壮的,更是有理有据的,自古如此。

在说完这一番话后,他又盘算着得尽快把她嫁出去,人常说,女大不能留,留来留去结冤仇。想到此,茂雄老汉便不再言语,独自坐在青石板上,两眼望着天空抽着旱烟锅子想心事。

天不亮,茂雄老汉起身走了一趟县城,见了五弟媳妇和那户人家,他亲眼所见,从面相上看去,男方与实际年龄相比显得老气了点儿,模样也还周正,他还专门要求见了一下男方前妻留下的娃儿,那娃子虎虎实实,活泼可爱。在确信这是一户光景殷实的人家后,约定男方星期天到家里来走走,与粉花见面,便起身离开。

后来听五弟媳妇说,男方不但准备好了礼金,而且照乡下人的规矩还请了媒人前来说媒。男方所做的这一切,都让茂雄老汉深为感动,他相信自己的眼光和判断力,更加相信这是一户做事情通情达理、又细致入微的城里人家。

晚上摸黑回到家中,胡乱吃了一些东西,圪蹴到院子里的青石板上,茂雄老汉叼着他的旱烟袋吧嗒吧嗒抽烟。他思前想后终于叹了一口气,我们做娘老子的这样呕心沥血为了甚?还不是想让自己的子女日子过得安稳消停些嘛,可叹的是,做子女的并不能理解娘老子的这一片苦心,总是要和娘老子拧着劲来。我们年轻时任凭家里的老人们寻个媒人,由媒人说下个谁就是谁,我们还敢说个甚?唉!世事变迁,人心不古哩。

茂雄老汉在发出这样一番感叹后,便在鞋底下使劲磕了一通烟袋锅子,从青石板上站起身来,背着手回窑里睡觉去了。

粉花被茂雄老汉锁在家中的后窑里,一关就是三天。在这三天当中,除了一日三餐家里人给她送饭和上厕所被母亲和妹妹红花陪着外,其他大部分时间都是独自一个人待在窑洞中。

她在想,光亮哥不知伤得咋样了?愣头青银强那一棍子打得狠,只听到棍子折了的声音,他的皮肉筋骨还能不受伤?她这样想着,仿佛她的心和他的臂膀一样也在隐隐地作痛。

晌午，金强来给她送饭时，她问："他被打得重吗？"

金强说，他和妈是最后离开的，看到光亮坐了起来，在确定没甚大碍后，他们才走，想必是不要紧。

听到金强这样说，粉花紧揪的心才略微地轻松了一些。

到了晚上，妹妹红花摸黑来到窗下，看看四下无人，红花对着窗户说："姐，爸在城里给你寻下了个人家，说好星期天男方就要上门来相亲。"

泪水顺着脸颊流了下来，粉花没有想到，爸会这么狠心，这么快就要把她嫁出去。

"那妈咋说？"粉花问。

"妈说，妈说让爸做主。"红花回答。

看着自己被爸推进火坑，妈连甚话也不说，失望的泪水再次从粉花的脸颊流了下来。

"姐，光亮哥让我给你捎了一封信。"

红花说着从门缝里塞进来一张字条。就着昏暗的灯光，粉花展开字条，看到上面写着一行字："粉花，我晚上在圪梁梁下等你，有事相商，不见不散。光亮。"好我的光亮哥哩，难道你不知道，我现在连家门都出不去，咋和你见面。

正暗自着急，一个念头突然从脑海中跳了出来，逃婚，像兰花花一样勇敢地逃婚，与光亮哥生生死死相跟上，她得逃离这个家。当这一念头在脑海中一闪时，着实把她自己也吓了一跳，她敢，光亮哥敢吗？他可是家中的独苗苗。又一想，他要是不敢，就不是真的爱我，他一定敢的，因为他一定是和我一条心的，粉花这样思谋。有了这个念头，粉花的脑筋开始迅速转动，她想，必须首先说服红花和自己同谋，从爸妈住的窑里偷出钥匙。想到这里，粉花走到窑门前，隔着四方格子的窗棂小声对红花说："红花，你说，姐平日里待你好不？"

"当然好了！"年幼的红花不假思索地干脆回答，她甚至怀疑姐今天咋会问这样一个没有头脑的问题。

"那就好，姐求你一件事，你肯做不？"

"甚事情？"

"你去爸妈的窑上把姐窑门的钥匙悄悄拿来。"

外面沉默着，粉花想，红花大概有些犹豫，于是，便开始做她的工作。她从红花小时候初学走路摔得鼻青脸肿，是姐帮她洗脸揉肿开始，一直说到红花在学校被同学欺负，是姐给她撑腰；红花做错了事情，也是姐在爸妈面前替她担下一顿扫帚把；红花去年考试成绩不及格，怕妈打她，也是姐去开家长会……说到这里，红花在窗外打断她说："姐，你不要说了，我这就去。"

外面静悄悄的，远处不时传来几声狗吠声，还有不知谁家的鸡看错了时辰，发出几声短促的打鸣的叫声。

粉花隔着小小的窗棂看着外面静穆的星空，一颗流星从眼前无声地划过，落在了不知名的远方。

大约五分钟后，她听到了脚步声，脚步声轻巧细碎，是红花的布鞋发出的声音。红花来到门前。她听到了查找钥匙的窸窣声，紧跟着门搭一响，双扇窑门发出轻轻的吱呀声响，门开了，瘦小的红花站在了窑门前。红花挥手叫了一声："姐。"粉花走过去一把抱住瘦小的红花，她的眼泪再次夺眶而出："好妹妹，我的好妹妹。"她在心里默默地叫着。

走出窑洞，粉花径自向院门走去。"姐，你去哪儿?"红花小声问，声音有些颤抖。

"姐，姐……"粉花一时不知该如何回答她，来到院子门前，突然看到那里站着一个人，这一吓，着实把粉花吓蒙了，她的心都快从嗓子眼儿里蹦出来了，几乎尖声惊叫起来。等到缓过神儿来，她才看清楚，院门前站着的人不是别人，是大哥金强。

原来，金强晚上睡不着，起来在院子里转悠。几天来，金强也是辗转反侧没有睡过一个囫囵觉。他觉得，为了自己的婚姻，让亲妹妹粉花嫁一个她不喜欢的男人，尽管那是一户城里的富裕人家，可毕竟是个鳏夫，况且还拖着油瓶子，在村子里说出去，好说不好听。

正在那里徘徊不定，看到红花走到关粉花的窑门前，不知说了些甚话，一会儿又看到红花离开，悄悄摸进了爸妈住的窑洞，眨眼光景看到红花走出爸妈住的窑洞，再次来到粉花的窑前，粉花的窑门被打开了。原来两个妹妹串通好了，这是要让粉花逃走。

于是，他便悄悄站到了院门前，挡住了粉花的去路。

看到大哥金强站在门前挡住了大门，粉花眼里的泪水流了下来，她哽咽着道："哥，你让妹妹走吧。"

金强没有动弹，问："你去哪儿？"

"哪儿都行，哥，我不愿嫁给那个男人，我们没感情。"粉花低声抽泣道。

金强木讷着还在问："你去哪儿？"

红花过来推着金强说："大哥，你让开，让姐走，姐真可怜。"

粉花无声地望着金强，突然双膝一软跪在了地上。

双方沉默着。过了一会儿，红花上前拉粉花说："姐，咱不走了，大哥的心真硬，看着你往火坑里跳，也不拉你一把。"

爸妈的窑洞里传过来响动，想必是外面的动静惊动了他们，看着妹妹粉花一脸无助绝望的表情，金强的心动了一下。金强为人善良厚道，平时对妹妹们很好，他自己的衣服平日里洗洗浆浆、缝缝补补也都是粉花妹妹的事情，他怎么能忍心为了自己的婚姻让妹妹没过门就给人家当娘去？想到此，金强的双脚不由自主地离开了院门。

窑里传来妈的声音："谁在院子里？"

金强回答："妈，是我。"

在得到金强的回答后，妈在窑里打了个哈欠说："早点儿睡。"

院门无声地打开了一道仅能容一个人进出的缝隙，粉花踮着脚尖挤了出去，她转身冲着金强和红花挥挥手，迅速消失在了夜的茫茫黑暗中。

沿着窟野河岸边平日里走过无数次的羊肠小路，粉花一路小跑着来到那个熟悉的圪梁梁下，高光亮早已在那里等着她了。看到光亮哥的身影，粉花奔跑时怦怦急跳的心才感觉到和缓下来。两个人一见面，四只手便紧紧地拉在了一起，平息了一会儿心情后，粉花说："光亮哥，我爸要把我嫁人。"

光亮说："我听村里人说了。"

"光亮哥，你带我走吧。"

"去哪儿？"

"哪儿都行。"

两个人沉默着，是啊，去哪儿啊？长这么大都没有离开过高家河半步的他们，在外面谁也不相识，让他们往哪儿走？思前想后没有个好去处。

过了一会儿，高光亮猛然想起自己的一个远房亲戚高光远在铜城煤矿工作，去年回来他们相见时，听光远说，他们矿上招下井的协议工，条件只有一个，只要没有病，身体壮实就行。

当时光亮还开玩笑地说："你看我行不？"

光远瞧了他一眼，然后在他的肩头抡了一拳说："你当然行了，庄户人家凭的就是一把子力气和结实的身子吃饭嘛。"

后来，光亮听家里人说，光远在铜城煤矿掘进队当队长，掘进队是做什么的他并不清楚，他想，大概是井下挖煤的一个职务，可队长他是知道的，像村主任、民兵连长一样反正都是官，手下管着百十号人手。

"咱们去铜城找光远。"光亮两眼望着窟野河水自言自语。

"光远是谁？"粉花疑惑地问。

"是我一个远房的叔伯哥，咱们可以先到他那儿落下脚，我有的是力气，跟他说说，我下井掏炭养活你。"高光亮充满自信地对粉花说。

"那家里人怎么办？"粉花首先还是想到自己走了，家里人会怎么为她着急。

光亮劝她："你爸在气头上，要把你快快嫁个人家，等他消了气，再慢慢给他说，说不定到那时他就不会再逼着你这么快嫁人了。"光亮开导她。

"等到了铜城咱们安顿下来，再过上一段时间，你爸的气也消得差不多了，咱们再回来。"光亮说。

粉花想想也是这么个理，现在逃也逃出来了，难不成再回去被关进窑洞？于是便说："光亮哥，我听你的，咱们走。"

此时此刻，三爸在后山坡上放羊时亮着嗓子唱的那一句信天游歌词，再一次在年轻后生高光亮的耳边响起："生生死死相跟上。"

五

高光亮和粉花坐了一整夜的长途汽车，于黎明时分来到了铜城，他们在铜城煤矿一打听掘进队长高光远，很多人都认识他。

在路人的指引下，他们很快便找到了高光远。

在听了光亮的叙述后，光远很仗义，在矿部的后山上给他们两个人寻了两孔破败的窑洞，窑洞外面还有一片不大的土墙垒起的小院子。光远说："这是我当年刚来矿上时住过的窑洞，如今多年没有人住了，年久失修，你们就先收拾收拾将就着安顿下来，等以后挣下钱了再换个好地方住。"

两个人跑出来除去买长途车票的钱，身上所剩无几。光远又拿出二百元钱塞到光亮手里，算是借给两个人的生活费。光远还抱来了被褥铺在土炕上，两个人才算是有了一个可以安身的住处。

在高光远的介绍和担保下，经过一周的安全入井培训，光亮成了一名高光远手下的掘进工人，所谓掘进工就是在井下挖巷道的工种，拼的就是一把子力气。第一天下井，看到掌子面上炮工们正在打眼放炮，一开始大家还有说有笑，可是炮声一响，高光亮和第一次下井的几名矿工感觉到地动山摇，仿佛整座山快要塌下来了，吓得他们四散而逃。

高光亮和一名同来的叫柱子的矿工跑进一条小巷道躲在里面，一直等到炮声停了，四周安静下来方才钻了出来。可是刚才两个人因为心情极度恐惧，慌不择路，出来后便迷失了方向，正不知往哪儿去时，听到远处好像有哨声响起，便沿着巷道朝发出哨音的方向摸了过去。

两个人头顶矿灯照亮，深一脚浅一脚地四处乱摸，好不容易才找到了自己的区队，大家都已准备着升井了。当班的班长看见两个人后破口大骂，骂他们两个是脓包，胆小鬼，逃避劳动，哪里像个受苦人的样子，还威胁说，他们两个今天没有工钱。没有工钱就没有工钱吧，高光亮是第一次下井，谁能知道，井下是这么个样子?

升井后洗完澡,高光亮换上平日里穿的衣服,在矿门口与刚结识不久的柱子分手后走出矿区,沿着山坡一路向上,朝着他和粉花居住的窑洞走去。

一周以来,粉花也没有闲着,在光亮到矿上上班走后,她便开始收拾打扫窑洞和院子。她买了把小笤帚和塑料簸箕,又让光亮在矿上借了把大扫帚,把两孔窑洞齐齐打扫了一遍,然后又找来报纸把土炕周围贴了起来,寻思着等光亮换休时,两个人一起把土炕翻修一下。土炕常年无人居住,一些地方坑洼不平,有些地方已经塌陷。在收拾炕围时,粉花想起刚来的那天晚上,起初她和光亮哥一人睡一孔窑,到了后半夜,外面刮起了大风,窗户和门开始咣当作响。她被惊醒后便再也睡不着了,一个人躺在炕上胡思乱想,她的脑筋越想越乱,总感觉院子里有人在来回走动。其实,她心里也明白,是风在刮,可是想是想,思想中还是觉得有人在院子里走动。

于是起身隔着门缝向外看,外面黑乎乎的甚也看不见。回来躺下,似乎又觉得有人在院子里走动,还是不放心,再次起来去看,还是甚也看不见。反复几次后,她害怕了,更加不敢一个人睡了,于是,起身叫:"光亮哥。"

高光亮躺在隔壁窑里也没有睡实,他在想粉花,孤男寡女独居一处,高光亮的心情整夜都起伏不定。听到粉花叫他,便起来开门走到隔壁窑洞的窗前问:"甚事情?"

粉花说:"我睡不着,你陪陪我吧。"

光亮说:"那你把门打开。"粉花起来开了门,光亮进来,两个人摸黑上了炕。后来不知怎么的,粉花迷迷糊糊地被他抱着,再后来……从那天晚上起,粉花清醒地知道,从今往后这一辈子,自己都是光亮哥的女人了。

隔着窗户,看到光亮哥掀开院子里的篱笆门走了进来,粉花这才想起该做晚饭了。

晚上,高光亮新结识的工友柱子来家里串门,柱子怀里揣着一瓶白酒,手里提着从山下摊贩那里买来的下酒菜。他一进门就嚷嚷:"嫂子,把你家的碗筷拿出来,我和光亮兄喝两杯酒暖暖身子。"

自从在井下两个人惊慌失措相跟着一同躲在巷道里开始，柱子和光亮便成了好朋友。柱子是陕南人，陕南口音很重，说话快时让粉花很难听清他在说啥。

看到白酒和小菜，粉花明白，男人们这是要喝酒打发时间。于是摆上杯盘碗筷，两个男人坐在小桌前一边喝酒，一边谈天说地。粉花坐在土炕上纳着鞋底听他们说话，时不时地还插上一半句。酒过三巡后，柱子说："嫂子，你在家里待着，时间久了也不闷得慌？"

粉花笑了笑回答："我能干些个甚？"

"做个小生意挣些外快呀，眼下所有人都在拼了命地挣钱。我打听过，就连山下修鞋的一个月都能挣好几百块钱哩。"

粉花的心思一动，对呀，为了安下这个家，花费不小，眼瞅着借光远的钱就要花完了，光亮这个月的工资要到月底才能拿到，刚才吃饭时，她还在为钱的事情发愁呢！可是她能做些个甚呢？想到这里，她说："我在家里甚也没干过，就怕做不来生意。"

"这世界上哪一个人天生下来就会做生意？边干边学嘛，我和光亮头一天下井，现在想来都当笑话给你讲哩。"柱子舌头打着绊说。

高光亮想，自己中学毕业后回家放羊，包产到户后整天泡在自留地里，甚本事也没有学下，粉花的经历也和他差不多，这做生意的事情是精明人才能干的，像邻村卖豆腐的杨圪劳，连眼珠子看着都是精明的，也只有像杨圪劳那样的人天生下来才配做生意。柱子对他的想法很不以为然，说在陕南，家家都做生意，生意这东西越做越精，不做永远都不会。柱子说，他在老家时搞投机倒把，贩过水果，贩过蔬菜，贩过粮食，甚至还在夜市上卖过几个月馄饨。

粉花问："那你咋不继续干下去？"

柱子与光亮碰了一杯酒，在嘴里咻溜抿了一口说："没本钱啊，上个月听人说矿上招人，便跟着邻村的人跑来了。矿上工资高，等有了本钱再去做大一点儿的生意。"

后来，柱子叹口气说："在家里，我爸就常骂我是这山望着那山高，小钱看不上，大钱挣不来。我这次出来就是要挣大钱，让家里人瞧瞧，我柱子天生就是挣大钱的料。"

粉花觉得，柱子说的都是醉话，可是细细想来也不无道理。等柱子酒足饭饱一摇三晃地走后，粉花一边收拾家务，一边对光亮说："我觉得，柱子说得有道理，生意都是人做出来的，不做咋知道生意怎么做。"

光亮醉醺醺地倒在炕上嘴里嘟嘟囔囔地说："做生意得有本钱。"

第二天一早，光亮上班去了，粉花起来把家里收拾停当后锁了屋门走下山来，她首先跑到自由市场里转悠了一圈，看看大家都在做些个啥生意。

铜城的自由市场比高家河乡一月一次的集会还要红火得多。前边一排全是卖肉的，猪肉、羊肉、鸡肉、鱼肉，堆得跟小山似的；中间一排全是贩蔬菜的，人头攒动，熙熙攘攘；后边一排是卖杂货的；再后边一排是卖粮食的。

市场外面卖早点的挤成一团，冒出的油烟味呛得人直想咳嗽，吃早点的人们拥挤在路边，嘴里喊着来碗馄饨，再来根油条，老板给我来一碗胡辣汤再加两根麻花……粉花看着眼馋，摸摸兜里所剩无几的钱，她不舍得，心里想着买些便宜的菜和面粉。

在粉花的内心，这日子虽然紧巴，也还甜蜜，只要能和亲爱的光亮哥在一起，再苦再累，她都能忍受。

从自由市场转了一圈，除去买了一些生活必需品外，粉花还狠下心来花五角钱买了一对小鸡养在院子里。

她能狠下心花五角钱买下这对小鸡，源于一天晚上两个人相拥在一起时，光亮哥给她讲的鸡生蛋、蛋生鸡的故事。

光亮说，从前有一个穷人捡到一枚鸡蛋，于是便把鸡蛋带回家中，放在篮子里，老婆问："你不吃它，放到篮子里做甚？"

穷人说："败家娘儿们就知道吃。我要用这枚鸡蛋孵出一只小鸡，再把小鸡养大让它生蛋，这样鸡生蛋、蛋生鸡，过不了多久，咱们家的日子就富裕了。到那时盖几间青砖大瓦房，再娶两房小妾，养一群孩子，孩子们长大了再养孩子，咱们这个家族就兴旺发达成大户人家了。"

老婆听后，拿起鸡蛋在锅边敲开放进了滚开着的面条锅里……

想到光亮哥晚上给她讲的这个故事，粉花兀自一个人站在院子里望着一对欢叫的小鸡笑出了声。其实，她明白光亮哥半夜在炕上给她讲这个故事，是想做那事了，是想让她为他生养下一群儿女哩。

高光亮上班来到更衣室和柱子换上工装，与矿工们一起来到矿井口乘大罐笼下到三百米深的井下，走出罐笼再坐四十分钟的小矿车，走下小矿车，然后爬高下低地走了大约一个小时的路程来到工作面。

上一班的工人早已在那里等着他们交接班。交接班后，上一班的矿工陆续升井，炮工们在前面开始打眼放炮。光亮和大家一起悠闲地坐在巷道里等着炮声响起，然后到工作面清理碎石。

临近月底，为了完成这个月的掘进任务，光亮他们区队这几天的工作量很大，他们得分秒必争地完成这个月的进度，否则，奖金就泡汤了。

矿工老雕坐在一块煤矸石上摘下矿帽，用他那早已看不出来颜色的黑乎乎的毛巾擦了一把额头和脖子上的汗水，看着高光亮和柱子调侃道："听说省城允许开歌厅了。"

光亮插话道："甚是歌厅？是不是就像部队上的文工团？"

老雕听他如此问，把嘴朝耳朵根子一撇："土老帽儿了吧，这歌厅嘛，最早是从深圳特区那边传过来的，是资本主义的特殊产物。说这个太深奥了点儿，你们也听不懂，那就简单地说吧，歌厅一般都是晚上才开放，歌厅里唱歌的女孩子叫小姐，知道小姐吗？"

看到两个人一脸茫然地摇头，他便接着说："小姐就是陪到歌厅消费的客户唱歌喝酒的服务员，而且还可以那个。"

柱子问："哪个？"

老雕不怀好意地冲柱子笑着说："那个嘛，就是，就是回去问你妈晚上和你爸都做些啥？"

柱子一下子反应了过来，他忽地站起来上去揪住老雕的衣领子，嘴里骂："老雕，你真不是个东西。"

老雕原来是个城市待业青年，常年二流子似的在外逛荡，到处惹是生非。一年前父亲在矿上退休，由他顶替到矿上成了一名正式工人。老雕是他的绰号，他的本名没有人叫，除了开工资时用到真名，其余时间大家都叫他老雕。

听到柱子恼羞成怒地骂，老雕涂满黑色煤粉的脸上露出一口白牙笑着说道："你个碎怂还真生气了。"

怕柱子刚来惹出事端不好收场，高光亮站起身拦住了柱子，恼羞成怒的柱子依然没完没了地大声骂老雕。

咚！咚！隆隆的炮声响起，把他的骂声淹没了，顷刻间地动山摇。高光亮不再像头一次下井听到炮声时那样惊慌失措，他已经能够坦然面对这一切了。所有的人都坐了下来，高光亮拉着柱子也坐了下来，他能感觉到柱子的浑身还在气得发抖。矿工们静静地倾听着沉闷的炮声不再言语，当然，这个时候即使面对着面，你说什么对方也是听不真切的。

炮声过后，硝烟散去，又等了约半个小时工夫，等通风巷道送来的清新的风把硝烟吹得差不多了，矿工们这才三三两两、慢慢腾腾地向工作面走去。

区队长高光远大步流星地走了过来，看到一个个疲疲沓沓的下属便大声吼道："咋还不动弹，磨叽个屁。三个人一组快快上去清理巷道，完不成这个月的任务，我扣光你们的奖金。"

老雕说："也不光扣我们的，你的就不扣？完不成任务你比我们都扣得多哩。"

高光远骂道："就你孙子话多，完不成任务，老子先扣你奖金。"

听到区队长的骂声，老雕咧开黑嘴唇露出白牙在那里笑。真是个没脸没皮的二流子，高光亮在心里骂道。

老雕、高光亮、柱子三个人被班长分到了一组，班长指定老雕当组长。三个人来到不大的掌子面，老雕安排柱子装，高光亮运，自己在一边指挥。

柱子不满地问："你咋不干？"

看来，他刚才的火气还没有完全消尽。老雕似乎并不在意道："等你混到我这份儿上的时候，再提意见。"

说完这话，老雕甩着双手到前面找了个小巷道睡大觉去了。

高光亮和柱子互相对望了一眼，两个人谁都没有言语。他们一来到矿上，就了解到一条不成文的潜规则，正式工在井下一般都不干活，即使干也是找一些轻松的活干，苦活、脏活、累活甚至危险的活，都是由临时工和协议工干的。

望着老雕消失的背影，柱子朝他消失的方向狠狠地吐了一口浓痰骂道："呸！什么玩意儿！"

高光亮只是埋头干着活，他在心里暗自思谋，得想个办法整治一下这个二流子，让他服气自己，否则，老让他这么骑在头上，也不是长久的事情。

一段时间以来，粉花一直在琢磨那天晚上柱子说的做生意的事情。做个甚生意好呢？光亮说，做生意得要有本钱，有没有不摊本钱的生意做呢？光亮说，那叫无本生意，时下能做无本生意的人都是有权有势的人。

她和光亮逃难般来到矿上，除了还能沾点儿亲的高光远外，两个人是举目无亲，更别说在官场上有人了。她想等光亮领工资了，能不能找一个小本生意做做，如果能做上个小生意挣些小钱给大哥金强寄去，也好让他在家里讨一个婆姨。一想到大哥金强，粉花的心就揪得紧，她觉得自己对不起哥哥，如果自己不跟着光亮跑出来，如果那天晚上哥哥在院子里把她拦住，如果爸真的把她嫁给那个城里人，收下男方的彩礼钱，现在，哥哥怕早已订下婚约了。

想到此，她的心里非常难过，一是觉得愧对哥哥，二是觉得她老子对她太不公平，都到甚时代了，还搞包办婚姻那一套。于是，她无声地叹了一口气，暗自下定决心一定要挣钱，等挣下钱给哥哥娶回一个婆姨。

在自由市场转悠了半个月，经过仔细揣摩，她看上了一个投入不多的小本生意，盘算着等光亮这个月拿到工资后，就和他商量着做个小生意试试。

清晨，高光亮下了夜班回到家中，吃罢早饭，劳累了一夜的他躺在土炕上正迷糊着，粉花收拾完锅灶后坐在炕头把他摇醒。

"给你说件事。"粉花说。

高光亮还在半睡眠状态，他含糊地回答："甚事？"

"我打算做个小生意。"粉花小声说。

在高光亮的心目中，生意不是谁都能做的，有的人做生意挣钱，有的人做生意就不挣钱，就像吊儿郎当的老雕一天到晚挂在嘴边的话，做不了生意的人是贩猪猪涨价，贩羊羊涨价，做啥赔啥。

听到粉花说，她要做生意，高光亮首先就给否定了，认为她这是乡下人进了城，眼花缭乱不说，而且是心比天高。想到这儿，他完全清醒了，睁开眼望着粉花，说道："你做不了生意的。"

"我咋就做不了生意？"粉花不服气地看着他。

"做生意要本钱，你哪儿来的本钱？"

"我早就看好了，咱做个小生意，花不了几个本钱。"粉花自信满满地说。

"甚生意？"高光亮不解。

于是，粉花把她这些天来在自由市场上打问到的行情一五一十地告诉了他。粉花说，她打算摆个水果摊，她在心里认真地计算过，摆一个手推车式的水果摊，需要一辆自行车两个藤条筐就够了。每天早晨四点起床到郊外的批发市场把新鲜水果批发来，赶八点前把水果拉到城里的自由市场，抢占个好位置。她仔细观察过，自由市场上水果是卖得最快的农副产品。因此，她认定城里人爱吃水果。

听到粉花的讲述，高光亮有些动摇了，是啊，做个这样的小生意也不错啊！何况一辆自行车两个藤条筐也不是个甚花费。他想了想，终于找到了粉花计划的缺点："你不会骑自行车呀！"他叹息道。

"我可以学。"粉花胸有成竹地回答他。

从那天起，粉花从柱子那里借来自行车，这是一辆老旧的永久牌二八型加重自行车，柱子说，他这辆加重自行车是从陕南老家乘长途车带过来的，还说，他当年就是用这辆自行车做生意的，现在上班很少骑它，借给粉花也是物尽其用，他希望粉花用这辆自行车赚下人生的第一桶金……一通说辞把粉花说得是心潮澎湃，把高光亮也说得是咧开嘴掀起抬头纹直乐，在柱子极具鼓动性的演说中，他仿佛看到了粉花每天都在鼓起的腰包。

柱子把自行车推来的当天，粉花便在他的指导下在小院里学起了骑自行车。看上去简简单单的两个轮子，可是骑上去就完全不是那么回事情了，由于把握不好平衡，骑上车后行走，只要柱子扶在后面的手一松开，她就把握不住方向了，不是左就是右地来回摆动，自行车把手咋也不听她的使唤，很快就把她连人带车摔在了地上。

柱子在一旁鼓励她，让她不要气馁，说他学自行车时也摔过不少回。柱子走后，粉花便由高光亮在后面扶着一遍一遍地练。

天渐渐黑了下来，高光亮说："明天再练吧。"摔得浑身是土的粉花望着满头大汗的高光亮苦笑道："你比我还累，我是不是就不是骑车这块料呀？"

高光亮安慰她说："慢慢来吧，世上无难事，只要肯登攀。"

一周后粉花终于学会了骑自行车。她用高光亮发下的头一个月工资还了光远的借款，留下基本生活费，用剩余的钱开始了她人生头一次做生意。尽管她做的生意是小生意，可是对于一个刚从陕北农村到城里来的女子来说，是极具挑战性的。当她怀着兴奋和激动的心情，天不明就随着批发的人流赶到郊外的农副产品批发市场，又看到大型货车上整筐整筐的水果被人抬着卸下来时，粉花这才知道，自己兜里的那点儿钱根本不够批发一大筐水果。一问才知道，这是二级批发市场，像她这样的只能到三级批发市场。于是她便迅速骑上自行车，向人们说的三级批发市场赶去。等她汗流浃背一路风尘地赶到那里时，天已经大亮，在那里讨价还价好不容易批发了一些苹果、鲜桃、梨等水果，满头大汗地赶到自由市场，太阳已经出来，自由市场上人头攒动，早已没有了可以落脚的摊位。

于是，她便在市场外找了个空地儿立住脚，刚摆下水果，就有一个戴红袖章的市场管理员过来收费，她给人家解释自己刚来，还没有开张。市场管理员说："我不管你开张不开张，只管收费，只要是在这儿摆摊就得交费。"

粉花怯生生地问对方得交多少钱？对方极不耐烦地回答："每人每摊五元。"

天哪，往这儿一站就交五元，粉花的大脑有些发蒙，摸着兜里那一张一张的毛票，这可是光亮哥在井下拼死拼活挣下的血汗钱哪，就这么被人家一把就拿去五元，这和抢有甚区别。有心想着不卖了，可是花一百多元钱批发下的这些水果咋办？想想还是忍气吞声交了五元钱。

在那里站了一个小时也无人问津，于是想到柱子给她传授的生意经。柱子说做生意要活套,你傻傻地站在那里等着人家来买是最笨的做生意的办法,你得大声吆喝。比如,新鲜的水果哩,香甜的水果哩,又大又好的水果哩,你得把人家的眼光吸引过来,才能把水果卖出去。她试着张了几次口,可就是张不开。

旁边一个菜贩子在打发走一个顾客的空闲当中,对她说:"刚来的吧?"

她点了点头。

菜贩子说:"你得大声吆喝,得让人家注意到你,傻不唧唧地站在这儿,人家知道你是买水果的还是卖水果的?"

粉花只得硬着头皮拖着浓浓的陕北口音小声叫买,声音没有多大,她的脸先红成了苹果的颜色。

菜贩子又教训她说:"做生意自食其力挣钱又不丢人,你害羞个啥?"

好不容易挨到中午,旁边的菜贩子早已卖完菜收摊回家去了,粉花算了算一共卖了二十九块八角钱,盘算着挣回了摊位费。可是刨去成本钱,再一算利润,等于赔了十块钱。狠下心来不吃不喝继续下去,顶着日头的熬晒,挨到下午,看看天色,盘算光亮哥就要下班回家了,于是匆匆收了摊子,推着自行车爬上山坡回到家中。

浑身散了架般整个人都没了精神气力,看看时间快五点钟了,强打起精神开始做晚饭。一边做饭,一边望着筐里没有卖完的水果,眼泪便流了下来。天不明起来折腾一整天,看上去非常简单的水果生意,做起来也是熬心熬肺的。

光亮回来了,两个人正待吃晚饭,柱子就来了,他一进门就说:"嫂子,恭喜发财。"

粉花红着脸说:"发甚财,赔下钱了。"

"做生意赔挣都很正常。何况,你是头一天做生意,能有这样的成绩,应该表扬才是。"

柱子不以为然地安慰她。又问:"你们晚饭吃啥?"

说着走到锅前揭开锅盖,看到熬了半锅的腌猪肉炖粉条,说:"你们整天就吃这个?"

粉花想,不吃这个,吃些个甚?我们在老家,能顿顿吃到这些,就算是好生活了，你不是也说我腌的咸猪肉好吃嘛。

看到柱子来了，光亮便招呼他坐下来一起吃饭。柱子说，我吃过了，你们吃。粉花拿了水果洗净放在盘子里让柱子吃，她给光亮盛了一大碗米饭，又盛了一碗菜让他先吃。自己走到院子里把今天卖剩下的水果一个一个挑出来，把不好的拣出来放在一边给自己人吃，好的继续放在筐里明天到市场上卖。

光亮在窑里喊："粉花，你也快点儿趁热吃吧。"

粉花的肚子早就饿了，可是看着这些个没有卖出去的水果，她心里难过，没有胃口不想吃饭。

柱子开导她说："人是铁饭是钢，一顿不吃饿得慌。"

粉花一天都没有吃饭了，可是她的胃里就是不觉得饿，人要是心里有了事情，胃里就没了感觉。听到两个人的劝说，粉花过来胡乱吃了些饭菜，想着明天一早天不明还得起来去批发补充一些水果，便回窑睡觉去了。

光亮和柱子在那边窑里谈天说地了一会儿，送走柱子关了院门回到这边窑洞时，天已经完全黑了下来。看到粉花连衣服也没有脱，便帮着她脱了衣服，爬上土炕准备睡了。

望着粉花均匀的呼吸和沉沉睡的睡姿，光亮的心里突然升起一股莫名的伤感，眼前这个心爱的女人跟着他跑出来，吃苦受累忍饥挨饿到底图了个啥？人都说，嫁汉嫁汉，穿衣吃饭，粉花跟了他是衣没好的、饭没香的，他感觉有一丝愧疚像烟雾般漫上心头，久久不能散去。

他上前轻轻吻她，抚摸她隆起的胸脯，便有了想紧紧地抱住她的冲动。又看到她香甜熟睡的模样，他还是隐忍住了心头激荡起来的冲动，轻轻替她掖好被子。这时候粉花突然开口说话了，她说："我没睡熟，要是想让我伺候你，就上来吧。"多么温柔体贴他的女人啊！一时间高光亮的眼泪夺眶而出，他再次上前死死地抱住眼前这个让他心爱又心疼的女人，久久不肯松开。

第二天天不明，粉花起来给光亮熬下一锅小米粥，又在锅里热了三个白面馍馍，自己带了一个，给光亮哥留下两个，便推着自行车，走出了家门。

天空繁星点点，一股清凉的风吹过来，掀起她的鬓发。经过一夜的休息，粉花感觉到恢复了体力,夜幕渐渐褪去,东方露出一片鱼肚白,粉花迎着那一缕曙光,骑上自行车,再一次精神抖擞地开始了一天的忙碌。

六

高光亮、柱子、老雕三人来到井下的工作面,瓦斯检查员过来测量了瓦斯浓度,把数字填在一张报表上后便离开了,紧跟着小组长老雕一转眼就没了人影。

柱子愤愤地骂:"每天不干活,工资还比咱们高。"

高光亮想,这就是正式工的好处。如果有一天自己也转正成了矿上的正式职工,该多好。

工作面非常闷热,空气中弥漫着呛人的煤尘气味,柱子和高光亮两个人为赶进度,快快干完今天的工作,好找个通风的地方歇歇,他们加快了速度。

这儿的煤层不高,是一处鸡窝煤,高光亮和柱子只得猫着腰在工作面干活,很快汗水便浸湿了内衣,身上黏黏的让人感觉到很不舒服。

两个人脱下棉袄,后来又脱下内衣内裤,光着身子在不大的空间里埋头干活。正在干得起劲时,区队长高光远走了过来,看到两个人赤条条地一丝不挂,高光远上前骂道:"谁让你们脱衣服的,这工作服和安全帽是安全的保障,都给我把衣服穿上,把安全帽戴上。"

当看到只有他们两个人时,问:"老雕去哪儿了?"

两个人摇头,高光远站在巷道里大声吼道:"老雕,你狗日的跑哪儿去了?"巷道里静悄悄的没有回音。"你给老子耍奸溜滑,等升了井看老子咋收拾你!"

依然没有回音。

就在这时候,高光远突然感觉到头顶上的松木支护架子发出嘎吱嘎吱细微的声响,好像木板被强力撕裂开来的声音,心说:"不好,要冒顶。"高光远下了多年的井,井下工作经验十分丰富,就在听到嘎吱声响后,他的第一反应就是预感到危险的来临,他并没有抬头去看头顶松木支护的顶板,仅凭耳朵的听力就已经预感到了危险的来临。只听到他大吼一声："你们俩都跟着我快跑！"

听到高光远变了调的喊声，高光亮和柱子一下子就感觉到了危险，两个人赶紧去穿衣服。

高光远大喊："甚时候了还顾得上穿，拿上衣服快跑！"

两个人不顾一切地迅速抱起衣服，赤条条地跑出坑道，跟着高光远向他们认为安全的地带一阵狂奔。

耳边听到后面发出顶板垮塌的声音接踵而来，高光亮喘着粗气边跑边说："老雕还在里面。"

区队长高光远放慢了脚步，高光亮和柱子也跟着他慢了下来。

高光远问："你们确定他在里面？"

当他头顶的矿灯照在两个人的脸上，看到两个人肯定地点头后，区队长高光远的脚步停了下来。

这时候，工作面大的塌方已经过去，还能听到零星的石块掉下来发出的哗啦声响。

高光远说："柱子，把衣服穿好后上去叫人，让他们赶快下来救人。"

吩咐完后他便转身向工作面走去，高光亮穿好衣服尾随在他的身后走向工作面，两个人深一脚浅一脚地走进塌方工作面，高声叫着老雕的名字。

区队长高光远到来的时候，老雕正在工作面旁边一条回车巷睡大觉，回车巷是条死胡同，是井下用来倒车的临时挖掘的巷道。高光远骂他的声音，他隐约听到了，心想，管屎他呢，翻了个身继续睡他的大觉。

当轰隆隆的塌方声传过来时，老雕心说："不好，井下塌方了。"他爬起来再想出去时，巷道口已经被塌下来的乱石堵死了。借着矿灯的亮光，看到巷道口处烟尘弥漫，他跑过去拼命去搬那些塌下来的石块，可是哪里能搬得动啊，不一会儿，泪水从他的脸庞流了下来，在他的脸上留下两道黑色印痕。

这下子完蛋了，我的命今天算是交代到这儿了，他这样想。

此时此刻，区队长高光远和掘进工高光亮正站在塌方的巷道外，经验丰富的高光远蹲在地上，找了一块青石沿着巷道击打，他击打几下，然后停下来仔细聆听。他这是在试探，如果老雕还活着，在听到击打声后，也一定会用石块击打巷道回应，这样一来，他便能确定老雕还活着，同时，也能确定下来他所在的方位，以便展开营救。

很快巷道那边传来石块击打的声音，声音很微弱，看来离他们还有一段距离。高光远说："救人如救火，必须分秒必争，咱们先慢慢清理脚下的碎石吧，等柱子找来人进度就加快了。"

光亮问："这样的事故在井下常发生吗？"

光远说："也不常发生，在井下作业只要抓好'一通三防'措施，像这样的事故，是完全可以避免人员伤亡的，你能记住是哪'一通三防'吗？"

高光亮在入井培训前学习过"一通三防"，一通就是通风，三防就是防瓦斯、防透水、防冒顶。当他回答完"一通三防"的内容后，高光远满意地点了点头。

一小时后，救援人员赶到了，由于巷道逼仄，大型机械不能进来，救援人员只能用洋镐和铁锹清理塌方的碎石。

高光亮始终在最前方，他先是用手搬，后来运来了工具，他便用工具奋力清理眼前堆积如山的石块。在他的脑海里，老雕虽然平时工作偷奸耍滑，让他和柱子多干，自己不干，可他毕竟是活生生的人，是一条鲜活的生命，生命对于一个人来说只有一次，生命没有了，便什么也没了。

以往在高家河村，生活在不急不缓中慢慢度过，和村里的人们一样，他对生命的理解很随意、也很麻木，认为生死，不是人力所能对抗的，凡事只能听天由命。

他又想到了粉花，他是多么地爱她，她同样也是多么地爱着他，如果被埋在里面的人是他高光亮，如果自己突然离开了人世，让她一个人孤苦伶仃怎样生活下去？在分秒必争的危难时刻，他猛然感觉到，一切都可以得过且过，只有活着，才是最真实的。

于是，他下定决心一定要亲手把老雕从阎王爷手中救下来。

此时此刻在高光亮的心目中，不仅是在营救老雕，也是在营救自己。

时间在高光远的脑海中像闹钟的秒针一样嘀嗒嘀嗒地走着，他很清楚时间就是生命在这个时候的深刻意义。他站在人群中间指挥大家轮流有序地，一刻不停地清理着塌方的碎石。

　　八个小时过去了；

　　九个小时过去了；

　　十一个小时过去了……

　　根据图纸上的距离计算，救援人员离老雕所在的回车巷越来越近。

　　此时，区队长高光远最担心的事情就是时间。在一个完全封闭的狭小空间里，氧气对于生命来说是最为重要的，时间越久，老雕那边的氧气就越稀薄。因此，救援人员必须争分夺秒，赶在老雕把空间的氧气吸完之前将他营救出来，否则，一切努力都是白费。

　　终于，高光亮能够感觉到前方的碎石有些松动了，这说明，他们就要挖到回车巷了。心情的激动让他更加努力挖掘，一洋镐下去，他感觉镐头一轻，跟着在矿灯的光照下，他看到了前方的空隙，后面有人喊："挖通了！"

　　耳边传来人们激动的鼓掌声。

　　高光亮一边扩大着洞口，一边大声喊叫老雕的名字。当后面的人们都静下来后，他的喊声便在整个巷道里回响，回响声落下去，四周一片死寂，听不到任何回音。

　　高光远挤到最前面又叫了一声："老雕，你还活着吗？"

　　人们屏息静听，没有回答。

　　高光远想，完了，还是晚了，十三个小时，一个几平方米的空间，一个人就那么一点儿稀薄的空气，还不把人活活憋死？

　　洞口被慢慢扩大，可以容一个人进去了，高光亮不容分说，一头钻了进去，在不大的空间的一处角落里，他看到了老雕蜷缩的身体。他走过去伸手摇晃着老雕，嘴里喊着他的名字："老雕，老雕。"

　　他俯身爬到老雕面前，借助矿灯的光亮，看到老雕涂着黑色煤粉的脸，他伸手在老雕的黑脸上拍打了几下，试图唤醒他的意识，老雕的脸看上去很安详，没

有丝毫反应。

高光亮心想,老雕完了,看来要为他准备后事了。

区队长高光远跟着也钻了进来,他一把拉开光亮,趴在老雕的胸口听了听,颤着嗓音激动地说:"还有心跳,快给他输氧。"

粉花骑着自行车来到批发市场,补充了一些昨天卖出去的水果,今天她有了经验,她把昨天卖得快的水果,像鲜桃、甜瓜多进了一些,其他水果只是象征性地批发三五斤,惹得那家批发给她水果的摊主一脸的不高兴,嘴里嘟囔道:"这是在搞批发还是在零售啊?"

粉花并不理会摊主那一套,整理好批发来的水果付了钱,就迅速赶场般赶往自由市场,今天她必须抢占一个好摊位。以她的观察发现,只要能抢占下一个好摊位,就能多卖水果。

今天还好,因为来得早,她抢到了早已看好的那个位置。刚把水果摊摆好,就有人过来撵她,那人说:"这里的摊位都是固定的,你占的这个位置是我的。"粉花想,我们都给市场上交同样的摊位管理费,都是一个摊位二十元,这位置咋就成你的了?便没有理他。

那个人仍然不依不饶地追着撵她走,市场管理员过来收摊位费了,那个人和管理员打招呼,顺势递给管理员一支红塔山烟。管理员接过烟去,然后点燃深吸一口慢慢吐出,他看看粉花说:"这儿的摊位都是固定的,你是新来的吧?"

在得到粉花肯定的答复后,他说:"临时摊位在那边。"

粉花顺着他手指的方向看去,那儿只有稀稀拉拉的几个人,就不愿意过去,说:"我们都是交了同样的二十块钱,为甚我要到那边?"

那个人说:"凡事要讲个先来后到。"

粉花说:"今天是我先来的。"

那个人说:"我都在这儿摆了一年的摊子了,你说,是谁先来的?"

管理员在一旁不耐烦地说:"凡事都得有个规章制度,没了规章制度,就没了规矩,这么大的一个市场不就全乱套了?别废话了,快收拾摊子到那边去。"

一个初来乍到的农村姑娘,没有后台也没熟人帮衬着说话,粉花觉得自己没有能力与对方抗衡，只好含着泪忍气吞声乖乖收拾了摊子，委屈地到人少的那边摆摊去了。

日头偏西，又是一天过去了，看看摊子上摆的水果还卖了不到三分之一，着急委屈让她眼眶里盈满泪水。想到光亮哥快下班回家了，只好匆匆收了摊子，推着自行车爬上山坡，向自家所在的窑洞走去。

做好了晚饭，太阳早已落下，看看天色将黑，左等不见光亮回来，右等还是不见光亮回来。原本还等着光亮回来向他倾诉委屈，现在便升起了火气，在心里暗暗骂他："死哪儿去了，还不回来，是不是又和柱子喝酒去了？"

她在心里一边骂他，一边胡乱猜测。

因为是刚刚来到煤矿生活，她并没有觉得，在煤矿上男人下井到点没有回来，对于家里的女人来说意味着什么。心想，或者是公家有事耽误了？于是，坐下来一边整理水果，一边耐下性子等男人回来。

月亮爬到东山头了，矿区里一片灯火辉煌，几颗星挂在树丫上像老家的窑洞里点亮的煤油灯，在树梢头闪烁不定。

粉花在家里坐不住了，她胡乱吃了些东西，急急忙忙地向矿区走去。

一进入矿区，看到救护车闪着蓝色的灯光停在那里，又听路人说，井下发生了事故，具体什么事故不是很清楚。

粉花的腿一软，差点儿一屁股坐在地上，她努力让自己镇定下来，想着光亮哥不会刚来矿上就摊上这样的事。想是这么想，可是脑子里还是挥不去那血淋淋的场面。

糊里糊涂跟着围观的人流来到矿井口，看到井口外面拦起了绳索，矿井口处灯火通明。她突然疯了似的冲向井口，她要去找她的光亮哥，就是死也要和她的光亮哥死在一起。

然而没跑多远，就被矿上维持秩序的保卫人员拦了下来。她拼命喊着光亮的名字，很快就被几个大汉连拉带拽地拖离了井口。

就在离开井口的一瞬间，她的眼光向井口扫去，猛然她看到了柱子，尽管只是一闪，又是夜晚，在井口的强光下，从面相到身材，她认定那就是柱子，这是她此时此刻最后一根救命的稻草。于是，她突然低头在拉拽她的一个男人的手背上狠狠咬了一口，那人被咬疼了，一松手，粉花便挣脱开几个人的拉拽，向刚才看到柱子的井口方向奔去，她拼命地喊着柱子的名字，声音听上去有些歇斯底里。柱子是来地面报信的，报了信后并没有离开，他站在井口等待消息。

看到粉花披头散发、衣衫不整地向他跑来，几个保卫科的人紧紧在后面追赶，急忙上前问究竟。一问才知是这么回事，便安慰粉花说，光亮没事儿，是老雕被压在了下面，说他上来报信时，看到光远和光亮正在营救老雕。

听到柱子这样说，粉花悬着的心才放了下来，同时，腿一软就要倒下，后面几个保卫科的人上前把她扶住。都是在矿上干了一辈子的煤矿工人，像这样的场面遇见无数，他们很能理解此时此刻家属的心情。那个被粉花咬伤手背的男人并没有怪罪她，只是伸出手来让她看了看被她咬得发青的手背。

缓过劲来的粉花脸上一红，不好意思地连声向对方道歉。柱子说："嫂子，你先回吧，等光亮上来我告诉他赶快回家。"

粉花往回走了两步，但她还是不放心，她停住了脚步，转过身来对柱子说她要在这里等光亮上来。柱子说："你在这儿等和在家里等是一样的道理。"她说："不一样，她要在第一时间看到他。"

其实，在粉花的内心深处是不相信柱子说的话，她想，柱子一定是在宽慰自己，光亮哥也一定是被压在井下了。想到这里，她的心再次开始忐忑不安起来。

她固执地坚持要留下，直到看见光亮哥从井口走出来。

黎明时分，井口处一阵骚动，先是老雕在担架上被人抬着升了井，粉花挤上前看到不是光亮哥，心里一松，老雕被送上救护车拉响警笛离去了。紧接着看到她的光亮哥和光远从井口处筋疲力尽地走了过来。泪水簌簌从她的脸庞落下，她张开嘴想哭却哭不出声，生离死别让刚刚爱上一个男人的粉花经历了一回，当她跑上前一把拉住光亮哥温暖的黑手后，才真真正正地感觉到了这一切都是实实在在发生的，她终于可以把心放到肚子里了。

经过这一次事故后，粉花才开始意识到，煤矿是一个高危行业，也才真正明白作为矿工的女人的那些个提心吊胆的日子。

粉花每天起早贪黑努力做着她的水果生意，由于占不到好摊位和不熟悉市场行情，她的水果销量不是很好。

随着时间的推移，家里的水果开始积压。批发回来的水果不能及时销售出去，在家中存放上几天就蔫了，蔫了的水果在市场上更是无人问津。

一些水果开始发霉，粉花只好小心翼翼地把发霉的水果挑出来，降价出售，同时，她也不敢再进新鲜水果。

一周后，那些积压的水果首先从桃子开始溃烂，粉花只得把溃烂的桃子挑选出来，用水果刀削掉溃烂的部分带回家，留给她和光亮吃，有时，柱子来串门也帮着吃。

看到粉花整天愁眉不展，柱子给她出主意说："你得继续进货，你越不进货，你的存货就越卖不出去。商品是要流通的，你应该明白流水不腐，户枢不蠹的道理。"

粉花苦着脸说："这些水果卖不出去，哪儿来的钱进货。"

原来粉花贪大求多，一开始进货，就把光亮一个月的工资除去生活费和还给光远的钱外，全都投在了货上，没有给自己留下周转的资金。如今水果卖不出去，她的兜里早已是入不敷出。听了柱子的话，她只得拆东墙补西墙，每天勉强进一点儿新鲜水果，艰难地维持着她的水果生意。

一个月下来盘点算账，赔了一半，光亮安慰她，"权当自家人吃了。"

听了光亮的话，粉花心里更难受，日子过得这样恓惶，谁舍得花钱吃那么多水果？她哭着对光亮说："我天生就不是做生意那块材料。"

光亮安慰她说："做生意有赔有赚很正常，你也别太自责，有我挣钱养活你呢。"

等到光亮拿到第二个月工资，粉花经过一段时间历练，在补充了一些货源后，粉花的水果生意才开始有所好转。

后来总结经验，粉花认为，是她在自由市场摆摊时间久了，人们都认识了她这张脸，并且知道她从不短斤少两，对她产生了信任感。

入冬以后，粉花停止了她的水果生意。原因很简单，一是货源紧不好进货，二是受到物价上涨影响，市民的消费水平有所下降，买水果吃的人少了。

粉花盘点她的水果生意，还是赔了。她对光亮说："我是不是天生就不是做生意的材料？"

这是她第二次对他说这句话，光亮还是用那句话安慰她："做生意有赔有赚很正常，不怕，我挣钱养活你。"

光亮的这一句看似平淡的话语，让她的心里着实温暖了许多，凭光亮的这一句话，粉花觉得，她就是这个世界上最幸福的女人。

七

茂雄老汉坐在自家院子那块多年以来被他的屁股和鞋底子磨得发亮的青石板上，一边吧嗒吧嗒地抽着他的旱烟锅，一边琢磨着如今一家人过的恓惶日子。

自从女儿粉花跟着穷小子高光亮私奔后，自认为一辈子做人做事都硬气的茂雄老汉，感觉到行走在村子里的街道上一下子矮了半截儿。

大女儿跟人跑了，鸡飞了；大儿子金强的婆姨没钱娶，蛋也打了。他这是鸡飞蛋打让村里人笑话哩。

粉花跟着穷小子跑了的第二天，他便带上两个儿子到高家要人。高光亮的老子高扬成是个老实巴交的人，哪儿见过如此阵势，看到茂雄老汉带着他的两个愣头青儿子气势汹汹地到来，他站在自家的院子中间直搓手。

高光亮是他的独生儿子，他妈生他时难产，送到县城的医院住了一个多月的院，花光了家里全部的积蓄，总算是保住了性命，却落下了不能再生养的毛病。老两口一把屎一把尿千辛万苦好不容易把光亮拉扯大，如今儿子把人家的黄花大闺女带上跑了，高扬成在心里暗自骂儿子浑蛋不争气，在外面给他惹是生非。同时，赔着笑脸听茂雄老汉当着围观的村里人的面教训着自己。

茂雄老汉一屁股坐在院子当中沙石上管高扬成要人，他到哪儿找人去？只得老老实实地站在原地，低着头一连声地给人家回着话，他只会说"对不起"。

茂雄老汉不依不饶："对不起就完了，你得给我把人找回来。"

高扬成木讷着说道："那个灰汉一声不吭就跑了，你让我、我到哪找他去？"

茂雄老汉说："我不管你到哪儿找人，反正得找。"

高扬成说："我找，我找，一定找。"

看看日近响午，高扬成让婆姨王英给眼前这个准亲家做饭。婆姨生着火，煮下一锅二米饭，这二米饭是陕北北部家庭过年才吃的饭，就是用小米掺上白米蒸制而成，婆姨又失急慌忙地取出一块腌猪肉剁碎，从地窖里挖出一盆山野圪蛋切成条状，熬出一锅腌猪肉炖山野条摆在了院子当间的沙石板上。

茂雄老汉教训了高扬成一上午，说得口干舌燥，看到黄灿灿的二米饭和香喷喷的腌猪肉炖山野条，也不客气，招呼两个愣头青儿子道："金强、银强，咱们吃饭。"两个儿子天不明就被老子吼喊起来，每人只喝了两碗稀得能照见人影子的豆钱钱饭，便跟着老子来要人，他们早就饿了。两个壮小伙儿听到老子一声令下，不管三七二十一，三下五除二就把一盆二米饭和一锅菜吃了个底朝天。

吃罢饭，有了精神头，茂雄老汉坐在院子当间继续找高扬成要人。

见茂雄老汉一家吃饱喝足还赖在高家，村子里那些个与高扬成沾亲带故的高姓本家人看不过去了，有人便找来了村主任，由村主任出面协调，看到高家人多势众，队长和高扬成又是本姓，俗话说好汉不吃眼前亏，茂雄老汉只得作罢。于是双方说好，高扬成赔茂雄老汉一袋小米、两袋山野，高家继续找人，直到把人找回来，茂雄老汉一家今后不得再来闹事，有事可以找村上，由村上出面双方协商解决。

茂雄老汉回到家中，婆姨艾玉琴听了二儿子银强的讲述后，仰起脸朝天喊道："天爷爷呀，天爷爷呀，还有个天理没有呀。"

她又低下头骂茂雄老汉："一袋米、两袋山野你就把粉花给了人家，看看你还有个做老子的样没有？"

茂雄老汉蹲在被他的屁股磨得发亮的青石板上，吧嗒吧嗒地抽着他的旱烟锅子一声不吭，他在心里反击艾玉琴，头发长见识短，你懂个甚，好汉不吃眼前亏，高家院子里高姓人站了一院子，那高扬成家里穷得是一毛也拔不下来，能讨回这一袋子米、两袋子山野已经不错了。

在一家人中最难过的要数金强了。娘老子原本打算嫁了粉花，用嫁粉花的钱给他娶婆姨，现在好了，粉花相跟着穷小子高光亮跑得无踪无影，自己那天晚上不但没有阻拦，而且还打开院门放她出去。

金强是个心肠软、为人又厚道的年轻后生，那一晚做下这样的事情，他不后悔，因为他心疼妹妹粉花，要是让妹妹粉花嫁了个不称意的男人，一辈子过着不如意的日子，他的心里更会过意不去。思前想后，他狠下心来，决定到乡上办的小煤窑掏炭挣钱，给自己娶回一个婆姨来。

当他把这一决定告诉他的娘老子后，茂雄老汉叼着他的烟袋锅子蹲在院子当中没有言语，母亲艾玉琴坚决反对，她说："下煤窑掏炭，挣钱是挣钱，可那是拿命换钱哩，咱家穷是穷，命再不值钱也不能去。"

金强说，他决定了，而且到矿上报了名，矿长同意让他明天一早就去上班。

听金强这样说，茂雄老汉在地上磕了几下烟锅，站直身子披着外衣走出了院门，后面传来婆姨的骂声："你个死小子和那个跑了的死女子把我快快气死了吧，我活着还有甚意思。"

茂雄老汉听出来了，婆姨这是在指桑骂槐哩，是在骂他没本事，骂就让她骂吧，自从粉花跟人跑了后，他茂雄老汉的脸早就丢到自己的裤裆里去了。

金强背着铺盖卷到乡上开办的小煤窑上班了。

新中国成立前窟野河两岸的煤窑都属于季节性生产，所谓："农忙随牛地里转，农闲下窑掏黑炭。"煤矿工人被称为"炭毛儿"，社会地位极其低下，若非穷极困尽，没有谁甘愿操持此业。

新中国成立后有了长年生产的国营煤矿，就是县办和乡办煤矿。金强所在的煤矿年产五千吨，有职工五十人。他每天的工作就是在井下掏炭，矿上发给他的作业工具是一把掏炭用的錾子，和一个套着绳索的被矿工们称作人车的小木匣。

一大早起来，换上工作服戴上安全帽，和矿工们一起步行二十分钟来到工作面，每人一个作业点，用錾子把一块一块的煤开凿下来，再猫着腰用人车把煤拉到大巷道，那儿有专门运煤的毛驴车把煤拉到地面上。金强刚去，手生，掏煤的速度不是很快,每天能掏三吨,矿上给采煤工的工资是计件工资,每吨煤八毛,这样下来金强每天能拿到二块四,那些熟练工每天可以掏出五吨煤来。金强想,等他也成熟练工了,每天就能拿到四块钱,这样一个月下来,他的工资就是一百二十元。天哪!一百二十元对于一个常年在地里受苦的农民来说,简直就是天文数字。照这样计算,不出三年,他就能给自己讨下一个婆姨了。

这一年冬天,陕北高原下了一场五十年不遇的大雪,金强所在的乡办煤矿一夜之间就被纷纷扬扬的大雪覆盖。

一大早起来走出窑洞,他看到高中毕业的刘矿长站在不远处的山坡上,嘴里念叨着毛主席的诗词:"北国风光,千里冰封,万里雪飘。望长城内外,惟余莽莽。大河上下,顿失滔滔,山舞银蛇,原驰蜡象,欲与天公试比高……"

金强虽然只有小学文化程度,识字不多,但是,这首毛主席的诗词他是知道的,于是,他呵着冰凉的双手走上小山坡来到矿长身旁。矿长瞅着皑皑白雪没有回头,他对金强说:"这是毛主席当年带领红军转战陕北时所作的词,现在读来还是余味无穷。"

金强不是很明白刘矿长的话,但是,他知道刘矿长是一个有学问的人,便开口附和道:"说不定当年毛主席就是和你一样站在这里写下的这首词哩。"

刘矿长呵呵笑着说:"你高看我了,我哪有主席那样的学问。"

正说话间,听到灶房里开饭的哨声响起,两个人挪步向坡下走去,他们的脚下发出厚厚的积雪被踩踏的嘎吱声。

刘矿长一边走一边告诉金强,这一场大雪把通往乡办矿的沙石路封死了,看来,矿上今年得提前放年假了。

金强说:"我听矿上的人说,咱们这儿开始修铁路了,是不是有了铁路,就是下再大的雪,咱的煤也能运出去了?"

刘矿长看了一眼金强回答:"是的。"

说完这句话,两个人便紧闭嘴巴冒着冷飕飕的西北风,踩着厚厚的积雪向灶房走去。

外面大雪纷飞,井下却很闷热,金强来到工作面,脱掉工作服和棉袄,上身穿着早已被汗水浸透的秋衣，下身只套着一条短裤，仰面躺在煤层下，用錾子一点一点在煤层周边掏出一道深壕出来，把一整块煤落下来，再用人车把煤拉出工作面。

对于高家河村的庄户人家来说，再穷也不能穷过年。腊月二十三过小年，傍晚时分，茂雄老汉一家围坐在土炕上，炕桌中间摆放着一盆热气腾腾的杀猪菜，旁边还有一盘炸黄糕，一盘过油豆腐丝拌粉条，一老碗腌酸菜。

茂雄老汉坐在土炕上首，在他的手边是一瓶白酒，这瓶白酒是金强所在矿上给职工发的年终奖。

母亲艾玉琴没有坐到桌前，她还在灶房忙活着用自家做的甜酒曲熬制糜子黄酒。

茂雄老汉的五弟茂盛推门走了进来。茂盛在县环保局工作，对于一辈子在泥土里摸爬滚打的乡里人来说，能在公家做事的人都是能行人，茂盛在高家河乡这一带来说，也算是响当当的人物。

看到茂盛手里拎着两瓶酒一个羊头进来，晚辈们赶忙起身相迎。红花下炕接过五爸手中的羊头进了灶房，金强兄妹仨把五爸让到热炕上坐下，又给他斟满一碗白酒，茂雄老汉笑眯眯地望着五弟道："你今天咋有时间回来？不是说要到年跟前才放假？"

茂盛说："回来看看你。"

其实，茂盛这次回来除了看望大哥茂雄老汉，他还有一个重要目的，就是受高光亮的三爸高扬威所托，到家里做说客来了。不久前，高扬威到县环保局找见茂盛，把光亮和粉花跑到铜城，在光远的照应下到煤矿打工的消息告诉了他，求他过年回高家河一趟，看看能否说动茂雄老汉，让两个孩子回来过年。

既然生米已做成了熟饭，而且两个孩子又是自由恋爱，开明的公家人茂盛便一口答应了下来。他来大哥家就是要做通大哥的思想工作，让两个孩子过年回来给家里的老人拜个年。

金强双手捧着一碗白酒敬给他，金强说："五爸，我能在矿上干活，多亏你搭话，这杯酒是侄儿敬你的。"

茂盛嘴里说："应该的，自家人不必客套。"

说着接过酒仰脖一饮而尽。

几杯酒下肚，一家人便打开了话匣子，天南海北地唠起了家常。

茂盛看看火候差不多了，便提起了粉花的事情。茂盛说："大哥，粉花的事情，我都听说了，要我看，事情已经过去，既然生米做成了熟饭，两个孩子能够相亲相爱，要我说儿女能过得幸福，是咱们老人的福气，做老人的能够看着儿女和和美美也就心满意足了。"

茂雄老汉听到五弟把话拉扯到了粉花的婚姻上，便住了口。他伸手抓起旱烟锅子，在烟袋里装满烟叶，点燃后只是吧嗒吧嗒地抽他的烟。

窑洞里的气氛一时显得有些沉闷。自从粉花跟上穷小子高光亮跑了后，一段时间以来，茂雄老汉不是没有想过此事，也想过让粉花回来给他认个错，这事也就过去了，天底下哪个做娘老子的还能和儿女记一辈子仇？如今五弟过来做和事佬，也算是给他了一个台阶下。前两天，五弟媳妇来家里和婆姨艾玉琴闲聊，五弟媳妇走后，艾玉琴告诉他，唱酸曲的高扬威，就是高扬成的三弟、高光亮的三爸到城里找过茂盛。

他晓得高扬威和茂盛是发小，虽然眼下一个在县上工作、一个在村里拦羊，但是两个人的关系一直相处不错。高扬威也不是一般人，他唱信天游在这一带很出名，逢年过节还时不时到县上、市上给领导们唱哩，是大家公认的民间艺术家。有了这两个人到家里请托，茂雄老汉的心里已经有了几分默许。但是，他还得故作沉吟，也不能这么快就答应下来，否则，自己在颜面上搁不住。

看到大哥没有作声，茂盛继续当说客，说道："前些日子，扬威来县里找我，代表他哥扬成来向咱们家表示歉意，扬威说，他侄子光亮这事做得不美气，事已至此，还请双方家长坐下来平心静气地商讨一下，看能否把事情了了，也好有个结果出来。他还说，现如今光亮和粉花在铜城落下了脚，光亮在煤矿上打工，算是有了个营生做。俗话说，慈母手中线，游子身上衣。看着自己的儿女长期在外面漂泊流浪，有家不能回，咱们做老人的就能狠下心来？"

艾玉琴也凑了过来，她是在灶房听到五弟说起粉花的事情进来的。她说：

"我看五弟说的是这么个理,这么长时间了,你有气也该消得差不多了吧,让孩子回来吧。前两天,村里有人从铜城回来带了话来,说粉花有了身孕,孩子一个人在铜城举目无亲,孤苦伶仃……"

讲到这里,艾玉琴眼圈一红,哽咽着说不下去了。

茂雄老汉把烟袋在炕头上磕了磕,抬眼望着眼巴巴瞅着等他表态的一家人,长叹一声低声说道:"那就让他们回来吧。"

八

粉花在铜城的家中待了一些时日,可是她闲不下来,这一闲下来,不是这儿不舒服就是那儿难受,于是又在长途汽车站旁开了一个茶水摊,高光亮说,她天生就是受苦的命。

这茶水摊本小利薄,比较适合她做,能够看上做这样的生意,也是粉花根据她手头的本钱做出的决定。

有了前面做水果生意的经验,细心的粉花渐渐发现,茶水摊上光顾最多的顾客不是成年人,而是小学生。小学生们放了学便三个一伙、五个一群地围过来,你掏五分钱要一杯白糖水,我掏一角钱要一杯冰糖橘子水,一天下来也能挣个十块八块。

可是好景不长,半个月后,首先是工商所的人来了,要她办营业执照,还得收费;刚办理完工商手续,卫生局的人又来了,要她办卫生许可证和健康证,当然也要收费。

三个月下来,挣下的钱都交给了公家。

柱子笑话她说:"你这是在给公家打工,也算是公家人了。"

粉花听了也是失笑,但是,光亮感觉得到,粉花的笑里面掩藏着太多的苦涩和无奈。

一天晚上,高光亮下班回到家中,看到粉花坐在凳子上拼对着花布剪鞋样,仔细一瞧，是一双红黄相间很精致的虎头鞋，便问："给谁家娃娃做的鞋子？"粉花抬眼望了他一眼没有言语，仍然继续剪她的鞋样子。

高光亮便凑上前去认真端详这双鞋，他突然明白，粉花有喜了，一时的激动让高光亮不知所措，他上前一把抱起粉花，兴奋地问她："你、你、你是不是有了？"

粉花脸一红点了点头。高光亮抱着她坐到了炕上，撩开她的衣襟就要趴在她的肚皮上听，粉花双手抚摸着他浓密的黑发，失笑着说："才三个月，还早呢。"

一阵激动过后，高光亮说："从明天起，你就不要再摆茶水摊做生意了，在家里好好待着，我挣钱养活你。"

听说粉花有喜了，柱子便第一个跑来给他们贺喜，他是打着贺喜的幌子来家里喝酒的。于是，粉花炸了一盘花生米，柱子把这道菜叫耐叨，即很难一下子吃完的意思；又调了一盘土豆丝拌粉条，柱子在里面放了很多的芥末油，说这道菜是情人泪，柱子的调侃逗得粉花笑出了泪花。

光亮从山下小卖部拎回来一瓶古城特曲酒，三个人坐了下来，光亮和柱子喝酒，粉花吃菜。

正吃着时，老雕一推门走了进来。

自从上次的事故发生后，老雕在内心做了一次深刻的自我反省。他想，这人啊，还是得合群，如果那天他和光亮、柱子在一起，就不会被埋了，后来又听区队长说，是光亮和柱子两个人一个人送信、一个人拼了命地救他，争取营救时间，才让他捡回一条命来。老雕听后感慨万分。

从此，老雕与光亮和柱子的关系有了很大的改善，他不再在井下颐指气使地指挥，动不动就训人了，而是处处和他们在一起干活，对他们也是笑脸相迎。不仅如此，他还时不时下了班后和两个人喝场小酒，老雕认为，只有平时多联络感情，遇难时人家才能奋力帮你。

看到老雕来了，粉花起身给他准备了一份碗筷和一个酒盅，老雕坐下后从怀里掏出一瓶白酒放在桌上，粉花细看也是一瓶古城特曲，就问："你们咋都喝这个酒。"柱子插话说："这酒便宜，还不上头。"

老雕坐下后神秘地对大家说："听说了吗？"

看到三个人都神情专注地看着他，他继续说道："今天上午，矿务局召开中层以上干部大会，决定过罢阴历年从咱们矿上分流一批正式工人到陕北建煤矿。自从陕北发现大煤田后，国家加大了在那里的开发力度，咱们矿面临资源枯竭，难以接续。局长说啦，我们局的未来在陕北，动员大家到陕北去，当然，主要还是解决矿上近千名职工的就业问题。"

光亮想，如此一来，他和柱子这些临时工是不是就得面临解除合同的可能。

第二天一早，光亮来到区队办公室找到高光远问及此事，得到了他的确切答复。第一批人员就要分流到陕北了，很多人不愿意去，都在找门路托关系活动着留下来，甚至还有人联系着调动工作，往别的矿去。局里已经下了死命令，冻结了矿上的人事关系，以阻止那些有关系的人调动。

时隔不久，矿上开始清理协议工，像光亮和柱子他们这样的协议工就是被清退的对象。

光远对光亮说，他当年就是为了要逃离那片土地，才找关系托门路花钱招工到了矿上，如今却要返回那个不毛之地，看来，这人的命是天注定的，老天爷让你去哪儿让你干甚，就像孙猴子在如来佛的手掌心，任你咋样跳腾也翻不出去，一切都得听老天爷的安排，这是命，命中注定的东西，再抗争也没用。

光远的牢骚话让光亮感觉到前途渺茫，如今粉花又有了身孕，需要花钱补身子，他得尽快找份儿工作养家糊口。

俗话说，人无远虑，必有近忧。近些日子对于高光亮来说，日子过得是无滋无味。自从矿上分流正式职工、清退协议工的风声传出后，全矿上下人心惶惶，以往过年家家张灯结彩，户户鞭炮齐鸣的欢乐气氛少了很多。

大家一见面不是相互道喜，欢度春节，而是首先打听有没有最新的小道消息，然后是互相递一根烟点燃，猛抽两口，感叹一番，各自离去。

银强提着一个老旧的黄色旅行包来矿上找到了高光亮。

那一天正好赶上光亮休班，是柱子把银强引到了他们居住的半山坡上的窑洞里来的。见到弟弟银强，粉花自己先哭了起来，惹得银强也是眼泪汪汪。听说银强下了长途汽车直奔矿上他们家而来，还没有吃饭，粉花便忙着到灶上给他做饭去了。

光亮问他:"咋找到这里来了?"

银强说:"是五爸来家告诉的。"

于是,便把腊月二十三过小年时,五爸茂盛来家的前后经过讲了一遍。讲完这些后,银强接着说:"爸说了,让你和姐一起相跟上回去一趟,过去的事情就过去了,家里不再计较,只要你们好好过日子,他也就不说甚了。"

光亮想,茂雄叔为人倔强在高家河出了名的,如今为了儿女的婚事竟然服了软,也是感叹唏嘘不已。

粉花在灶上忙碌,饭还没有做好,等待当中两个人便闲聊了起来。银强说:"我听五爸说咱们那一带也要开矿了,五爸说县上给了政策,说是学习山西那边的办矿经验,叫'政府搭台,个人唱戏',允许个人办矿。年跟前还有乡信用社的会计专门到村里,挨家挨户做宣传,只要个人愿意办企业,信用社就给办贷款,三万五万都可以,听说最多能贷十万元。"

"咱村里有人贷款办矿没有?"光亮问。

"没有,大家都害怕赔下钱还不上,只是听说卖豆腐的杨圪劳贷了一万元建豆腐加工厂,村里人说杨圪劳光棍一条,一人吃饱全家不饿,到时还不上,公家也不能把他咋样。"

光亮晓得,过去在窟野河一带,每逢夏季,河里发大水,大水过后,人们经常到河床上捡拾"河炭"回去烧火做饭,听说他们那一带地下发现了大煤田,公家人还在窟野河畔勘探过,那次,他还挣了一笔小钱呢。

说话间,粉花端着一大碗热气腾腾的捞面条走了进来,说:"银强,快趁热吃。"

坐了一夜的长途汽车,赶了半天的路,银强也真的是饿了。狼吞虎咽地吃完那一大碗面后,抹抹嘴说:"姐,还有面没?"

粉花连忙说:"有,有,在姐家管你吃饱。"

长这么大,银强是第一次走出家门。在这之前,他去的最远的地方要数他们县的县城了。和铜城这座工业化的城市相比,他们县城中心那个小小的钟楼还有那四条逼仄的东西南北大街,显得破旧不堪。

这让他想到高家河乡那座比县城更小的钟楼，以及更加逼仄的东西南北四条街道来，和铜城宽敞的水泥路面相比，简直是孙子和爷爷的关系。

住在姐姐家，在铜城逛了两天，让银强大开眼界，他在心里暗下决心，有朝一日，自己也一定要出来闯一闯，说不定还能闯出个人样来，到那时衣锦还乡在人面前也风光风光。

这样想着，仿佛自己真的挣下了大钱，走在高家河乡的东大街上接受人们羡慕的目光。

然而，现实与幻想之间有着天壤之别的差距，两天后，身无分文的银强只得跟着姐夫高光亮、姐姐粉花一起踏上了回家的路程。

对于高光亮来说，回家也是无奈的选择。自从银强到来后，在去和留的问题上，高光亮和粉花一起商讨了无数次。是继续留下来还是回去？就高光亮来说，当然是愿意留在矿上，继续下井挣钱。可是，矿上过完年面临人员分流和清退部分协议工，如果真的把自己清退了，失去了工作，该怎么办？他听到的小道消息说，第一批分流到陕北去的人员名单中有光远和老雕的名字，如果光远走了，他在矿上就失去了依靠，清退他也是顺理成章的事情。

他又想到自从他不辞而别离开娘老子后，家里的庄稼地就都指望着娘老子种，也不知道现在如何了？倘若回去打理家里的自留地，如乡里人说的也可以过上老婆孩子热炕头的日子。

粉花是铁了心一门心思要回去，她说："铜城好是好，就是人和人之间没有感情，连个说话的人都没有。城里人只顾各自挣钱，缺少友情，不如在高家河过得松泛。"

经过深思熟虑，高光亮辞别了光远、柱子和老雕，决定回到高家河去。

九

开春后，高家河村的人们开始进入农忙时节，今年与往年不同的是，人们在自家地里耕种，见面后相互谈论的话题却是煤炭。

县上成立了煤炭局，后来又在乡上设立了煤管办，政府的最新政策是搞活经济，放开煤炭市场，提倡"国家、集体、个人一起上"，不但允许私人办矿，而且扶持个人办矿的力度进一步加大。信用社不再对贷款人设立门槛，只要是愿意开矿，无担保手续，任何人都可以办理贷款。

门槛低了，自然就有人愿意来吃第一只螃蟹。

自从和粉花回来后，光亮便埋头在地里苦干，继续当他的农民，一门心思做自家的农活，他要通过自身的吃苦耐劳和勤奋努力，让粉花过上好日子。然而，有了在外打工的经历后，他渐渐地开始不满足于现状了。他时常在想，这样在土里刨食吃，一年到头能挣下几个大钱？他承诺给粉花过上好日子要等猴年马月才能实现？

何况，粉花一家看不上他的原因，不就是因为他穷吗？

穷则思变，反正自己一文不名，光脚的还怕穿鞋的不成？干吧，万一把事情能成了呢，到那时，老丈人一家还不得对他这个女婿另眼相看吗？

"做农业不如搞工业来钱快。"这是临离开铜城时，光远对他讲的话，如今这句话无数次在他的耳边回荡。他的心思开始萌动，别人能办矿，他高光亮为啥就不能？何况，他还在矿上干过大半年，对井下挖巷道掏炭的活儿他还是熟悉的。

晚上，睡在娘老子为一对新人早就备下的新房的热炕上，盘腿坐在热炕头与躺在被窝里的粉花商量此事。

粉花已经开始显怀，微微隆起的肚皮让她整个人显得富态了许多，她躺在炕上想了一会儿后，认为里外都是个穷，即使做不成，还能穷到哪里去？得到了粉花的支持，高光亮的心里便有了底气。

于是，他俯下身去在粉花红扑扑的脸蛋上使劲亲了一下，猫腰钻进了她的被窝中。

灯，熄灭了，一对新人睡进娘老子为他们准备的新房里，他抚摸着她隆起的肚皮，嘴巴贴着她的耳朵轻声说道："我的好粉花，我一定要让你和孩子过上好日子。"

粉花被他的温情打动，心里无比舒坦，她紧紧抱住他的光亮哥说道："你穷也罢、富也罢，我这一辈子都生生死死相跟上你。"

高光亮要投资办煤矿了。

当高家河村里的人们听到这个消息后，有点头的也有摇头的；有赞许的也有嗤之以鼻的。

在这些否定的人们当中，反应最激烈的人要数他的老丈人茂雄老汉。

他圪蹴在院子里那块青石板上，吧嗒着他的旱烟锅子想，这才刚消停下来几天，又要折腾。看来，这个死女子和那个穷小子不把家里折腾个底朝天，是不肯罢休了。

琢磨了一阵后，他反过来又想，万一他们真的把事情弄成了呢。"唉！"他叹了一口气自言自语道，"儿大不由爷，随他们折腾去吧，只要不牵连上家里就好。"他决定必须和他们划清界限，如何划清界限呢？思来想去，茂雄老汉想出了一招。他在村里放出话去，嫁出去的闺女泼出去的水，粉花和高光亮以后做什么，都与他茂雄老汉一家无关，无论砍头坐监狱，都由高光亮一人扛着。

真正担忧的人是高光亮的父亲高扬成老汉，当他听儿子说要投资办矿时，在土里刨食老实木讷了一辈子的高扬成，脑筋嗡的一声使劲抽搐了一下。

办矿，是他从来想都不敢想的事情，他首先想到的是钱，穷了一辈子，被一个"穷"字早就折腾怕了。

原想着终于盼到儿子带着儿媳回来，一家人安安生生地过日子。庄户人家在地里刨食吃是天经地义的事情，如今又要折腾着办煤矿。

他听村里人说，办起一座煤矿至少需要二十万元左右，办一座正规的煤矿得投入五十万元呢，哪儿来那么多钱呢？当高扬成把他的担心给儿子讲出来后，光亮说："信用社可以贷十万，他们自己还有些积蓄，亲戚朋友有愿意入股分红的再募集几万，这矿就办起来了。"

天爷爷啊！听到在他看来是天文数字的话，从独生儿子光亮的嘴里这么轻巧地说出来，他起初真的以为儿子是在胡言乱语。

他睁大一双高家人特有的单眼皮眼睛望着儿子，老半天才咂摸出味儿来，让他惊讶的是，儿子竟然私底下积攒了不少钱。多少呢？儿子没有告诉他，他也不便多问。

接下来,高光亮思谋要见两个人。一个人是他的三爸,三爸高扬威除了能唱信天游,还会看风水,村子里谁家婚丧嫁娶,人往哪儿埋,方向朝哪儿,查流年、掐日子、算月份都找三爸。高家河乡一带流传着这样一句顺口溜:"行事问卜高半仙。"这高半仙说的就是他三爸高扬威。

另一个人就是粉花的五爸刘茂盛,他在县环保局工作,要办矿就必须打问好县上对个人办矿的优惠政策,或许五爸还能给他引路,疏通关系。

去年如果不是五爸出面找他哥说情,老丈人咋能这么痛快地就答应让他和粉花回家来。

为此,他和粉花花钱从乡供销社买下两条"恭贺新禧"牌高档香烟,打算每人一条送给他们,说是表达晚辈的心意,也为了给自己以后办事行个方便。

一大清早,光亮胳肢窝夹着一条香烟,冒雪走进了三爸高扬威家的院子。三爸今年五十出头,满脸的皱纹和一头白发给人一种历经世间沧桑的感觉。

三爸这些年,一直过着单身生活,他一生没有子嗣。早些年娶了一个婆姨,多年不能生育,后来到医院一检查,医院说是男方的原因,用医生的专业术语说,就是他的精子没有成活率,是死精。据说,患这种病的概率为千万分之一,不幸被他撞上了,于是和婆姨协商离了婚,发誓不再找女人。后来,迷上了风水学,在他看来,这一切都是命中注定,任何抗争都无济于事。

人这一生把生死看开了,就会有大智慧。在侄子高光亮的心目中,三爸高扬威正是这样一个把生死看开的人。

三爸一向做事很有条理,早早起来扫了院子,又喂了圈里的羊,此时正蹲在窑门前抽纸烟。看到侄子推开篱笆门走了进来,便招呼让他屋里坐。

当光亮把要办矿的事情告诉三爸后,三爸两眼望着光亮,又仰头望向窗外,半天没有言语。

光亮说:"三爸,你的意见是干还是不干?"

三爸看着他说道:"人的命,天注定,老天是讲道理的,只要不违背天理,想做你去做就是了,何必问我。"

光亮说:"我不是心里没底才来请教,你是高人嘛。"

听到侄子的恭维话,三爸一双单眼皮眼睛眯成一条缝隙瞅着他说:"欲识流年,鼻主财星。人的鼻子随着流年运行每年都在变化,只是常人不用心观察罢了。你一进门我就看到你鼻翼伸展,鼻头隆准,两边厨灶若空,属天薄地丰之相,是家无所积,始贫终富之运。能否实现,要看造化,不必问卜。"

光亮想了想,没有明白三爸的话,问:"我的造化在哪儿?"

三爸说:"你试着给我写一个字,我给你测测。"

光亮想了想写下一个"孤"字。

三爸看到"孤"字后说:"我看得很准,认定的事情,你就去做吧。"

从三爸家出来,光亮想,三爸说的是何意?难道是说我一意孤行?尽管三爸说的话在他的脑海中云山雾罩如一团乱麻,但是有两句话他是记下了:"家无所积,始贫终富。"难道说,三爸看出来我没有积蓄,可是他为甚又让我去做呢?他在脑海中又联想起那个"孤"字。

从三爸家出来,光亮没有停留,他直奔乡上乘车往县城方向而去。来到县城环保局找到粉花的五爸,打问县里允许开办煤矿的政策。

五爸说:"你想办矿是好事,可是办矿需要投入,按你所说就是二十万元也不是个小数目。我看不如这样吧,高家河乡办煤矿连年亏损,办不下去了,你不如把它承包下来。"

光亮说:"我不认识乡上的领导,人家会给我承包吗?"

五爸说:"我跟乡长赵成是中专同学,我给他通个电话,你去找他,看他怎么说?"

别看高光亮做起事情来有板有眼有心计,其实,他是个急性子人,在五爸那里连口水都没有来得及喝一口,他便匆忙来到县汽车站,赶早上往返的班车回到了高家河乡。在赵成的办公室门前从中午一直等到下午上班,终于把赵成等回来了。

听说是同学茂盛的亲戚,赵成很是热情地接待了他。

赵成说茂盛在电话里把大概情况说了一下,赵成问他的名字叫什么,当他说叫高光亮时，赵成再一次认真地看着他笑了，说："你就是那个把茂盛侄女拐跑的高光亮啊！你的大名在高家河乡可是家喻户晓呀。"

高光亮脸上一红，说："那不叫拐，我们是自由恋爱，一起反抗封建家庭束缚。"

赵成哈哈大笑，说："你还一套一套的，口才不错。"

赵成好奇的是，高光亮领着茂盛的侄女跑到哪里去了，光亮看到正是一个机会，于是把他在铜城的经历绘声绘色地讲给赵成听。

当赵成饶有兴致地听到他讲在煤矿上的经历时，频频点头赞许，嘴里还不时地念叨："人才，人才啊！"

等到光亮讲完，赵成仿佛还没有从他的故事中走出来，在房子里静默了一会儿后，赵成说："目前的情况是这样的，你们邻村卖豆腐的杨圪荖昨天来乡上，也提出要承包乡办煤矿，我晓得他是看上信用社的那点儿贷款了，就没有马上答应他，我告诉他，等乡上研究后再说。今天你来得正好，有茂盛在县上给你担保，你又有煤矿工作的经验，我看你是不二人选，乡党委下午就开个碰头会，研究决定煤矿承包事宜，你明天上午过来听消息吧。"

从乡政府出来，高光亮又马不停蹄地乘车再次返回县上，他从赵成的语气中听出来了，赵成能这么痛快应承下来，除了自己在铜城煤矿工作的经历外，主要还是看在了五爸的面子上。

于是，他开始学乖巧了，他得尽快去给五爸汇报。从赵成的口气中，他能够听出来，能不能承包下来乡办煤矿，五爸这一关很重要，没听赵成说，有五爸担保，他才放心。

这是话里有话呢。

来到五爸茂盛的办公室，高光亮把见到赵成的前后经过说了一遍，最后把话说到了正题上。他说："五爸，咱们家承包下来乡办矿，我在前面冲锋陷阵，你在后面罩着，从今往后，你就是我的靠山，挣下钱我不会忘记你的……"

五爸插话道："如今，县上提出'以煤致富，振兴经济'的口号。我认为，现在正是发展的时机，谁能抓住机会，谁就能挣钱。国家也在提倡让一部分人先富起来,光亮啊,你是我的侄女婿,希望你是先富起来的那一部分人。"

光亮连声回答:"咱们共同富裕,共同富裕。"

从五爸茂盛那里出来,高光亮的心算是放下去了一半,另一半等明天上午就能见分晓。

回到家中,已是傍晚时分,粉花和母亲正在家中做饭,走到灶房外面听到母亲对粉花说:"粉花,灶房里冷哇哇的,你还在害喜,回窑里歇着吧。"

又听到粉花说:"不碍事。"

光亮便走回新房,拿了一件外衣走进灶房,给正在切土豆块的粉花披上。看到光亮这么关心自己,粉花的脸上露出欣喜和幸福。

光亮站在灶房外把白天的事情大概讲给粉花和母亲听,粉花说:"明天一早你就去找赵成,把协议签下来。"

光亮说:"明天再说吧,也不知道乡上下午研究得咋样了?"

母亲则是一脸担心,她希望乡上那个赵成乡长不要把乡办矿承包给儿子,万一赔了咋办?同时,又希望儿子能够承包下来乡办矿,让一家人对将来也好有个指望。

第二天一早,光亮早早来到乡上,看到赵成正坐在办公室里与人拉话,便拘束地站在办公室外等着。发现赵成望了他一眼,他急忙赔上一个笑脸,赵成却没有看他,仿佛早已忘记他是谁了,只是顾着和人拉话,他只好继续站在那里等。

好不容易等里边办事的人出来了,他急忙进去。看到光亮进来,赵成也没有让座,只是淡淡地说:"昨天下午乡上开了个会,大家意见不统一,有人提出你和杨圪崂两个人在承包条件上来说,他比你有实力,你家是村上最穷的人家之一,没有能力承包乡办矿。"

听到赵成这么说,高光亮的脑袋有些发蒙,他稳了稳心神后回答道:"我当然有承包乡办矿的能力,我在铜城挣下了一笔钱,说着从兜里掏出一张两万元的存折给赵成看。"

赵成嘴里哦了一声,便不再搭理他,高光亮尴尬地站在那里,不知是走好还是留下好。

恰在这时，赵成桌上的电话响了起来，赵成接罢电话对光亮说："茂盛打来的。他说，你要是在我这儿就让你去县里找他。"

光亮告别赵成后，不敢停留，急忙赶到汽车站乘车直奔县上，想着尽快从五爸那儿弄清楚到底哪儿发生了变故。

原来高光亮承包煤矿的事情在高家河村传开后，村子里最穷的人真的要办矿了，以前大家认为高光亮说要办矿，不过只是说说而已，他哪儿有那个财力？然而他真的要办矿了，当这一消息传出后，一时成了村里人聚在一起谈论的焦点，他们却都把这一话题作为笑谈。

第一个坐不住的人是茂雄老汉，他在心里狠狠地骂女婿高光亮，自己有几斤几两都掂不来，真个是原来是个穷汉，现在又成了个灰汉。赔下钱说是不会牵连到家里，可是粉花毕竟是他的女儿，这一层关系永远摆脱不了。不行，得阻止这个灰汉胡来。

茂雄老汉第一个想到的人就是他的五弟茂盛，五弟和乡长赵成是中专时的同学，他是知道的，只要五弟出面，就一定能让这个灰汉承包不下乡办矿。

当高光亮见到赵成的时候，茂雄老汉同时也坐在了县环保局家属院五弟茂盛的家里，这才有了刚才那个电话。

当高光亮风尘仆仆地赶到五爸家里时，老丈人茂雄老汉已经离开，五爸和五婶正在家里等着他。话被挑明，是他的老丈人从中作梗。

高光亮坐在五爸对面，把他在铜城的经历再一次讲给五爸听，昨天他已经讲给赵成听过。

这一次他讲得更加生动，也更加详细。当讲到井下的安全和采煤专业时，五爸茂盛很专注地在听，当讲到他和粉花在铜城的艰难时，高光亮声泪俱下，他哽咽道："五爸，你帮我一次，我会一辈子记你的好，再苦再难我也要把日子往前过，当年在铜城我和粉花一文不名，像叫花子一样，就是那样的苦日子，我都熬过来了，凭的就是能受苦和有光远那样的贵人相帮，如今你就是我和粉花的贵人，只要有你帮衬着，我一定会把乡办矿搞得红红火火。"

五爸茂盛被他的真情打动，他拿起电话打给赵成，不知赵成在电话那头说了句什么话，听到五爸茂盛说："出了事情我担着。"说完挂断了电话。

高光亮眼巴巴地看着五爸，五爸说："找赵成去吧，下午交了保证金就能签下合同。"

高光亮激动地说："五爸，你真是我的贵人呀！"

五婶在旁边笑道："知道你手头紧，到处在抓钱，我们多了也没有，这三千元你收下吧，就算五婶补送给你和粉花的结婚礼金。"

从五爸家千恩万谢地出来，高光亮的心情很舒畅，保证金也早已准备好，那是除了他和粉花在铜城挣下的钱外，还有一家人在左邻右舍、亲戚朋友那里东挪西借凑够的，其中还包括一家人多年来在地里没明没黑干庄稼活挣下的全部积蓄。

高光亮自有他的如意算盘。只要交了保证金和乡上签下承包协议，他就可以拿着协议再到信用社办贷款，如今县信用社办理贷款的人就在乡上办公，他这边拿上协议那边直接去办贷款，办下贷款再偿还左邻右舍、亲戚朋友们的借款，一环紧连一环，环环相扣。

在五爸茂盛的关照下，高光亮最终赢了卖豆腐的杨圪劳，以每年上交乡上一万元承包费拿下了乡办矿，又顺利拿到了五万元贷款。

后来他才知道，县信用社的人有贷款任务，其实，他们比他还着急，他们早就在乡上等着谁来承包乡办矿后发放贷款呢。

十

俗话说："不当家不知柴米贵。"

接手乡办煤矿后，高光亮才知道，这乡办矿并不是如赵成所说，是人人都争着承包的香饽饽，而是一块烫手的山芋。这个矿自从建起来就一直亏损，按照矿上会计用专业术语的说法就是："早已资不抵债。"

头一个月，高光亮遇到的最棘手的问题就是销售，煤挖出来了，堆在那里像座小山，原有的两个拿工资的销售人员赶着马车把煤拉到县上，挨家挨户地叫卖，不管卖出去卖不出去，卖多卖少，反正你得给他们开工资。

这让当了矿长的高光亮心想：这样肯定不行。

于是，他叫来粉花和红花在矿上负责后勤，任命原来在矿上掏炭的大哥金强主管生产，他自己带着销售人员套上马车跑起了销售。

赶着拉煤的马车在冰天雪地里行走一上午来到县城，把马车停放在煤炭交易市场上，留下一个人看守，高光亮带着其他人挨家挨户地打问谁家需要煤，都是四方四正黑油油上好的块煤，从县城东边走到西边，又从南边走到北边，不大的县城一会儿就走了个遍，拉来的三车煤卖出去的还不到半车，跟他一起来的销售员说："老板，这样不行，咱们得找单位，只有单位上才需要大量的煤。"

他想想也是这么个理儿，可是往单位里销售煤炭得有关系，跑了几家单位碰了钉子后，才知道单位里用煤早就订好了买家。

高光亮想，既然向单位销售得找关系，自己也有关系，县环保局的五爸不就是现成的关系嘛。他找到五爸，五爸倒是很热心，肯帮他忙，可是打问了几家，都说早已订下卖家了，暂时不需要。

眼瞅着太阳西斜，他只好找个空地把煤卸下来，打发两个销售人员赶着两辆空车回矿上，自己和一辆马车留下来，等明天继续沿街串巷叫卖。

晚上，找了个车马店睡下，一夜无话。第二天一大早起来，去五爸那儿借了一辆自行车，在车头上挂起一块"卖炭"的牌子，开始了一天的销售工作。功夫不负有心人，在城郊一家砖厂，高光亮终于找到了一个大买主，砖厂老板跟着他看了煤的成色后，爽快地说："你的煤，我全要了。"

看到砖厂老板这么豪爽，高光亮很受感动，老天爷终于给他睁开眼了，一下子就让他销售出去了五吨煤，一吨煤五十元，五吨就是二百五十元。而且砖厂老板还说，让他明天再拉五吨过来。

高高兴兴地赶着马车回到矿上，把他的销售成果和大家一起分享，那两个销售人员听后，大惊失色，其中一位说："好我的老板哩，你让人家给捉了。"

粉花忙问："咋回事？"

原来那家砖厂的老板是这一带远近闻名的赖子，都不知欠下多少家煤窑的账了，除了初次打交道的煤矿能卖给他煤，老客户没有一家愿意和他来往。

光亮觉得，砖厂老板看上去是个挺爽快的人，他不相信会是一个赖子，为了验证一下自己的判断，第二天他套上车又拉了两车煤给砖厂送了过去，等卸了煤后，他找到砖厂老板，说他今天又送了五吨，看能否把昨天的煤款给他结了。

砖厂老板像是看外星人一般打量了他半天，说："才拉来这么点儿煤就要结算，你看我这么大的摊场，照你这样结算，财务人员不得忙死，月底结账。"

说完转身走开忙他的事情去了。

高光亮只得拿着入库单据到财务上挂账，一走进财务室，看到里面挤满了人，一打问才知道都是来要账的。他这才相信销售员给他说的都是真的，起初他还想着销售员看他把煤卖出去了，觉得脸上挂不住才这么说的，现在看来，自己是真的被捉了。

无奈之下，只得拿着财务上给他写下的两张二百五十元的欠款单据，套上空车无精打采地回矿上了。

回到矿上，把事情经过给粉花一说，粉花骂他："你真是个二百五的灰汉。"经过这一次的事情后，光亮开始小心谨慎起来，除了公家要煤可以赊欠外，个人要煤一律现款现货。经过一段时间的在外奔波，高光亮渐渐摸清了市场行情，每次把煤销到公家后，他得拿出十元钱给主管采购的领导，然后再拿出五元钱给会计，等到顺利拿到了煤款，才算是完成了一次销售过程。

后来，高光亮对粉花总结销售经验时说，跑销售首先需要的是嘴勤腿勤，其次是能拉下脸面黏糊而且大方。嘴勤腿勤不用说，受苦人都能做到，黏糊就是要像一块狗皮膏药一样，贴住买家不离不弃。比如，那个砖厂的老板，不怕他赖，只要你能贴住他号住他的脉，天天寻他，直到他厌烦了，多少给你些钱打发你走，五百元欠款要了半年，还剩下二百元，拉了三车砖算是顶账了事。

当然，做事大方这一点最重要，俗话说，舍不得孩子套不住狼，话丑理端，舍得舍得，有舍才有得。比如，和买家打交道，你得先舍，舍出投资才能得到感情，有了感情就有了生意。

窟野河的河水涨了又落了，而煤价却一直是只跌不涨，高光亮承包的乡办煤矿在艰难中一天天地熬过。

秋天，高光远和老雕来到了高光亮承包的乡办煤矿。自从分别后，高光亮回到高家河村不久，高光远和老雕所在的铜城煤矿因资源枯竭人员分流，他们都被分流到了陕北来建设新矿。

故人相见，高光亮非常高兴，他吩咐粉花，把矿上养的羊杀上一只，给他们两个炖羊肉吃。

在陕北北部靠近内蒙古这一带，一直以来地贫人穷，一般除了过年外，只有来了贵宾，主人才会杀羊待客，在高光亮和粉花眼里，高光远和老雕自然是他们心目中的贵宾，喝烧酒吃炖羊肉当然也是这里的人们待客的主要方式。

酒席上，当光远问及煤矿经营状况时，光亮叹了一口气道："时下块煤跌破每吨三十元的价格，我们矿的煤价还卖过十八块钱一吨，艰难经营，只是混口饭吃。"

光远认为，像他们矿上这样手工掏煤首先是产量上不去，产量上不去势必影响销售。比如大客户要煤，你生产不出来，他们只好另寻卖家。

光亮说："我也想到过炮采，可是炮采量是上去了，销给谁？县上的用煤大户我都跑遍了，只是这么几十家用户，百十家煤矿竞争。"光远说："要想富，先修路。你首先解决的是运输问题，像你们这样的牛拉驴驮的能运出去多少煤？你得考虑买个小四轮拖拉机，有了小四轮，你的腿就长了，你可以拉到市里和周边的县里销售。"

他们的这次见面让光亮有了扩大生产的想法，没有再犹豫，说干就干。他让粉花把矿上和家里所有的现金拿出来，加上应付货款，跑到农机公司真就买回来了一辆小四轮，第二天他开着小四轮拉上块煤到市里跑起了销售。

这样一来效率大大提高，原来一天的产量需要三辆马车才能拉完，现在一辆小四轮就全部解决了。接下来就是炮采作业，扩大产量。可是谁会做炸药呢？高光亮想到了他的父亲高扬成，他曾经听父亲说，当年修水库时，父亲曾经在公社制作过炸药。

于是，他骑上自行车回高家河村找父亲讨教制作炸药的方法。父亲告诉他："一硝二硫三木炭。首先你得把生硝买回来，放在铁锅里炒成熟硝，然后按比例配上硫黄和木炭装入塑料袋子里，最后插上导火索，一包炸药就算做成了。"

高光亮回到矿上，从供销社买回来生硝，就和粉花、红花一起在院子里架起一口大铁锅，炒起了生硝，待生硝炒成熟硝后，按照比例配好炸药，临时找来一名炮工，和他一起把自制成的炸药带到井下做试验。

炮工在煤层打好眼，把自制的炸药装进去，点燃导火索，站在两米开外看着。噗的一声响后，他们自制的炸药并没有把煤从煤层上震下来，而是直着喷了出来，把那名炮工炸成了花花脸。吓得高光亮赶忙上前瞧看究竟，只见那名炮工擦着花花脸疑惑地问："咋就喷出来了？我还是头一次遇见这样的事情。"

升井后，他又和大哥金强一起来到邻近使用炮采的煤矿，一问才知道，原来是他们制作的炸药在装袋时没有压实，这才造成炸药直接从煤眼喷出的后果。回到矿上，高光亮再次装好一袋炸药，这一次，他用木槌把炸药在塑料袋中捣实后交给炮工，说："再试试。"

这一次他们成功了，自制的炸药虽然威力较小，但是煤质较软，经过炸药震动便松动了，比以前好采多了。

到了腊月里，严寒封冻了窟野河水，冰层上铺满黑色的煤灰，远远望去，窟野河成了一条干涸的黑色的河床。

这条干涸的黑色的河床一直向东方延伸，站在窟野河岸边，高光亮一双眼睛长时间地望着它，他知道东边就是黄河。

赵成派人来要承包费，信用社来人催讨贷款利息，供货单位也来催要货款。高光亮只得停止煤炭销售，一边应付讨债的人，一边县里、市里到处去追讨煤款。

老雕和区队长高光远来到陕北矿区工作，矿区的工作和生活条件的艰苦是老雕难以忍受的，他每过一段时间都要请假回一趟铜城，活动着想要调回去。

他还清楚地记得刚来时的那天下午，西边天空突然阴云密布，看来一场暴风雨就要来了。

区队长高光远告诉他，将要到来的不是暴风雨而是沙尘暴，当地人叫刮黄风。从来没有见到过沙尘暴的老雕感到很好奇,于是他跑到窟野河畔坐在一处山峁上等待沙尘暴的降临。

黑色的乌云从西天席卷而来,风力逐渐加大,一会儿天空飘下几滴大大的雨点,雨点落在他的身上,却是一片淡颜色的黄沙。

后来,雨停了,刚才还是晴空万里的天空,这会儿变成了暗黄色,窟野河在他的眼前消失了,耳旁听到的是飞沙走石的轰鸣声。

老雕感觉到呼吸困难,口鼻中灌满了细细的沙粒,这让他的牙齿能够咀嚼出细沙的嘎嘣声。

在昏天黑地中,他的视线看不清五米外的东西。

孤零零地坐在山峁上,他感觉到前所未有的孤独,心里有些发毛。他想往回走,四下张望,却找不到来时的那条羊肠小路。只得坐在原地,脱了上衣蒙在头上,以减少沙尘暴在脸上的恣意肆虐。

大约过了一个小时,风力渐渐变小,天空开始变得晴朗起来;又过了半个小时左右,风平浪静,窟野河水依然在那里潺潺流淌。

在亲身经历了这次沙尘暴后,老雕在心中认定这儿是最不适宜人类居住的地方,他得活动着调回铜城去。

更艰难的日子接踵而来,刚来的时候,矿上可以说是一穷二白,一管牙膏一块香皂,就连一袋方便面都得骑自行车走三十公里的沙石路到镇上购买。

几十个人拥挤在一排排临时搭建的彩钢房内,空气混浊,让人难以忍受。没有过滤的水从地下直接抽上来,烧开后一茶缸开水能沉淀出半茶缸沙。

不管怎么说,夏天还能将就着过,冬天是最难熬的季节。零下三十摄氏度的严寒被矿工们戏称晚上到野地里尿尿手里都要拿根棍,你得一边尿尿一边用棍敲打,否则,尿就冻成冰棒了。

一个大汽油桶做成的炉子立在彩钢房当间,搬一大块油亮的黑煤扔进去能烧一晚上,早晨起来煤燃烧尽了,留下一捧白色的煤灰,矿工们惊叹:"这儿的煤质太好了,不像关中的煤,烧完后能留下半炉子渣。"

由于路途遥远,交通不便,现代化的大型设备难以运到,所有矿建工程都得

依靠人工，再加上建设资金跟不上，一座年产三百万吨的大型煤矿建了三年还未竣工。矿工们担心即使煤矿建成了，煤挖出来了，咋运出去也是个问题。

老雕思前想后，他看不到未来，认为前途一片黑暗，于是，他拿着商调函再一次找到区队长高光远，这已经是他第五次找高光远了。老雕对高光远说，无论如何他都要回去，哪怕矿上开除他，让他失掉正式工的铁饭碗，也在所不惜。这儿条件的艰苦，让高光远也萌生过退意，可是想到他在铜城矿干了十五年才熬到了区队长的位置，区队长不大不小是个科级，很多人干一辈子也熬不到科级哩，他不能让十五年的努力付诸东流，既然调不回去，还得硬着头皮在这儿干下去。作为领导，他还得开导老雕说："国家目前在这一带的开发力度很大，你也看到了，咱们刚来时是啥样子，现在又是啥样子？三年时间铁路修通了，公路也是到处都在建，我预计过不了十年，这儿就将会是一座新型的现代化的能源城市。"

老雕说："你别拿那些个乌托邦的主义糊弄人了，共产主义远大理想留给后代实现吧，我看的是眼前。"

他拿出商调函塞到高光远手中，高光远接过商调函说："你也知道，矿上明确规定不放走任何一个人。"

老雕说："只要你区队长把字签了，矿上那边我自会去做工作。"

看来老雕是铁了心一定要走。高光远无奈地摇摇头说："天要下雨，娘要嫁人，好吧，既然你铁了心，我就签下这个字放你走。"

老雕脸上的阴云散去，露出舒心的笑容来。他冲着高光远作了一个揖，口气滑稽地说道："您的大恩大德我老雕永世不忘。"

高光远签完字后，凝视着对方，叹了一口气，自言自语道："能走的都走吧。"

十一

春节来临，高光亮给矿上的工人们发了百分之六十的工资后放假，告诉工人们过了正月再来上班。工人们哪里肯依他，围在矿上不让他离开，他们要拿到全部应得工资，方肯离去。

光亮和粉花二人好说歹说，直至高光亮给矿工们赌咒发誓，答应过罢年大家一来先补发工资。矿工们看看他俩也确实再拿不出钱来了，就留下一句狠话，如果过罢年，他们还拿不到余下的工资就不开工。这才一个个骂骂咧咧地回家过年去了。

打发走矿工后，高光亮的家里已经一文不名，他让粉花收拾了一些随身衣物，拎着一个黑皮包孤身走出了家门，接下来他得出去躲债。自从承包了乡办煤矿后，每年春节前他都要出去躲一段时间。按照当地习俗，在除夕前追讨不下的债务，正月里便不再追讨，当地有"正月不还钱"一说，在正月里找人家要钱，那就是把人家往死里逼，是不人道的。而且正月里讨债，也被认为晦气，即使要回来了钱，来年一年也不会顺利。所以，高光亮要离家出走几天，他必须到正月初一才能回家，到那时即使债主看见他，也不会追着他讨债，甚至还会给他发一支烟，说一些恭喜发财的吉祥话。

粉花抱着刚出生不久的女儿，手里牵着三岁大的儿子倚在门前，看着疲惫的丈夫远去的背影，她的眼泪不由得淌了下来。

自从开办煤矿以来，她没有过上一天的安稳日子，家中一贫如洗，所有能值些钱的什物都被讨债的拿走了。倔强的父亲茂雄老汉不让光亮进他的家门，大年初二她只能一个人带着孩子回去，还得听那些个不咸不淡的风凉话。粉花的内心苦啊，可是苦说给谁听？只要她在娘老子跟前露出一点儿后悔的表情，就会看到父亲得意的眼神在晃动，仿佛在说，不听老人言，吃亏在眼前，你活该！

她也曾想过把日子过到这个地步不如死了算了，可是她放心不下两个没吃没喝的孩子，再苦再难总得把孩子拉扯大。

高光亮走出家门，漫无目的地在外游荡，冰天雪地让他去哪儿？他又能去哪儿？不知不觉便来到了窟野河边，望着这条黑色的冰河，他想起当年和粉花自由恋爱时的情景来：清清的窟野河水潺潺流淌，两岸一丛丛的沙柳和红柳茂密如盖，细细的柔软的黄沙在脚下沙沙作响，多么美好的青春时光啊！如今，青春被时间磨去，容颜被岁月催老，浪漫被现实打破，一切都成了过眼烟云，这才发现人生就是一条坎坷的羊肠小道，逼着你一直向前走，哪怕前面是沟壑，是地狱，是阎王殿。

他想到三爸高扬威在沟壑里那间放羊的小屋，就到那里躲上几天和三爸做个伴吧。

三爸正坐在炕头修理他的拦羊铲，看到光亮进来，便知道他又是躲债来了，示意让他坐下，叔侄两人一边干活，一边拉起了家常。光亮对他的煤炭生意萌生了退意，他说："三爸，我现在很想退出掏炭生意，可是欠下几十万元的债偿还不了，真个是干也不是，不干也不是。"

三爸不紧不慢地做着手里的活对他说道："天地万物无不有神，山有山神，土有土神，树有树神……离这儿不远的窟野河边有一棵年远日久的松树，粗可两三人合抱，这棵松树被这一带的人们称为'神树'，常年有人到树下烧香磕头，树身上挂满了答报神灵的红布条和匾额。"

光亮记得那棵神树，当年，他和粉花还跪在神树下山盟海誓过，自办矿以来，烦心事一件接着一件，早已无心去想它了。

耳边传来三爸依然慢悠悠的说话声："三爸给你讲这些，就是要告诉你，这人啊，你得有个信仰，有了信仰，你的追求才有了目标，要达到目标就得有信仰支撑。记得你办矿时找我求神问卜，我说，既然你已经决定了何须问神？当年我给你测字，你写下一个'孤'字，这孤字拆开来按照古文字的读法就是'瓜子'二字，你看一粒西瓜子种到地里，生根发芽，长成比自身大百倍的西瓜，这期间没有谁能够帮到它，就是一个孤字在起作用，在孤独中经受风雨，在孤独中长大，依靠的是什么？就是一个信字。你现在是骑到老虎背上了，如果你犹豫了从老虎背上掉下来，必死无疑，如果你坚持下去，兴许老虎就能把你送到财神爷面前。"

听了三爸的讲述，光亮在心里暗自发誓，一定去神树下许下愿望，如果神树能保他有一天发了财，一定去给神树还愿。

高光亮和粉花觉得没有人讨债的正月简直过得真是太快了，仿佛一眨眼的工夫二月份就到了。好在公家单位上班早，高光亮赶在矿工们到来前死缠烂打在他们那里要了一些煤款，总算是没有失言，补发了去年欠下矿工们的工资。

矿上开始正常运转那天，大舅子金强来到光亮的办公室，光亮问他有事情吗？金强木讷了半天说："我不干了。"

金强自从娶了婆姨生下两个娃娃后，他没明没黑地在光亮的矿上干活，工资低，生活没保障，家境过得和光亮一样恓惶。正月里他听村里的人说，赶上马车到内蒙古的乌海拉煤，一年下来能挣好几千元工资。他也是没有办法才下狠心要出去的，还是那句老话说得好：但凡有一点儿办法谁愿意走西口啊！

金强的离去对于光亮来说是屋漏偏逢连阴雨，金强做人做事都很踏实，一直在矿上管生产。他这一走，没个信任的人在现场照应，那些个流动性强，临时雇来的外地工人很难管理，金强一走，光亮就得一手抓销售一手抓生产，他想挽留金强，可是，他知道金强不是因为家里实在困难，揭不开锅，是不会在这个时候离开的。

于是，他对金强说："咱们都得养家糊口，我能理解你的难处。这样吧，你把矿上的马车赶上一辆去乌海，算是我和粉花的一片心意。"

听到妹夫这样说，金强的眼圈里有了泪影。他觉得有些愧对妹夫和妹妹，在他们如此艰难的境遇下还要釜底抽薪，同时，他又为妹夫的大度和理解他的难处而感动，如果不是要养家糊口，就凭光亮这一句话，他真就留下来了。

粉花听说大哥金强要跟着村里的年轻人到乌海去打工，她知道那是个很苦的营生，从高家河到乌海赶着马车风餐露宿，路上就得走十五天。金强临走那天，粉花烙了半袋子干饼子让他带上，粉花说："大哥在矿上干了这么久，我们把你亏了，这些饼子你带上，家里大嫂和孩子你放心，我和光亮会照应的。"

第二天，天麻麻亮时，金强和村里的年轻后生组成的车马队出发了，车马队沿着已经被废弃千年的秦直道向着包头方向行进。

一路上，毛驴和骡子脖子上挂着的铃铛摇出清脆的响声，金强坐在毛驴车上想，他得把这单调的铃铛声听上半个月，也就是说，在这茫茫的毛乌素沙漠中行进，只有这单调的铃铛声是他和村里的后生们的旅伴。

太阳从他的身后升了起来，金强知道他们的车队正在向西走着，车队在一簇簇沙柳丛中穿行，车轮在沙土地上碾轧出一道又一道深浅不一的辙痕。前面一个年轻后生亮开嗓子唱起了信天游：

  水流千里归大海，
  走西口的人儿才出发。
  大青山高来乌拉山低，
  马鞭子一甩走乌海。
  小马驹喂上二升料，
  十五天的路程十天到。

  后生唱完传来一阵参差不齐的巴掌声，金强的嗓门儿粗，嗓音不是很亮堂，所以他在家里很少唱歌。今天出了门，想到这一走就是一年光景，他的嗓子感觉到有些发痒，突然就有了也想唱歌的念头，反正在这荒漠上又没有多少人，唱的歌都是给自己听的。

  于是，他清了清嗓门儿，张开嘴吼了起来：

  我的驴要是好驴子，
  长了四个银蹄子。
  上坡好比一股风，
  下坡好比滚流星。

  他的嗓音沙哑却很浑厚，尽管有的地方跑了调，还是迎来了前后的人们稀疏的掌声。

  金强走后不久的一天傍晚，高光亮一家四口刚放下饭碗，就有矿工跑来向他汇报说，井下闷倒了人，这可真的是，人要是倒了霉啊喝凉水都塞牙。听到矿工的报告，高光亮来不及穿上工作服，他披着西装、趿拉着一双皮鞋，仅顾得戴上一顶安全帽，领着几名矿工直奔井下。

窟野河 |

在井下昏暗的灯光下，高光亮带着人深一脚浅一脚地赶到工作面，看到有两名矿工倒在地上，大家七手八脚地把他们抬到地面。由于抢救及时，两名矿工算是捡回来了性命。在松了一口气的同时，高光亮再一次亲自下到井下查找原因，他从一名矿工的嘴里找到了答案。

以前金强在时，规定每掘进十米必须回挖，形成回风，让地面清新的空气进来形成循环。而这两名新来的无知矿工为了赶进度、图省事，原本要留三百六十度的回风巷没有留够，由于角度不够，致使地面的风进来后不能形成很好的循环，所以造成这次事故。万幸的是发现及时，没有出人命。

自从发生这次井下事故后，高光亮不敢马虎，他白天在外联系煤炭销售，晚上回来下井检查生产安全，每天仅给自己留下五个小时的休息时间。

多日的连轴转，把高光亮的身体拖垮了，他病倒了。一连几天高烧不退，躺在家里说胡话，急得粉花请来乡里的医生打针喂药，整整忙活了半个月，病情总算是有所好转。

再看高光亮颧骨突起，两眼深陷，面色蜡黄，坐在那里吃顿饭都要气喘吁吁，浑身冒汗。不管咋样，人醒过来了，烧也开始退去，粉花算是把心放了下来。这一天清晨醒来，高光亮感觉到身子利索一些了，就对粉花说："前两天高烧，梦见窟野河边沙峁上那棵神树对我说，曾经许下的愿为甚不兑现？想必是神树怪罪下来，这才害下这一场大病。"

他让粉花备下一匹红布，他要到沙峁去拜神还愿。

粉花说："你是不是把脑筋给烧坏了，是科学救了你，不是神树怪罪于你。"

高光亮说："你不懂。"

他在想三爸给他说的话，这棵神树是西汉时期张骞出使西域路过这里亲手种植，它就位于窟野河东北边的沙峁上。按照三爸讲的流年风水运势，今年这个方位主财运，掐算个黄道吉日前去拜祭，来年财运必有逆转。信则有不信则无，这是信仰的力量。女人家头发长见识短，哪里懂得这些个玄机。

看到他坚持，粉花撇撇嘴出门准备红布匹去了。

自古以来在高家河村，男尊女卑的思想根深蒂固，女人无条件服从男人被村里人颂为美德。自从嫁给高光亮后，粉花的内心很是苦楚，年轻时不懂事违背娘老子的意愿跟了他，就是不孝，才吃下这般苦。老话说：嫁鸡随嫁，嫁狗随狗，嫁根扁担抱着走。如今既然嫁给了这个男人，再去违拗他，那就是不德，她必须随着他的意愿行事，再苦再累也要生生死死相跟上。

高光亮祭拜罢神树，已是日上三竿。走下沙峁，抬头远远地仰看着那棵挂着红色布匹的神树，他在心里默默地许下一个愿望，如果从此以后自己能够时来运转，一定回来还愿，为神树修座大庙。

正在他冥想时，看到红花沿着河岸跑来。红花一边跑，一边向他招手，等到她气喘吁吁来到姐夫高光亮面前时，已经上气不接下气，青春的脸蛋子憋得绯红，好不容易缓下一口气来，红花这才告诉他，矿上又出大事了。

无暇多想，光亮跟着红花急忙向乡办矿方向赶去。

在路上，红花才一五一十地把实情告诉了他。原来，工人们在井下感觉到冷，就有人找来木柴在废弃的巷道内笼起火堆驱寒，不料却引燃了井下的煤柱子。看到井下着起了大火，矿工们就都跑了出来。

高光亮问："伤到人没有？"

红花说："没有，都跑出来了。"

听到红花的回答，高光亮心里稍稍放松了一些，没有伤到人就好，死伤一个人，他又得花一笔钱处理后事。在高光亮的心目中，解决人的问题是最让他头疼的事情。然而，他想错了，人的问题固然不好解决，井下着火同样难以对付。转过一个小山峁，远远照见乡办矿方向上空飘起淡淡的烟雾，这让他想起高家河村后山上自燃了五六年的露头煤，那些露头煤一年四季在山头冒出缕缕浓烟，尤其是在冬天大雪过后看得更加分明，它早已成为人们判断高家河村方位的标志。

来到矿上，看到粉花手足无措地站在井口，旁边围着一群矿工，大家正七嘴八舌地说着如何灭火的方案。看到高光亮回来，人们便一窝蜂地围了过来，粉花眼里闪着泪光拖着哭腔说："井下火势很大，呛得救火的人不敢靠近。"

高光亮站在井口前，看着从井下冒出来的缕缕黑烟，耳旁听着矿工们给他献计献策的救火方法，他的大脑在飞速转动，照此情形来看，依靠矿上的力量恐怕很难把这场大火扑灭。找专业的矿山救护队来灭火吧,就是花再多的钱也得请。消息传得很快,下午两点,赵成带着乡干部们赶到了,赵成一见面,就把高光亮骂了个狗血喷头,等赵成骂完,高光亮才壮着胆子小声对他说:"矿上已向国企的矿山救援队求援,他们很快就会赶到。"

赵成凶巴巴地问:"你们自己就不能开展自救?"

高光亮回答:"我们试着自救了,可是井下火势太猛,煤烟太大,矿上又没有专业的防护器具,人都近不前去。"

赵成没有再说什么,他径直向位于不远处的一排被称作矿办公室的黑乎乎的窑洞走去,在他的记忆中,那里有一部电话,他得打电话向县长和煤炭局汇报。

很快,全副武装的矿山救援队赶到了,他们迅速给出了灭火方案。首先派人下去把着火的巷道封闭起来,然后通过从山顶打眼的方法,把水浇灌下去灭火。赵成问:"大概需要多长时间?"

救援队的人说:"这个说不好,少则三个月,多则半年以上也说不准,主要看过火面积大小。"

听到救援队长这样说,赵成狠狠地剜了一眼高光亮,看到赵成看他,高光亮默默地低下了头。

在矿山救援队灭火期间,矿上被县煤炭局勒令停产整顿,高光亮留下部分工人照看矿井,给其余的工人放了假。

沿窟野河两岸,到处都是乡办和个体办的年产几十万吨、甚至年产几万吨的小煤矿,矿工们有的是力气,只要有力气就不愁找不到下井的工作。于是,工人们很快分散到别的煤矿干活挣钱去了。

生产停了,高光亮却没有闲下来,他得去弄钱,救援队灭火要钱,债主逼债要钱,煤炭局罚款也要钱……于是,高光亮每天日出日落开着他的小四轮拖拉机,一边把煤场的存煤降价销售,别人卖三十元一吨,他卖二十五元,如果买家要得多讲讲价钱十九元、甚至十三元也出手,只要是现金。

家里留下粉花带着两个孩子在矿上应付那些个讨债的人。那些讨债的人中也有讲良心的,矿上出了这么大的事情,再看到骨瘦如柴的粉花带着同样骨瘦如柴

的两个孩子，不免就有了恻隐之心，来一趟多少给上一些也就不再纠缠，也有一些没有同情心的债主，一天到晚吃在矿上住在矿上不说，还说一些不堪入耳的难听话，大有拿不到余款决不罢休的劲头。

谁叫咱欠下人家的钱呢？厚道的高光亮和实实在在的粉花常常坐在一起这样互相安慰。

三个月后，井下的大火终于被扑灭了，在写下灭火费欠条和还款期限送走矿山救援队不久，赵成带着乡上的会计来到了矿上。

赵成说，他这一次来是要向高光亮通知，解除合同，乡上决定要对乡办矿进行拍卖，让高光亮把矿上后来添置的资产盘清，可以折成价钱参与拍卖。赵成还说谁都可以参与竞争，包括高光亮本人，条件是价高者得。

粉花说："咱们签下的合同是承包十五年，这才过去一半时间。"

赵成斜了她一眼，显然是不屑和一女流之辈解释。他双眼瞅着天空说："以前的一切作废，这是乡上开会定下的。"

既然是乡上开会决定了的事情，高光亮也就无话可说，他冲着欲言又止的粉花摆摆手，意思是不让她再说下去，惹恼了赵乡长不会有好果子吃。粉花便不再言语。高光亮对赵成说："我们都听乡上安排，乡上说咋样就咋样。"

赵成显然对高光亮的回答很满意，他点点头说："这就对了嘛，你要是愿意参与竞争，乡上可以优先考虑照顾。"

承包乡办矿八年，高光亮计算添置的井下、井上设备和固定资产的原值达二十多万元，即使计算残值下来也有十万元左右。赵成看完高光亮送去的设备资产清单，只说了一句话："折价十万元，再多一分都不增加。"

其实，高光亮在资产作价上是打了埋伏的。多年在生意场上与各色人等讨价还价，让高光亮历练出了逢人只说七分话，留下三分在肚中的本领。经常和赵成打交道，他明白赵成砍价的方式一般是百分之五十，于是他的报价是二十万，赵成说十万元正好折抵成本。

接下来，高光亮就想着参与竞争把乡办矿买下来，既然已经干起了煤矿这个营生，就坚持着把它干到底。当然，他也盘算过，仅凭他一个人的财力并不足以盘下乡办矿，他必须首先说服两个人，一个是邻村卖豆腐发了家的杨圪劳出资入股，当年他曾经和自己竞争承包乡办矿没有得逞，为此他一直耿耿于怀；另一个人就是粉花的五爸刘茂盛，五爸现在已是环保局的副局长，他要依靠五爸的关系摆平公家的事情，也只有五爸出面，才能让老丈人茂雄老汉不至于成为他接手乡办矿的绊脚石。

眼瞅着乡上定下的拍卖日期就要临近，可是真正来报名的人却是寥寥无几，多年来煤价一直低廉，各个煤矿都在亏损，乡上定下的五十万元的起拍底价更是无人问津，急得一筹莫展的赵成整日在乡政府的大院里转圈圈。

十二

高光远所在的国有煤矿初步建成，与矿上相匹配的铁路和公路建设预计今年年底就能通车。几年前因资金困难，矿务局的领导看上了眼前的一些蝇头微利，决定把煤矿转卖给另一家大型国有企业——华源公司，华源公司接管煤矿后，在加大矿建投资力度的同时，同步开始了铁路和公路建设。

矿上的好多矿工在华源公司接管煤矿之前调回了关中，老雕也是在那个时候调走的，而高光远却留了下来。因为在矿务局他没有后台，也没有花钱去寻路子走后门，他留下来的唯一一个可以解释得通的理由就是他的家乡在这里。

冬去春来，已是生产副矿长的高光远坐在他的办公室里一边抽烟，一边思考。他所在的这座现代化综合开采的大型矿井，井下设备都是花大价钱从国外进口回来的，他们矿原来设计生产能力是年产三百万吨，自从华源公司接管后，把设计产能提高到了年产八百万吨，今年底就能试运转。让他担忧的是交通运输问题，陕北北部纬度偏高，气候寒冷，冬季时间特别长，一年十二个月当中真正能够施工基建的时间不足六个月，铁路和公路建设能否如期完工是个大问题。

年产八百万吨，这在以前是他在铜城煤矿工作时都不敢想象的，对于关中的煤矿来说，年产一百万吨属于大型矿井，全矿上下包括地面和后勤人员在内，一座煤矿少说也有近万人。可是他现在所在的煤矿，至今所有人员加起来不到五百人，离上万人还差一大截呢，这么少的人在一年内要产出八百万吨煤，以前对于高光远来说简直就是天方夜谭，可这一切又都是真真切切地发生在眼前的真实场景。

改革开放以来，工业现代化的步伐快得让他难以置信，甚至是难以想象。这让他猛然想起高光亮承包的那个人挖驴拉的小煤窑来，好久没有和高光亮联系了，也不知他承包的那个乡办矿咋样了？

于是，瞅了个星期天，他开着越野车沿着一排排沙柳树分隔开的曲曲折折的乡间沙漠小路，来到了高光亮所在的乡办煤矿。

矿区内静悄悄的，听不到一点儿声响，一眼望去，满眼破败，煤场中间摆放着一大堆没有销售出去的黑亮黑亮的块煤。一问才知煤矿三个月前就停产了。

踩着厚厚的煤尘，来到矿部那一排黑乎乎的窑洞前，看到以前粉白脸蛋的粉花一下子变成了一个干瘦的满脸褶子的老女人，还有她同样干瘦的两个黑脸蛋的孩子，高光远简直都不敢相信自己的眼睛。

粉花一边嚷叫着两个顽皮的孩子，一边和他拉话。在粉花有一句没一句的交谈当中，高光远大致弄明白了高光亮眼下的处境。

他问道："光亮现在人在哪里？"

粉花说："一大早就去乡上商谈买煤矿的事情去了。"

最近一段时间以来，高光亮跑前跑后忙得是焦头烂额，他首先去找五爸刘茂盛，说自己经验少，需要他进一步帮助，并且说明由他出面，五爸只需在关键的时候帮帮他。

去年底县上出台了小煤矿管理办法，从这份文件中，刘茂盛清楚地意识到，煤炭市场正在逐步走向好转，这是政府发出的一个信号，于是，他痛快地答应了光亮。说服了五爸刘茂盛，让高光亮接手购买乡办矿的信心大增，他接着又跑到杨圪劳家里和他商谈，希望杨圪劳能拿出钱来入股和他一起合作，把乡办矿盘下来。

杨圪劳自从与高光亮在承包乡办矿竞争失败后，一直耿耿于怀，后来看到高光亮接手乡办矿后，难以为继的艰难，他又在心里暗自庆幸，庆幸他当时没有接下乡办矿。现在高光亮屁颠着来找自己投资入股，精于算计的杨圪劳在心里打着他的小算盘："要想富得快，就把工业干。"这是乡上的干部动员大家致富时常挂在嘴边的口头禅。

他也明白，对于乡上来说，眼下这乡办矿就像一根鸡肋，弃之可惜，食之无味，而对于高光亮来说，它却是一根救命的稻草，失去了乡办矿，高光亮欠下的一屁股债务就永远还不清了，债主们会把他活吞下肚去，得到它，高光亮兴许还有翻身的机会。哼，你高光亮不是能行吗？如今骑到老虎背上下不来了，临死还想拉一个垫背的，今天任凭你把天说个大窟窿出来，我也不蹚这浑水。于是，他风趣而略带调侃地回答高光亮："我只会做白的（豆腐），不会做黑的（煤）。"

在杨圪劳那里碰了个软钉子，高光亮有些灰心，耷拉着脑袋往回走，远远地照见岳父刘茂雄老汉蹲在村头抽旱烟，他本想绕道过去，没想到茂雄老汉抬起眼皮看了他一眼，他只好硬着头皮走上前去。茂雄老汉吧嗒吧嗒地抽着他的旱烟袋锅子，看到他的牲口女婿走了过来。自从高光亮承包了乡办煤矿后，他就一直在人前这么称呼高光亮。

等到女婿来到面前，他抬脚在鞋底磕去烟袋锅里的烟灰，一双眼睛看也不看对方，只是望着乡办矿的方向说道："你要买下乡办矿？"

在得到高光亮肯定的答复后，茂雄老汉突然放大嗓门儿："你也配办企业，自从你办起煤矿这些年，粉花和孩子跟着你吃没吃的，穿没穿的，你还把一家人祸害得不够吗？现如今你还要折腾，我早就把你看定了，你就是贩猪、猪涨价，贩羊、羊涨价那种倒运的人！咱们是农民，农民还是要本本分分在土里刨食吃，听我一句劝，快快把那个劳什子的煤窑给人家还了回来务农吧。"

高光亮老老实实地站在茂雄老汉面前听他训诫，当着村里人的面，他不愿意让人看笑话，所以没有顶撞。

茂雄老汉教训完女婿，起身趿拉着布鞋、披着外衣、抄着两手回家去了。留下高光亮扫了一眼村里那些正在看他笑话的人们后，头也不回地抬腿向乡办矿方向走去。

他一边走，一边想，老天爷咋就不开眼呢，难道说我的命中就没有办企业的命？

回到矿上，看到一辆越野车停在矿部那一排窑洞前，想着又是来讨债的债主，打算躲一躲，没想到两个正在煤堆上玩耍的孩子看到了他，大声叫喊："爸爸，家里来客人了。"

听到孩子们的喊声，高光亮只得硬着头皮走了过来。转过山墙，看到高光远和粉花坐在院子里拉话，一颗悬着的心才放了下来。在坐下来喝了一口粉花倒给他的白开水后，情绪低落的光亮问起光远的近况，粉花说："人家现在是国有煤矿的矿长了。"

光远解释说："副矿长。"

粉花失笑道："那也是矿长。"

光远说："光亮兄弟才是真正的矿长哩。"

一句话勾起了光亮的烦恼，他唉的长叹一声："我这个矿长满世界让人拿脚踢哩。"

粉花和光远并不知晓刚才在村头发生的一幕，于是，光亮就把刚才老丈人当着众人的面骂他的话给两个人学说了一遍。

光远沉吟了一会儿说道："目前从大形势上来看，前几年因为产能过剩，致使煤炭价格一跌再跌，为此国家关停了不少小煤矿。去年开始，随着经济的复苏，能源行业尤其煤炭业有了转机，依我看经济发展离不开煤炭。再说，咱们这里，地偏人稀，以前制约经济发展的主要瓶颈就是交通，如今，铁路方面，通往山西、内蒙古的铁路已经修通，通往关中的铁路也正在建设当中；公路方面，几条高速公路都正在抓紧建设中，我来时见到通往高家河乡的二级路面都已铺好，不出明年，咱们这里的煤炭就能被大量运出去了。我建议买下乡办矿，你买下后首先要改造矿井扩大产量。"

粉花说："你说的事情倒是这么个理，可是我们拿不出那么多钱来。"

光远想了想说："这样吧，我回去和几个人商量一下，入上一股，我还是很看好未来的煤炭市场。"

正在为钱发愁的光亮听到光远的话后神情为之一震，他立马提了精神两眼放光语无伦次地说道："光远哥，有了你的支持，这座煤矿一定能办好，我有信心挣下大钱。"

高光亮永远也不会忘记这一年的五月十八日，在高光远的加盟下，高光亮以二十五万元的现金价格从高家河乡上买下了乡办矿。

接手乡办矿后，高光亮做的第一件事情就是给煤矿变更名字，按照三爸高扬威的说法，一个企业的名字就和一个人的生辰八字一样决定着未来的命运。

高光亮开着手扶拖拉机，怀揣着他和五爸刘茂盛、高光远的生辰八字来到三爸的窑洞，三爸闭起眼睛掐着手指算了半天，开口说道："从你们三个人的生辰八字推算是个吉卦，吉人自有天相，违天不如顺天，违道不如顺道，我看就叫'窟野河煤矿'吧。"

择了个良辰吉日，窟野河煤矿正式挂牌，挂牌那天来了上百号人，在前来祝贺的人们当中，最显眼的嘉宾要数乡长赵成，还有县环保局副局长刘茂盛，以及一身笔挺西装的国有煤矿的副矿长高光远，后面两人今天既是主人也是嘉宾。为了图个好兆头，高光亮杀了一头猪、两只羊，红红火火地招待前来祝贺的人们。

那一天，三爸唱的信天游给酒席增添了更多的热闹。

在前来祝贺的人们当中，人们没有看到茂雄老汉，他是不齿于到来。这个倒运女婿真能折腾，在他看来，女婿高光亮就没有那个挣钱的命，是越折腾越穷的命。

在高光远的指导下，窟野河煤矿开始进行技术改造，扩宽井下巷道，以适应无轨胶轮机动车下井运煤。高光远认为，今年年底柏油路就能通到高家河乡上，有了公路，矿上的煤炭就会被大量运出，所以，目前矿上的主要工作就是抓紧时间搞技术改造，提高煤炭产量，为明年打翻身仗做好准备。

粉花到乡上办事，拿回来一封信。高光亮拆开来，看到是柱子写来的，柱子在信上说，自从当年一别一直没有联系，他是去年在铜城遇到老雕，才听老雕说，高光亮和粉花回陕北后办起了小煤矿，他向老雕打听到矿上的地址，这才写来一封信，信上提到想来矿上工作，不知能否成行？

接到柱子写来的信后，高光亮很高兴。想着眼下使用的这些矿工，都是没有在正规煤矿干过的人，柱子在正规煤矿干了多年，熟悉井下业务，当年如果有柱子在，煤矿上那些个安全事故就不会发生了。

于是，高光亮回信痛快地答应了柱子，让柱子尽快来矿上，并且许诺让他负责矿上的生产和安全。眼下，矿上边搞技改边出煤，随着市场逐渐好转，煤的销量每天都在增加，井下的工作量加大，而且还得协调好技改和生产的关系，解决两方面随时出现的矛盾。

柱子到来后，高光亮便从井下工作中解脱出来，他把大量时间都花在销售和催要款上。有了资金周转，矿上的日常工作开始逐渐步入正轨。

红花以前总听姐姐提起柱子这个人，夸奖柱子聪明能干脑筋活泛，真是百闻不如一见。柱子人长得精神，做事活套，平时和工人们有说有笑，与大家关系融洽，每天升井后经常跑到灶上教红花做川菜。下午四点来钟，柱子升井换下工装，到洗澡室洗了澡，来到灶上帮红花做饭。

看到柱子进来，正坐在一个大铝盆前刮山野的红花说："柱子，今天教我炒啥菜？"

柱子说："我先给你猜一个字，看你能不能猜得出？"

红花说："你说，你说。"

柱子说："一横一竖，一横一竖，一横一竖；一竖一横，一竖一横，一竖一横。猜一个繁体字。"

红花想了半天说："我猜不出来，是啥字？"

柱子说："是繁体的亚，亚洲的亚字。"

红花揣摩着繁体字亚的写法，还真是个亞字。

"你再说一个灯谜我肯定能猜得出。"红花饶有兴趣地说。

柱子接着说道："晚上没有，白天有，早上没有，中午有，砖头瓦片盖不住。是啥东西？"

红花凝神思索，想了半天摇头道："想不出来，你说是甚？"

柱子说："你叫一声哥，我告诉你。"

红花脸上一红，假装生气地嗔道："不说算了。"

她嘴上这么说，却还是轻声叫了一声："柱子哥。"

柱子开心地笑了，说："这才是乖妹妹。"

红花低下头手里刮着山野皮小声说道："你还没有告诉人家谜底呢？"

柱子说："影子。"

红花恍然大悟，她咯咯地笑着又黏着让柱子再给她猜一个灯谜。柱子觉得再猜下去就无聊了，于是说："红花，我昨天在报纸上看到一个紧急通知，感觉很震惊。"

红花不解地问："啥通知？"

柱子说："就是刚烧开的自来水千万不要直接喝，说是经我国专家研究上百万例临床实验表明，无论是城里还是农村，无论是大铁锅还是电水壶烧开的自来水千万不要直接喝。"

红花想了想不解地问道："为啥？"

柱子说："因为烫嘴。"

说完哈哈大笑。

红花上前在他肩头一通拍打说："柱子哥，你真坏。"

言语中就有了女孩子的娇嗔。

粉花在灶头忙着烧开水，看到两个人在那边说笑，红花脸庞红扑扑的透出少女动人的光彩，突然就想到了她和光亮当年在一起演出活报剧《兄妹开荒》时的情形，粉花的心头不禁咯噔一下，难道他们两个有了那个意思不成？

那边柱子开始教红花做饭，他今天教红花做的是陕南蒸菜："剁好肉馅，葱、姜细细切成碎末码在肉馅上，调入五香粉、胡椒粉、一点酱油、盐、味精各适量，搅匀……"

红花插话说："这不就是我们陕北的大烩菜嘛。"

柱子说："实材和作料都一样，只是做法不同。"

粉花说："南方人做得精细，不像我们陕北人粗枝大叶。"

正在说话间，看到外面的人都向井口跑去，柱子的第一反应就是："不好，井下出事了。"

顾不上说话，他撂下手里的菜刀，三步并作两步冲了出去。赶到井口时，听到跑上来报信的矿工说："炮工被压在了煤堆下，还不知是死是活。"

不容分说，柱子带着几名营救人员向井下跑去。

粉花和红花也跟着在后面赶了来，她们站在井口焦急地等着井下传来的消息。红花望着柱子消失在黑洞洞的井口的背影，她的内心深处突然对他有了一种说不清道不明的关心和依赖感，于是，默默地在心中向上天祷告，祈求一切平安。

柱子带着人绕过迷宫般的煤柱子，来到井下工作面，看到炮工的腿被一大块煤压在下面，他走过去蹲下身子，在矿灯下看到炮工脸部痛苦的表情，看来生命无碍。他大声喊叫，让大家过来一起把煤块抬起来，先把人救出来。

几个矿工过来一起用力，抬起了那块四方四正的大煤块，柱子使劲把人从煤块底下拉出来，吩咐人把伤员抬出去，赶快送医院。

柱子明白，这个时候早一分钟送到医院，就有可能保住伤者的一条腿。

等到把伤者送出去后，柱子才感觉到浑身乏累，毕竟在井下工作了十来个小时，还没有来得及休息，就又出了这么一档子事。在煤矿上工作最担心的事情就是发生矿难，不管是大事故还是小事故都让人揪心。

当他一脸疲惫地走出井口时，看到井口处的灯光下，红花孤零零的身影站在那里，她还在那里等着他。

十三

金强赶着毛驴车到乌海一家私营煤矿从事井下运输工作，他每天早早起来，给毛驴喂饱草料，自己在灶上随便吃点儿，就跟着大伙儿一起赶着毛驴车入井拉煤。每拉一趟煤，他可以得到四元钱的现金收入，这样一个月下来刨去吃喝能落一千元，月底去邮局按时把一千元钱寄到家里的婆姨手中，金强的内心感觉很满足。熬过了寒冷的冬季，开春后，天气开始一天天变暖，金强想，这个夏季他得好好干上一场，多挣些钱，自己家里的那几孔土窑洞早就破败不堪了，得雇人重新箍箍。孩子秋天就到上小学的年龄了，他得花钱让孩子上学。婆姨来信说，她又怀上了，家里的农活全凭粉花和银强给帮衬着。

农村最缺的就是劳力，老大是女儿，他希望婆姨怀上的这个是小子，如果不是小子就打掉。他在家中是长子，长子在家族中有传宗接代的义务，作为长子，他怎么能没有儿子呢？今年春节回去，娘老子有意无意地给他递话，意思就是想抱上长孙。

眼下这个世道做甚都需要钱，有钱好吃好喝，没钱寸步难行。

五月的一天，煤老板把运输队的人召集在一起给大家开会，大意是现在煤炭市场比前些年有所好转，矿上决定扩大产量，今后不再使用毛驴车拉煤了。许多小煤矿为了扩大产能，在井下已经开始采用一种叫"三改四"的农机车拉煤，矿上现在使用的毛驴车将被淘汰，如果有人愿意留下来继续搞运输，那就得升级换代，花钱购买"三改四"农机车，当然，到那时大家的收入也会大大提高。

金强打问过，买一辆"三改四"农机车得花七八千元，思谋着翻新家里的土窑洞，孩子上学，婆姨生娃娃都需要花钱。他刚刚攒下些钱，如果买了"三改四"车，今年的一些想法就得落空，首先窑洞是翻新不成了。

金强和妹夫高光亮不同，他不愿意折腾，也不喜欢折腾，只想安安稳稳过日子，凭力气干活吃饭养家糊口，长这么大他从来没有欠过任何人的钱。而妹夫高光亮却是光脚不怕穿鞋的，敢想敢做，敢打敢拼，早已是远近闻名债多不愁、虱多不痒的灰汉。你看这些年把妹妹粉花折腾成甚样子了？不到四十岁的女人，脸色蜡黄，干瘦如柴，论年龄还没有她的嫂子大，可是两个人站到一起再看，她的嫂子要比她看上去年轻滋润得多。

思前想后，金强还是拿不定主意，他找邻村和他一起来的几个人商量。有说愿意留下来继续挣钱，也有说不如回去重新找个营生做，大家七嘴八舌没个准主意。

最后，大家趋于一致的意见是先把毛驴车赶回去，只有少数一两个人决定留

下来购买"三改四"车,他们打算把毛驴和车子就地卖掉,这样可以省下路费钱。金强想,还是把毛驴车赶回去再做打算,因为这毛驴车不是他的,虽说妹妹和妹夫早就说过把毛驴车送给他了,可是做人不能这样做,咋能占人家的便宜呢?亲戚之间就更不能这样做,否则,不好相处。

作为家中的长子,金强想他必须以身作则,给弟弟妹妹们带个好头,即使自己吃点儿亏。好在现在天气暖和,用半个月时间赶着毛驴车大家一起结伴往回走,即使一路上风餐露宿,也不怎么受罪。

回到高家河,金强首先想的就是到妹夫的窟野河煤矿把毛驴车还回去。赶着毛驴车来到矿上,让他吃惊的是矿上早就不使用毛驴车拉煤了。一问才知,自从公路修通后,外地前来拉煤的大车进来,煤炭运输量大大提高,井下也开始使用上"三改四"农机车了,他千辛万苦从内蒙古赶回来的毛驴车早过时了。

妹妹和妹夫劝他留下来在矿上干,金强抹不开脸面,只好说等等再说吧。他想着回家向父亲茂雄老汉请示,如果得不到父亲的许可,他是不会到妹夫的煤矿干活的。金强是孝子,一切都得照父亲的意愿办,当年他从妹夫的矿上离开,也是听了父亲的话后才去了乌海。

他判断父亲是不会同意他到矿上干的,当年父亲让他离开矿上是已经表明了态度的。父亲是那种从不认输的人,父亲说出去的话、做出去的决定是不会改口再收回去的。

茂雄老汉嘴里叼着烟斗,圪蹴在院子中间那块青石板上,长时间吧嗒吧嗒抽着他的旱烟锅子。

多年来,每当他想事情,尤其是想那些个让他心里瞀乱又麻缠的事情的时候,他总是要雷打不动地重复着这一动作。粉花和高光亮自由恋爱落下个穷得都快光腚的结果还历历在目地在眼前晃动,如今,红花又和那个来路不明的柱子自由恋爱上了。他这一辈子咋就亏下了先人?生下这两个讨债要命的瞎女子来。

红花和柱子谈恋爱的信息,他是听人在村口闲聊时说的,村里人闲着没事凑在村口嚼舌头,在高家河村早已成为一种风俗习惯,尤其是男女之间那点儿风言风语更惹人关注。

窟野河

　　茂雄老汉生下的两个俊俏女儿，一个多年前惹起的一场风波早已平息，另一个惹起的风波这才刚刚开始。

　　绝不能让大女儿粉花的历史在小女儿红花身上重演，他必须上手段把他们分开。

　　在做出这样的打算后，茂雄老汉抬起脚底板，在老布鞋底磕掉抽剩下的烟灰站了起来。这一次他不能再像对待大女儿粉花那样解决问题，那样会得到适得其反的效果，以往的实践证明这条路是行不通的。

　　于是，老谋深算的茂雄老汉想到了运筹帷幄，只有运筹帷幄，才能决胜千里，最后达到稳操胜券的目的。他思谋首先让婆姨艾玉琴出面，做红花的思想工作，他并不指望没有谋略的婆姨三言两语就能把这个和大女儿一样外柔内刚的二女儿说服，他是通过婆姨的劝说先探探红花的口风。

　　晚上睡下后，他把从村口听到的关于红花和柱子的事情告诉给了婆姨，艾玉琴一下子就从炕上坐了起来："天爷爷啊，这个死女子咋又弄出事情来了？"说着就要起来找红花说道说道，被茂雄老汉一把拉住说："你这个人咋就听风就是雨，明天起来再去说嗑。"

　　第二天一早起来，艾玉琴做好早饭，打发走下地的男人，把红花叫到窑里来，她原本想着用粉花的事例给红花上一堂摆在眼前的教育课，没想到刚一开口提到柱子，就被红花给顶了回来。红花说："妈，感情的事情你管得了吗？当年我姐不是让你们给管跑了，最后不还得接受事实！"

　　话不投机半句多，母女二人你一句我一句地顶上了牛，谁也不让谁，在窑洞里大吵一架，两个人的嘴官司最后以红花甩门出去结束。

　　红花走了，留下艾玉琴独自坐在院子里生闷气。院墙外面猪圈里喂养的两头猪看看太阳上来三竿子了，还不见主人来喂它们，便在圈里一边嚎叫，一边用头拱着铁门，气得艾玉琴找了根红柳条，过去一通抽打，它们这才老老实实地卧下来不再敢闹出动静。

　　到了响午，茂雄老汉回来吃午饭，听了婆姨气哼哼地述说，茂雄老汉没有言语，这是他早已预料到的结果。婆姨说："娃他爸，一个孩子都管不住了，你可得出面做主，教训教训死女子。"

茂雄老汉嘴上答应着，心里却在笑话她："就你那两下子，拙嘴笨舌，是我也得和你干一仗。"

他自有锦囊妙计，吃罢晌午饭，他告诉婆姨到乡上走一趟。其实，他是到乡上乘车去县里找五弟茂盛。在高家河村刘姓家族中，五弟茂盛活得比他有威信。自从粉花抗婚自己在五弟的说和下不得不低头承认事实后，他的威信就已经扫地了，他找五弟就是想着和五弟商量，看看能有啥办法。

五弟在他宽敞的办公室里热情地接待大哥。"当官就是不一样啊，你看这办公室够阔气。"茂雄老汉说。

当年茂盛被公社推荐去省城上学，可是家中一贫如洗，哪里有钱供他，是大哥茂雄在父母面前夸下海口，说他就是累死累活也要供五弟上学。事实也的确如此，五弟上学时的费用都是他这个大哥没明没黑给供销社里编柳条筐，三分五分一点一点积攒起来的。

五弟说："大哥，快别这么说，我能有今天，多亏大哥帮衬。"

五弟的这句话在他面前说过多次了，这是茂雄老汉最想听到也最愿意听到的话，你五弟能有今天呼风唤雨的本事，别忘了有你大哥的功劳。

呷一口五弟给他沏的上好的茶水，茂雄老汉把红花和柱子谈恋爱的事情讲给了五弟听。五弟沉吟着抽出一根纸烟递给他，他伸出左手拒绝，右手抬起旱烟锅示意自己抽这个。

沉吟了一会儿后，茂盛说："大哥，俗话说宁拆十座庙，不拆一桩婚，这种事情要我看还是让娃娃们自己做主的好。"茂雄老汉吧嗒着他的旱烟锅子："五弟呀，你是受过教育的新派人，你的眼光放得远，当年粉花要是听了我的话，会落得今天这个下场吗？你看那个倒运女婿，当年是穷小子，现在不也还是穷光蛋！"

茂盛说："事情不能这么看，毛主席说过，穷则思变，光亮没偷没抢，走的是正道。再说了儿女自有儿女福，只要是红花看上的人，小两口日子过得红火，咱们做老人的不也高兴嘛！"

听到五弟这样的表态，茂雄老汉站起身子就要往外走，被茂盛一把拉住说：

窟野河

"大哥，吃了饭再回。"

茂雄老汉气呼呼地说："我吃过了。"

还是要走的架势，茂盛依然拉住他不放手："吃了饭再走，咱们俩好久没有拉家常了，留下来喝顿白酒，晚上我派车送你回去。"

一提到喝酒，茂雄老汉的气消了一半下去，这还像个五弟的样子。

半夜醒来，茂雄老汉睁开眼看到自家窑洞的顶棚，这才想起在县里酒喝多了，是五弟派车把他送回来的。他口干舌燥，嚷着让睡在身旁的婆姨给他倒水喝，昨天晚上茂雄老汉被司机扶回来时，嘴里还不停地吆喝着："五个三，你有一个红点，我是豹子三，你输了。"

艾玉琴送走司机回来，给躺在炕上好一通折腾的男人擦了把脸，脱掉外衣，盖上被子，刚刚消停一会儿，男人又嚷嚷着要喝水，艾玉琴披衣起来倒水，嘴里骂："看见酒比看见你亲大大还亲，你就不能少喝些。"

男人嘴里喷着酒气说："五弟盛情，推不了。"

婆姨端来一杯水递到他面前说："你不喝他能灌你不成，还是你想喝哩，越老越没有出息！"

男人喝了一大口水咽进肚中连声说："好酒。"

婆姨隐忍不住笑着骂道："你个醉汉还没有醒转来。"

一觉睡到日头爬上窟野河对岸的山头，茂雄老汉方才起来，洗漱完毕，随便喝下两口滚烫的豆钱钱稀饭，给婆姨说了一声："出去了。"便背着手向窟野河煤矿的方向走去。

茂雄老汉今天要亲自出面找那个叫柱子的外乡小伙子谈一谈，一路上想着如何说服柱子让他离开红花的理由，不知不觉便走到了矿上。

最近的一次到矿上来还是四年前，为了甚事情来的他已经记不大清楚了，那个时候，窟野河煤矿还叫高家河乡办矿，进矿的道路被厚厚的煤粉末子覆盖，老半天看到一辆拉煤的小四轮车驶过，到处是飞扬的煤尘。走进矿区更加不堪入目，就连树上落下一只麻雀都是黑色的，见到有人走来扑棱着翅膀飞起，空中落下一串黑色的煤尘。四年后再来，矿上已经变了模样，水泥路铺到了矿区，小四轮早已不见踪影，代之以一辆挨着一辆的大卡车，轰隆隆的大卡车拉着冒了尖的煤炭盖着帆布篷从他身旁疾驶而过，茂雄老汉感觉到脚下的大地都在颤动。

世事真的变了啊！茂雄老汉看着眼前的情景，从内心发出一声感叹。

第一个看到茂雄老汉走进矿区的人是粉花。看到老子亲临矿上，粉花急忙上前把他迎住让进黑乎乎的窑洞里。粉花说："光亮一早就到乡上的煤台联系销售去了。"

茂雄老汉原本打算问一下矿上的情形，想到自己这次来的使命，便隐忍住没有吭声。坐下来后，他直截了当地问粉花："那个叫柱子的外地后生在吗？"前天红花哭着回到矿上，把家中发生的事情一五一十地告诉了姐姐，晚上红花没有回去，住在了矿上。

粉花今天看到老子来了，原以为是寻红花的，没有想到她老子开口就找柱子。粉花说："柱子一早就下井了，要到下午才能上来。"

听说父亲来了矿上，红花也走了过来，既然没有见到要找的人，茂雄老汉站起身子伸手拉住红花说："跟我回嗑。"就要往回走。

红花甩脱他说："矿上还有好多事情呢，我不回去。"

茂雄老汉说："你今天不回去，以后永远就不要回去。"

红花倔强地说："不回就不回。"

她眼圈一红推开房门跑了出去。

粉花过来挡在门前说："爸，有话慢慢说，你这急脾气也该改改了。"

在红花跟前受了顶撞正有气没地儿撒，听到粉花的话，茂雄老汉的气顶到了脑门儿上，你也来教训老子，我还没有老到糊涂的时候。他伸手拨拉开粉花，气哼哼地说："都别忘了，这个家现在还是我说了算。"

走出窑洞，早已不见了红花的踪迹，茂雄老汉又转回身子对粉花说："你把红花叫回家去。"

粉花说："爸，年轻人的事情你管不了。何况他们俩已经把证领下了，就差办酒席了。"

粉花的话让茂雄老汉犹如当头挨了一闷棍，他差点儿跌倒，赶忙伸手扶住身旁一棵杨树。耳边又听到粉花说:"红花喜欢谁是她自己的事,你就不要再拦着了。"

茂雄老汉定下神来,二话没说,径直走出了矿区的大门。

其实,红花和柱子并没有领证,户口本一直藏在茂雄老汉的腰间,他们到哪儿领证去?粉花这么说也是情急生智,是想让父亲别再搅和了。

茂雄老汉听到粉花如此说,也是一时气糊涂了,早把户口本还藏在自己腰间的事给忘了。

走出矿区,看看粉花没有追来,茂雄老汉眼圈红了:"养下两个白眼狼。"他在心里骂,同时他也在反省自己为人父的失败,为甚两个女儿都不听他的,都愿意自己做主订下终身大事?看来这个时代真的是改变了。

沿着窟野河水一直向下游走去,抬头望见高扬威建在半山腰上的三孔土窑洞,便信步向那里走去。

老远就听到高扬威在唱《五哥放羊》:

二月儿里哎刮春风,
三那妹妹爱扎一根红呀么红头绳,
单问一声那五呀哎嘿嘿嘿,
哥哥哥哥哥哥亲呀个不把妹妹亲,
单问一声那五呀哎嘿嘿嘿……

来到高扬威家的窑洞前,看到高扬威正坐在院子中间的石板旁编柳条筐。

茂雄老汉拉开篱笆门,走过去一屁股坐在石板上,伸手拿起一根柳条帮衬着编起了柳条筐。编柳条筐是茂雄老汉的拿手手艺,多年养成的习惯,让他一看见柳条手指头就会不由自主地想干活。他手下熟练地劳动着说:"老弟,你给哥在周围看上一块坟地。"

高扬威抬起头来看了一眼对方:"遇到烦心事了?"

茂雄老汉只顾低头编他的柳条筐不再言语。

"这人啊,活一辈子不容易,遇到不顺心的事情就给自己找块坟地,那一辈子得找多少次啊?"高扬威记得当年粉花跟着侄子光亮跑了,茂雄老汉也曾经找他说过坟地的事情,当时他说:"从你的眉眼上看,你的阳寿还长着呢,不急着想阴间的事情。"

一晃这么些年过去了,茂雄老汉再次找来,想必是又遇上麻烦了,于是说道:"有事情解决事情,不能动不动就想着阴间的事。"

茂雄老汉说:"年龄不饶人喽!"

高扬威说:"你家祖坟西边那块地正在阳坡坡上,风水就好。"

茂雄老汉放下手中的活,抽了几口旱烟,在鞋底磕掉烟锅子里的烟灰,站起身来说:"谢老弟了,赶明儿你再给看看,墓门应该朝哪个方向?"

在得到高扬威点头答复后,茂雄老汉走出了院子,径直向后山走去,他要到石料厂去给自己刻一块墓碑。

一周以后,茂雄老汉把刻好的墓碑立在了祖坟西边那块风水宝地上。人还没死先把墓碑竖起来了!茂雄老汉的这一壮举,成为高家河村的人们茶余饭后的又一爆炸性话题,继大女儿粉花逃婚事件多年后,让他再一次成为高家河村的新闻人物。

十四

银强背着行李卷,拎着陈旧的完好无损的黄色帆布旅行包,步履蹒跚地走出省城的长途汽车站。五年来,这已经是他第三次离开高家河村出外打工。

五年前在上学问题上,娘老子考虑在他和红花两个人中间选择一个人去县中学就读,初中还没有毕业的银强主动提出放弃继续上学,把到县中学上学的机会留给了妹妹红花。

他这次出来是随家乡一个民工队到正在建设的高速公路上修护坡,干的活就是从山下往山上背石头,活虽然重了点儿也累了点儿,可是收入比一般的小工要高。出了汽车站来到公交站牌前找到将要乘坐的308路公交车,对于省城的公交汽车银强还是熟悉的,前两次来省城打工,常常乘坐公交车,因为公交车是省城最便宜的交通工具，所以他记得很多路公交车途经的站点。

乘车来到工地找到介绍他来的那个姓包的包工头，包包工头是一个精明的关中人，是银强两年前在省城打工认识的。包包工头把他领到帆布搭建的工棚里，工棚里铺着一长排凉席，凉席上留着每人一个睡觉的空间，银强大致数了一下，长长的通铺上挤了三十多号人。他和包包工头来到一处空位前，包包工头弯腰把两边的铺盖向外推了推，腾出一块空铺让他挤进去。银强放好铺盖后，包包工头又领着他来到工地上，指着面前的一大堆石头说："从明天起，你就和其他人一样在这里搬石头。"

包包工头大声叫过来记工员，安顿记工员记下刘银强的名字，然后便离去了。记工员是一个看上去年岁不大的少年，他告诉银强，工队的用工规矩：第一，工地实行计件工资，按石方记工分，每月底结一次账，头一个月不发工资，作为保证金；第二，不得偷拿工地的东西，发现一次扣下工资走人，情节严重交派出所法办……

一夜无话，第二天天刚亮，工棚里就热闹起来了，有人起来洗漱，有人撕纸上厕所，有人还在穿衣服，工棚内外到处都能听到叮叮当当的动静声。

银强起来穿好衣服上完厕所，听到外面有人喊："开饭啦！"工友们便各自带上碗筷一窝蜂地拥出工棚。

早饭是稀饭、馒头、凉拌萝卜丝。民工们每人端着一大碗稀饭，手里拿着两个杠头蒸馍，掰开的蒸馍中间夹着满满的萝卜丝，在房檐下蹲成一长溜，呼噜呼噜地吃了起来，也有三五个同来的乡党或者是要好的朋友聚在一起，围成一个圆圈，一边说笑，一边吃饭。

银强刚来，没有熟悉的工友，他独自一个人蹲在一旁默默地吃着饭。

不一会儿，包包工头过来了，他大声喊叫大家："都别懒着了，快吃，快吃，今天的活儿紧，不早点儿干到晚上也干不完。你，你，还有你，快吃快吃。"

听到包包工头的吆喝，民工们不再互相说笑，一个个显然是加快了吃饭的速度，等到包包工头走后，大家又都放慢了速度，开始有人小声说话，要接着有人开起了谁的玩笑，惹得周围的几个人一阵哄笑。

银强很快吃完饭，把碗筷放到厨房贴着刘银强名字的铁架子上，随着人流来到了工地，在记工员那里点了名，背起四方四正打磨好的石头走上护坡，开始了一天的劳作。

　　在工地上干完活，太阳已经落山，吃罢晚饭，人们聚在工棚里打牌，每人面前放着一块、两块，还有五块、十块的零钱，旁边围了一群人在看。

　　银强劳累了一天，感觉浑身的筋骨散了架一般，他还没有完全习惯这样的强体力劳动，他知道需要适应一段时间才能缓过劲来，于是，早早躺下睡了。

　　这样日出而作、日落而息两个月下来，终于熬到发工资了，按照提前讲好的规矩，银强头一个月的工资被工队扣下了，第二个月发的是第一个月的工资。扣除伙食费，银强拿到手的工资是一千六百元，也有身强力壮、体力又好干得又多能拿到三千元工资的人，让银强很是羡慕。

　　给大家发工资的女会计叫房娥，是一个年轻漂亮的女孩，银强长这么大从来没有这么近距离地看到过如此漂亮会打扮的女人。城里的女人就是和农村的女人不同，你看她们打扮起来唇红齿白，看上去就那么的顺眼时髦。在银强的眼中，眼前这个叫房娥的女人不仅仅是长得漂亮，应该说是惊艳。当他从女会计房娥手中接过一千六百元工资时，从对方身上散发出来的淡淡清香，让他甚至感觉到有些眩晕。在银强的脑海中一刹那闪现出这样一个念头来，能把这样貌美如仙的女人抱在怀中，哪怕只要一分钟，就是把自己这个月一千六百元的工资都给了她也值。

　　晚上睡下后，他听旁边铺上的工友说，那个长相惊艳叫房娥的女会计是老板的相好，两个月里银强只在工地上见到过一次老板，一个黑皮肤满脸皱纹完全谢了顶的五六十岁的老头，开着一辆豪华的宝马车。这年头有钱就有美女自愿陪啊，劳累了一天的银强想着那个叫房娥的女人酣然入睡。那一晚是银强来工地两个月当中，头一次在半夜醒来，他梦遗了，醒来后他就再也睡不着了。银强思前想后，照自己现在这个样子，像房娥这样的美女，他一辈子也只能在梦中才能见到。这样想着，青春欲念正旺盛的刘银强流泪了，他暗下决心，他要拼搏，他要奋斗，他要干出个人样出来，他要出人头地，在人前风光风光。

　　一周后的一天，老天爷终于开眼下了一场大雨，包包工头宣布休息一天，这

窟野河 |

　　正是银强等到的机会。自从那天见到老板的相好后，银强觉得自己这么多年都白活了，他暗下决心，一定要改变自己的命运。他给自己制订了一套完整的计划，首先是接近包包工头，求他给自己在工地换个工种，整天背石头有甚出息。

　　趁着下雨，银强开始了他计划的第一步。

　　下午四点，他来到包包工头的住处，看到包包工头正一个人躺在房间的长沙发上看电视，便有礼貌地敲了三下门。在得到包包工头允许后，银强推门走了进去。

　　他先给包包工头发了一根红塔山烟，包包工头接了过去，银强讨好地凑上前给他点上。

　　银强说："包老板，赏兄弟个脸，我晚上请你到外面小食堂喝酒。"

　　包包工头瞅了一眼银强，以怀疑的口气问："你请我喝酒？"

　　银强想包包工头一定是不相信他会花钱请客，于是，便从兜里掏出一沓子钱放到桌上，认真豪爽地说："你是领导，当然是我请你喝酒。"

　　望着一沓半新不旧的大团结，银强的心在滴血。

　　包包工头乐了，连声说："好！好！"

　　十五分钟后，两个人换上皱巴巴的西装从工地出来，踩着泥泞便道向不远处的城中村走去。

　　来到城中村找了一家关中小酒馆，包包工头显然和酒馆老板很熟悉，两个人刚一落座，店老板便过来说："两荤两素、一瓶细高脖子红西凤？看还加些啥菜，二位老板只管吭声。"

　　包包工头把手一挥说："先这样吧，一会儿不够了再说。"

　　酒店老板出去准备菜，银强和包包工头坐在桌前一边抽烟、嗑葵花子、喝茶水，一边闲聊。

　　包包工头说："银子，你请我喝酒吃饭，有啥事情？"

　　自从两年前银强认识包包工头开始，包包工头就一直喊他银子。

　　银强说："没甚事情。"

　　包包工头用狡黠的眼光瞅着银强说："无功不受禄，你一定是有事情要找我办。"

银强说："你不要多想，真的没甚事。我们陕北人，爱红火，遇上对脾气的人了，在一起吃个饭喝个酒，唱个酒歌，图的就是一个红火。"

说话间，菜上来了，荤素搭配，红红绿绿色彩鲜艳，让人看着就有了食欲。

银强打开酒瓶盖，给包包工头斟满一小杯，又要给自己倒上，包包工头说："杯子太小，不过瘾，你们陕北人不都喜欢大碗喝酒、大碗吃肉吗？咱们今天就整个大杯。"

说着包包工头把面前玻璃杯中的茶水倒掉，从银强手中夺过酒瓶子，咕咚咕咚给自己倒满，又示意银强照着他的样子做。银强连忙腾空了玻璃杯，包包工头又给他斟满酒，说："银子，咱们这才叫喝酒。"

银强说："对，小杯子是女人用的。"

两个人酒足饭饱从小酒馆出来，包包工头舌头打着绊说："银子，咱们去、去前面洗个头吧。"

在这之前，银强听工友们说过洗头房的事情，那天开支有人当着女会计房娥的面说要去洗头房洗头，引来大家的哄笑，他看到女会计脸上一红却不知就里。等回到工棚他才弄明白，洗头房不光洗头，还有许多猫腻。

银强摸不准洗头房的消费标准，怕自己带的钱不够，到时结不了账多没面子，他听工友说过，有人进去一次花过上万元，便想着如何推托不去了。

听到包包工头拍着胸脯对他说："我请你。"

听包包工头如此说，银强的心算是放下了一半，但他还是在嘴上说："哪能让你请，还是我请。"

包包工头便把手从自己的胸脯上拿开，拍着银强的肩膀说："银子，你够意思，够朋友。"

听到包包工头如此说，银强的心再一次提到了嗓子眼。

走进昏暗狭小的洗头房，过来两个洗头女把他们两个人分别引进小得只能容下一张沙发床大小的包间里。银强问洗头女的第一个问题就是："咋消费？"

他还惦记着兜里的钱够不够。

洗头女干脆熟练地说："自摸一个钟点五十元，打炮最低一百元，吹箫一百五十元,香蕉二百元。"银强不明白她说的后两种是什么消费方式,但是洗头女说的干那事他听懂了,是一百元。摸了摸身上厚厚的票子,他的心里有了底。

包间与包间中间只隔着一层薄薄的三合板,银强能够听到旁边包间包包工头和洗头女之间骚情的声音,以及陈旧的沙发床发出的吱呀声。他的心潮早已澎湃,在昏暗的灯光下,也看不清楚洗头女的模样,只是从轮廓上看大致也还端正,心想,把她权当工地上的女会计房娥花一百元钱真就值了。

自从请包包工头吃罢饭不久,银强便调换了工种,他不再每天累死累活地背那些死沉死沉的石头,他替换了那个少年当上了记工员。

当上了记工员后,他才知道,原来记工员还有这么多的好处,给谁多记一个工分,谁就得拿出来半个工分的工钱作为回扣。银强把回扣的钱除了孝敬一部分给包包工头,剩下的钱全都拿出来请他吃饭喝酒洗头挥霍掉了。

不久,他和包包工头在城中村一家叫"缥缈人间"的洗头房都有了自己的相好,银强的相好有个艺名叫"遥遥",是遥远的遥,而银强在心中一直把她叫"咬咬"。

高光亮被一名受伤的炮工告到了法庭,要求矿上支付他伤残费六十万元。事情的起因是,那名炮工在放炮的过程中违章操作引发的。那天下午炮工埋好炸药后,按照以往的经验,埋好炸药点燃导火索,爆破的方向应该在左面,于是他站到了右面,想着煤块不会砸向这边。谁知那天也真邪门儿了,足足有一吨重的块煤偏偏落在了右边,正好压住了炮工的双腿,送到医院后他的双腿被截肢。

法庭认定双方各负一半责任,矿上支付对方医药费及各项费用共计三十万元。高光亮经营的窟野河煤矿刚刚喘口气,又被支付的医药费给倒腾空了。

在法庭上高光亮说:"眼下我实在是一下子拿不出这么多钱。"

最后在法庭的调解下,当事双方达成协议,分期赔偿,年底全部付清。

从法院出来,高光亮仰天长叹一声道:"我高光亮这辈子是不是就没有挣钱的那个命?"

柱子跟在他的后面说:"高矿长,和老矿区相比,咱们的工人专业素质和安全意识都太差了，再这样下去，依我看肯定是不行的。"

高光亮说："他们就这素质，你说咋办？"

柱子说："像老矿务局那样，每月花点儿钱对入井的工人进行生产安全培训和素质教育，只有这样才能杜绝事故发生。你想想，发生一起矿难咱们赔进去的钱要远远高于培训所花的钱。"

高光亮点头，他认为柱子说得有些道理。

窟野河煤矿第一期职工安全培训开班了，开班那天，高光亮请来了国有煤矿的生产安全副矿长高光远来给大家上第一堂课。

对于民营小煤矿来说，矿工们能够不下井挖煤，只是坐在课堂听课就发给当天的全工资，大家既感到好奇又感到新鲜，一个个老老实实地坐在那里，认真听高光远给大家讲安全事故防范十八招，以及井下一个个他所经历的血淋淋的事故案例。

矿工们听得都很认真，当高光远讲到一些可以防范和预料到的井下事故时，有人恍然大悟，不禁开口打断高光远说："高矿长，你讲的好多事故隐患，我们都遇到过，只是谁也没有把它当回事情。听你这么一讲，我才感觉到了后怕。"高光远说："知道后怕就对了，说明我今天的课没有给大家白上，我在井下常告诫工人说，无知者无畏，因为你不知道矿难发生的原因是什么，所以你就不知道害怕。当你在井下不知道害怕的时候，那你离矿难事故也就不远了。"

每月一次的安全素质培训，确实起到了积极作用，矿上以前不断发生的小伤小碰事故现在大大减少，死亡事故连续多年为零。

十五

国有煤矿的人开始到高家河村征地了。

这一消息很快传遍了全村，每个人都非常振奋，因为他们知道，征地补偿费，能让他们一下子拿到一大笔钱。到底是多少，谁也说不清楚，有人说能拿到五十万，也有人说能拿到一百万，甚至还有更大胆的人说能拿到二百万，总之，是一笔可观的收入。

很长一段时间以来,高家河村的人从白天到晚上见面时,互相之间问的第一句话就是,你家能分到多少钱?他们是早也盼晚也盼,终于盼到了这一天。

晚上,外面刮大风,扬起漫天沙尘,把天空笼罩成蒙蒙的灰黄色,村委会的办公室里却是一片灯火通明,各家各户主事的人都先后到来。

茂雄老汉进来时,看到赵成和高光远,以及村上的干部们早已坐在了正位上,就寻了个墙角蹲了下去。他伸手从腰间掏出他的旱烟锅,在烟袋里挖出一锅子烟叶点燃,吧嗒吧嗒地吸了起来。

他仔细查看屋里坐着的人,他的亲家高扬成到了,旁边是高扬威,紧挨着高扬威的是杨圪劳……人们陆陆续续都来了。

看看人都到齐,赵成和旁边的村支书、村主任小声嘀咕了几句后清了清嗓子说道:"大家都到齐了,静一下,这位是高光远矿长,想必大家都熟悉,我就不用详细介绍了,他这次来是第十五次和大家谈征地赔偿的事情。"

赵成此话一出,引来在座的人们一阵轻声嬉笑。

"下面请高矿长说说矿上商定的征地补偿标准,我们再商量商量,大家鼓掌欢迎高矿长讲话。"

高光远拿起一沓打印纸开始讲话,当他讲到补偿费用按人头计算时,在座的每一个人都在盘算自家能得到多少补偿。杨圪劳脑筋快,很快便算出自家能够得到多少钱:"一百八十七万元。"他小声念叨。

茂雄老汉也算出自家的所得,粉花嫁了出去不能算自家的人口,红花还未出嫁算上一个,他突然想到银强,得突击给银强娶回一个婆姨来,顶了粉花出嫁的空缺,这样算下来,他一家就能够得到二百三十万元的补偿款。

随着煤炭市场逐年好转,来拉煤的外地车司机们怀里揣着现金,每天早早就在财务室窗口前排起了长队。红花也早已不在厨房给大家做饭了,她每天的工作是帮着姐姐粉花在财务室窗口收钱和数钱。

红花说:"我每天光拿钱都拿到手软了。"

粉花就更加高兴了,她蜡黄的脸上有了血色也有了笑纹。

"整天在财务上数钱,嘴都乐得合不拢。"粉花一脸兴奋地回到家里对她的娘老子这样说。

高光亮坐在他装修一新的宽大的高档办公室里,抽着带三字头的中华牌香烟,招呼那些个让他应接不暇的各路诸侯。

今年,高光亮不再每天为销售的事情发愁,他开始把主要精力集中到了和乡里、县上的领导们交往上。多年的苦心经营,让他深深懂得"有钱能使鬼推磨"这句话的分量,自从矿上的煤炭销售有了盈余,让他还清了所有的债务,无债一身轻的感觉让他的心情舒坦了不少。

然而,接踵而至的是县、乡各级权力部门频繁的检查。更有那些个黑皮赖娃纠结在一起,到矿上来以贺喜为名敲竹杠的事情也时有发生。在陕北这一片曾经产生过李自成农民起义军的贫困土地上,劫富济贫早已根深蒂固地成为穷人们的共识。你有钱就得拿出来分,这是天经地义的道理,否则,就是为富不仁,就是黑心老板。

为了消除这些个麻烦,高光亮便不得不和工商、税务、卫生、土地、环保等权力部门处好关系。他还试图结交派出所的警察,也只有警察才能镇得住那些个黑皮赖娃们。

高光亮正在胡乱寻思,高光远一推门走了进来,他是到村里办理征地补偿协议顺道过来看看。作为窟野河煤矿的股东之一,光远此来是要和光亮商量继续扩大产量一事。乍一听到光远说还要再扩大产量,光亮想,以如今的规模窟野河煤矿炮采年产六十万吨,已经达到了产能极限,咋扩大产量?他摇头道:"现在已经是最大能力了,每天供应的炸药和井下运力有限,不可能再增加产量了。"

光远笑了笑说:"你想没想过上综采设备?"

其实,上一套综采设备的想法光亮是有过的,就在不久前柱子还向他提过此事,可是他打问过,一套综采设备,不要说国外进口,就是国产设备算下来也要花上亿元资金,银行能一下子给贷这么多钱吗?何况银行贷款手续麻烦,不知到猴年马月才能落到实处。光远仿佛看穿了他的心思似的,说:"现在煤炭市场有了回暖的苗头,可以说是正在向上发展阶段,搞集资入股煤矿到年终分红,我们只要说服投资人,让他们看到煤炭行业未来的前景,我想一定会有人愿意的。"

光亮想了一想说:"这倒是一个来钱最快也最省事的办法,光远哥,你的脑筋真的是太好使了。"

光远笑了笑说:"这办法在山西、内蒙古那边早就有了,外省走到咱们前头了。"

高光亮的窟野河煤矿要扩大产量,搞集资入股的消息很快传出,精于算计的杨圪劳得到这一消息后,他是第一个找到高光亮要求入股的人。

前些年高光亮眼巴巴地找到他请他入股,被他拒绝。此一时彼一时,现在是他抹下脸皮找高光亮主动要求入股来了。

杨圪劳自有他的如意算盘,时下的煤炭市场是一片涨声,人人看好,趁此机会何不赶紧出手搏一搏,能捞一把是一把,这年头有钱不挣的人才是憨子哩。

对于杨圪劳的入股,正在急需大笔资金的高光亮显示出了他的豁达和大度,他热情地拉过杨圪劳的手说:"欢迎欢迎!热烈欢迎,在高家河村能有眼光把事情做大的人,我就看上你老兄了,你的加盟一定会让咱们窟野河煤矿的事业蒸蒸日上。"

杨圪劳果然具有很大的号召力量,在他的带动下,村里有不少人拿出征地补偿款投入到了窟野河煤矿。

杨圪劳也甚是精明,确实是块做生意的材料,用他的威信把散户的钱收集到自己名下,以一次性投入五千万元占百分之三十股份的比例,成为窟野河煤矿第二大股东。

在董事会上高光亮说:"眼下,咱们矿遇到的主要困难已不是资金的投入问题,而是缺少技术管理干部,除了少量高薪招聘的老矿区退休干部和老工人外,我们还应该到煤矿学院去招收技术工人,我曾经到高光远所在的国有煤矿考察过,看到国有煤矿正在培养第二梯队和第三梯队的管理干部,觉得这个办法非常好,咱们也依样照葫芦画瓢试一试。"

杨圪劳提出了不同的看法,他认为那些个学生娃娃没有三五年的培养是干不了甚的,他提议从成熟矿井高薪挖人过来,这个法子既省钱又快捷。

高光亮不同意这么干,他认为,做企业和做人一样,做人要厚道,做企业同样也要厚道，否则，你今天挖我的墙脚，我明天挖你的墙脚，挖来挖去最终谁都占不了便宜。"依我看，还是咱们自己培养出来的土生土长的技术干部靠得住。"高光亮说。

　　柱子和红花抱着一箱茅台酒和一箱中华烟来到五爸茂盛的家里，柱子为了娶红花，把甚办法都用尽了，可是红花的娘老子这一关就是通不过。

　　昨天晚上，柱子找到粉花和光亮商量，光亮说："柱子兄弟，以后咱们就是一家人了，这些年开矿红花没少帮她姐姐出力，婚礼上的花费我和你姐姐全包了。"

　　后来，粉花出了个主意，她让他们两个人一起去县上找五爸，只要五爸肯出面，他们的婚事包管能成。

　　当年粉花和光亮的婚事就是五爸从中说和，她老子才最终答应下来的。

　　粉花说："现在五爸当上了局长，在家族中官当得最大，也最有权威，只要五爸到家里来说和就一定能成。"

　　五爸和五婶在家里热情地招待了两个年轻人，五婶在县小学工作，当听了两个人的讲述后，她说："大哥也真是的，现在都什么时代了，还搞封建家长制那一套，你姐姐当年不就是例子，他能管得了吗？"

　　不管怎么说，五爸茂盛还是要顾及做长辈的尊严，怎么能在晚辈面前说老子的不是，这不是在火上浇油吗？于是他打断婆姨的话说道："我看这样吧，赶明儿我到大哥家中走一趟，开导开导大哥，只要两个年轻人相亲相爱，是好事情嘛！"

　　刚送走柱子和红花，高光亮又在外面敲门，五婶开门一看便乐了，说："今天这是咋地了，你们一家人走亲戚还分拨来呀！"

　　光亮笑道："打搅五婶了。"

　　听到光亮的声音，五爸在屋里说道："是光亮吧，快到屋里来，你现在可是远近闻名的煤老板啦。"

　　光亮和五爸坐在客厅聊天，说一些眼下国家煤炭政策的事情，以及窟野河煤矿今后的发展方向，突然，电话铃声响起，五爸接完电话对光亮说："单位有些事情，我得去一趟，咱们改天再谈。"说完推门离去。

　　客厅里只剩光亮和五婶两个人，光亮从怀中掏出一张存折递给了五婶，说：

"五婶这是今年煤矿给你的分红。"

五婶一愣，疑惑地说："我什么时候给你的煤矿投过资？"

光亮说："五婶忘记了，你侄女婿可还记得，当年你投了三千元的股份。"

听光亮这样说，五婶这才想起来，当年光亮来家里，考虑到光亮事业刚刚起步，急需资金，她拿出三千元钱给了光亮，她当时的想法是权当送给他们的结婚礼金，所以也没往心里去，没想到光亮却当了真，于是说道："当年我也没有多少钱，那三千元钱是给你和粉花的结婚礼金。"

光亮便顺手把存折递给了她。五婶接过去一看，脑袋嗡的一声，以为自己眼花看错了，再仔细瞧，一点没错，前面一个三，后面八个零，减去小数点后面的两个零，整整三百万元。

她颤声问："光亮呀，能分下这么多钱？"

光亮说："今年矿上挣下钱了，当年投进去三千元，今年就分这么多。"

十六

到了周末，茂盛打算回一趟高家河村看望大哥茂雄老汉。

正是秋高气爽时节，清晨起来，他叫司机开上越野车，两个人从县城出发，一路上，一辆接一辆的拉煤车蜗牛般排成长龙在公路上爬行，一眼望不到边。

他们的越野车在轰隆隆行进的载重卡车中间穿行，以前仅仅需要四十分钟的车程，他们整整走了一个半小时才远远望见高家河村的那道山圪梁。转过那道山圪梁，越野车离开大路，顺着窟野河与高家河交汇处的河边的沙石路向前行进。走了大约十分钟，茂盛让司机把车停在路边，他下车沿河堤行走。

还不到枯水季节，已经看不到流动的河水了，河床里到处是挖明盘留下的坑洼。茂盛想起儿时曾经和小伙伴们一起戏水的场景，那时的窟野河水是多么清澈，女人们在河边一边东家长西家短地说着悄悄话，一边手下麻利地反复捣衣漂洗，男人们挑着担子来到河边，左肩一斜左边的水桶便在河槽里灌满，转个身右

肩一斜右边的水桶便也被灌满，然后，男人们挑着满满一担清水，迈着坚实的步伐走回村中，女人们则拿着洗好的衣物，迈起碎步跟在男人的后面。

如今却是不断有拉煤的空车停在坑洼的河水边，司机们从河里打出一桶混浊的河水忙碌着在那里洗车。

茂盛沿着河道走出去一段路程，抬头看到半山坡上儿时的玩伴高扬威那三孔陈旧的窑洞，便背了双手信步走了上去。

高扬威正在羊圈里照看他的山羊。自从乡政府下了红头文件，不许在山坡地放羊后，高扬威就把他的羊养在了圈里，每天给羊喂些饲料，再出去打些羊爱吃的青草晾在后院子里，以备过冬。

因为乡政府不让在山坡上放羊，村里的人们也就很少再听到他唱信天游了，这让他常年放羊的山坡显得沉闷寂静了许多。

"老伙计，中午吃铁锅炖羊肉，咱们喝烧酒吧！"刘茂盛站到正在专心给羊喂青草的高扬威背后说。

高扬威放下手中的青草转过身来，见到儿时的玩伴现在已是县环保局局长的刘茂盛，便拍掉手上沾着的草籽笑着说："你这个大忙人怎么有工夫回来了？"

刘茂盛说："回来看看。"

两个人离开羊圈，来到硷畔上一块沙石旁坐下，刘茂盛给高扬威递了一支中华烟，高扬威接过去点燃，抽进去一口后吐出，两眼望着窟野河干涸的河床对刘茂盛说："一切都变样了。"

刘茂盛也有同感地点了点头，没有言语。

高扬威接着说道："道家人说，世间万物都有个理，一花一草皆有生命。如今是人一家独大，破坏了万物之间达成的默契，早晚有那么一天会遭到现世报的。"

望着河道里近于枯竭的河水和裸露的河床，他又自言自语道："你说，现在的人为啥还没有古人把这世事看得透呢？"

刘茂盛说："是利欲熏心蒙住了人的眼睛。"

"依我说，还是前些年我们穷怕了，毛主席说穷则思变，可是谁又能想到这越变咋就越不成样子了。"高扬威说。

107

"看来我们到了应该重视生存环境的时候了,再这样下去后人是会骂我们这些先人的。"刘茂盛说。

两个人说好午饭到大哥茂雄家里吃铁锅炖羊肉,刘茂盛告别高扬威走下山坡乘车来到村中。年轻人都外出打工挣钱去了,村里只能看到留守的儿童和老人们,走在街道上给人安静而凄凉的感觉。

车子停到大哥家的院子前,茂盛让司机把柱子和红花送去的一箱茅台酒和一箱中华烟卸下来,打发司机回去了。

看到五弟来了,茂雄老汉从院子里蹲着的青石板上站起身来,在鞋底磕掉手中烟锅里的烟灰,说:"五弟来了,快家里坐喀。"

艾玉琴听到外面小汽车的响动,早已站在窑门前瞭着,看到是五弟来了,便忙着沏茶倒水。嘴里说道:"五弟呀!你咋有空回来串了?"

茂盛说:"想家了,就回来了。"

艾玉琴连忙说:"就是,就是,你说这人也奇怪,在外面再风光再享受,可是从小长大的地方一辈子也忘不掉的。"

茂雄老汉嫌她话多,不满地剜了她一眼。艾玉琴看到了,回了他一个白眼,却不再说话,拎了暖水瓶忙着到厨房烧开水去了。

院子里剩下老弟兄俩,没了女人的聒噪,显得有些清冷。

茂雄老汉首先开口说话:"来就来吧,花钱买这么多东西做甚?家里甚都有。"艾玉琴拎了暖水瓶走出厨房接话道:"看你说的,五弟现在是公家人,这吃的喝的不用自己花钱。"

茂雄老汉呵呵地笑了,他为五弟能当上局长而自豪,可是嘴里却说:"还是吃自己挣下的心安。"

茂盛认同道:"大哥说的是这么个道理。"接着就把中午请高扬威到家吃铁锅炖羊肉的事情说了。

茂雄老汉说:"现在的日子比以前好多了,这人啊就像生活在天堂里一样,想吃啥都容易,吃顿饭更不在话下。"

他吩咐婆姨艾玉琴早早把羊肉炖上,还特别叮嘱她说:"把肉炖绵和些,人老了吃不动梆硬的肉了。"

晌午刚过,高扬威披着薄袄来了,多年来,高家河村里的老人们依然还沿袭着每天吃两顿饭的习俗。

炕桌上摆放着一盘腌酸菜和一盘油炸花生米,看到高扬威进门,艾玉琴便下厨房从铁锅里捞出一大盆热气腾腾的带骨羊肉端上桌。

三个人脱了鞋盘腿坐到炕上,茂盛打开一瓶茅台酒给两个人斟满杯,又给自己也斟满后说:"来,先干一杯,尝尝这茅台酒的味道。"

三个人干下去一杯酒,开始吃羊肉。

茂盛说:"好久没有回来吃家里的铁锅炖羊肉了,就是比县里酒店里做得好吃。"

茂雄老汉从盆里捞出一大块肥肉塞进嘴里,油汁顺着他的嘴角流下来,他说:"真过瘾,这才叫吃肉。"

三个人边吃边喝。

在陕北北部由于天气寒冷,每年深秋过后,一直到来年春上,人们便常常聚在一起从晌午开始喝酒,一直喝到下午,甚至喝到深夜方肯结束。

三个人一边回忆过去饥荒岁月,一边相互敬酒,不知不觉间两瓶茅台已成空瓶,当茂盛打开第三瓶酒时,高扬威便来了兴致,他端起酒杯唱起了酒曲,唱酒曲的人都有这个本领,他们能看到啥唱啥,全凭即兴发挥,高扬威扯开嗓门儿唱道:

酒杯端起来哎,
我把这烧酒敬给诸位依呀阿呜喂,
如果你不嫌一个的弃呀呜喂,
这杯杯烧酒请哟喝起依呀阿呜喂。
什么它出来一点红哎?
什么它上来像哟弯弓依呀阿呜喂?
什么它出来眨眼一个的睛呀呜喂?
什么它一闪万里有明依呀阿呜喂?

109

茂盛接过酒杯也开始唱道：

> 太阳它出来一点红哎，
> 月亮它上来像哟弯弓依呀阿呜喂，
> 星星它出来眨眼一个的睛呀呜喂，
> 雷电呀它一闪万里有明依呀阿呜喂。

等到茂盛唱罢，两个人共同端起酒杯一饮而尽。

艾玉琴端着一个大碗进来给盆子里加羊肉，高扬威唱得兴起，拉住艾玉琴唱道：

> 什么它开花面朝天，
> 什么那个开花颠哟倒颠依呀呜喂，
> 什么哟开花路旁一个的站呀啊呜喂，
> 什么哟开花不哟见面依呀呜喂。

艾玉琴不会唱，她并不伸手接那酒杯，高扬威继续唱：

> 嫂子你嫌我手手脏依呀呜喂，
> 嫂子你嫌我不排场依呀呜喂。

艾玉琴无奈接下酒杯说："我不会喝酒。"说着把酒杯递给了茂雄老汉。

茂雄老汉接过酒杯一饮而尽，看到高扬威又要唱，吓得艾玉琴慌忙端着碗跑了出去，三个人看到她落荒而逃的背影一阵哈哈大笑。

看看酒喝到了兴头儿上，茂盛便打开了话匣子，这是他今天回来的主要目的，他说："大哥，五弟敬你一杯酒。"说完双手捧杯一饮而尽。

茂雄老汉把酒喝到肚里望着他，等待下文，茂盛提到红花和柱子的婚姻。

茂盛一来，茂雄老汉就想到他一定是回来有事，也想到是为红花的事情，心说你终于说出来了，又听到高扬威在一边敲边鼓："女儿大了不能留，留来留去结冤仇。"要说他是个明白人，也懂得这个道理，可是他就是咽不下这一口气。一个个不吭不哈就私订下了终身，让他这个当老子的脸面往哪儿放？

他没有吭气，不吭气就是不同意。最后还是茂盛看透了哥哥的心思，说："今天男方委托扬威兄弟来说媒，我这个当五爸的做主订下这场婚事了，大哥，你就放下脸面，给大家一个面子。"

听到屋里说红花的婚事，艾玉琴再次进来，说道："现在日子都好过了，红花年龄也不小了，老头子我看你就应了吧。"

如果再不应承下来，他真的就成了孤家寡人了，借着酒劲，茂雄老汉最终还是点了头。

柱子和红花的婚事由姐姐粉花和姐夫高光亮全权负责操办。

小两口在陕南柱子家乡结婚三天后回门，高光亮约来了五十辆黑色奔驰车以壮声势，并在县城最豪华的酒店开了一百桌酒席，按照酒店最贵的标准每桌九千九百九十九元，桌上摆着清一色的五粮液，并且请来了村里、乡里、县里的所有头面人物前来参加婚礼。娘家的嫁妆是给陪了一套三百平方米的三层别墅和一辆小轿车，有人问茂雄老汉和艾玉琴："娘老子的给陪嫁了一辆甚车？"

艾玉琴想了半天也没有想起车的名字，那一长串外国名字她就是记起也说不清楚，她嘴里含糊着说："也不是甚好车。"

那人问："花了多少钱买下的？"

她答道："花了九十来万，不算甚好车。"

银强克扣民工工资的事情终于东窗事发。起因是他频繁的外出，引起了谢顶老板的注意，他让情人房娥私下打听，才知银强在外面有了相好，开始并没有引起谢顶老板的重视，一个年轻的光棍长年在外打工，寂寞时找个女人发泄发泄也很正常，可是房娥的一句话提醒了他，房娥说："听民工们说，银强经常晚上喝完酒回来给工友们吹嘘，说他在洗头房泡妞花了多少多少钱，银强哪儿来的钱？"

窟野河

房娥怀疑这中间有问题。

谢顶老板就让房娥去查，很快银强克扣民工工资的事情浮出水面，包包工头为了择清自己，把事情全推到了银强身上。银强也没有太多抱怨包包工头，只为自己处事不小心，大手大脚地花钱引来旁人嫉妒才有了今天之祸而后悔。

他被开除了。

背着行李卷走出工地，银强暂时无处可去，想到洗头房的咬咬那儿或许能住几天，于是，背了行李来找咬咬，在咬咬那儿住了几天，身上的钱便花光了。

看到银强成了穷光蛋，咬咬便话里话外地透露出要撵他走的意思，银强说："我临走的时候包包工头说了，让我在外面避避风头，等风头一过，他再把我招回去。"

咬咬刻薄地说："做你的白日梦去吧，包包工头的相好对我亲口说，老板的马子要查你，是包包工头在她面前把你克扣工人工资的事情抖搂出来的，你还指望着他会提携你，银强，你真是太幼稚了。我再告诉你，你知道你的前任为啥被开了吗？也是因为和你一样的原因，包包工头为了自保，用的是三十六计里的丢卒保车计，你听懂了没有？"

原来这样啊，银强的大脑一阵轰鸣，人心险恶，社会险恶。

耳边又传过来咬咬仿佛很遥远很遥远的声音："我在洗头房每天迎客挣点儿钱也不易，你也不能总待在我这里吧，我可养不起你这个大老爷儿们。"

银强看到她刻薄的言语中又多了几分厌恶的表情出来。

俗话说："戏子无义，婊子无情。"看来这句话真的就应验在了自己身上，银强再次被人扫地出门。他背起行李来到了大街上，无处可去的他盲目地走在省城的街道上，耳边传来临街铺面里音响的聒噪声：

等我有钱了，
直升机要买两架，
一架挂着另一架；
等我有钱了，

航空母舰买两艘，

一艘打沉另一艘；

等我有钱了，

上市公司开两家，

一家挤垮另一家；

等我有钱了，

劳斯莱斯买两辆，

拉人一辆拉煤一辆……

银强挤过人流来到火车站，打算今天晚上就在这儿凑合一夜，明天再去其他工地转一转，看看有没有要小工的。

自从当上管理人员后，银强内心早已把自己当成了白领，他已经看不上一天累死累活出一身臭汗挣工钱的小工了，他的心劲儿高了，因为他曾经干过白领的活儿。晚上睡在火车站的候车室内，看到进站台前南来北往的人流，走了一批，一会儿又挤满一批，人们各有各的事情要做，只有自己无所事事。

他躺倒在塑料椅子上把行李枕在头下打算眯一会儿，听到旁边两个操着南方口音的年轻后生的对话。一个短头发的说："现在最能挣钱的营生是倒腾煤炭，俗称倒霉（煤）。我听说陕北煤老板到省城买房都是成群结队来的，一买就是一个单元。"

另一个长头发的说："我认识的一个朋友去年倒腾矿权批文。今年一转手就挣了三千万。"

短发人问："矿权咋样倒腾？"

于是长发人就给他讲如何倒腾矿权批文。听他讲完后，短发人说："可惜咱们没有人家那个关系，不过咱们可以去陕北看看，或许会有商机。"

后来，两个人又谈到了南方正在集资搞老鼠仓的事情，银强躺在那里满脑子都是如何挣钱的事情，睡不着，便坐起来和两个南方人攀谈起来。

第二天一早醒来，和那两个南方人互留了电话号码后，他打算回陕北。银强原本打算到手机市场把他手中的二手手机卖掉，现在他决定留下它，以后也好和这两个南方人联系。

自从无意间偶遇到两个南方人后，银强开始在脑海里酝酿出一个计划。

回到陕北后，他每天都在街道上的小额贷款公司转悠，煤炭市场一天一个价地上涨，街道上仿佛在一夜间冒出许多小额贷款公司，他们给投资人许以高额利息，再把资金以高利贷的形式投给急需资金周转的公司，以图获得丰厚的利息回报。

他每到一家小额贷款公司，就以窟野河煤矿老板高光亮小舅子的身份自我介绍，高光亮在县城是无人不知无人不晓的煤老板，那些个小老板们听说是煤老板高光亮的小舅子，巴结还来不及，生怕冷落了他，必然热情款待。

银强在交谈中有意无意给他们透露出，他的一个很有背景的南方朋友正在北京办一座煤矿的矿权手续，而且国土资源部很快就批文下来了，那座煤矿就在离此不远的内蒙古境内。

这一消息一经传出，就有人打听银强的背景，当听说他是煤老板高光亮的小舅子后，人们相信了，这样口口相传，很多人通过熟人关系找到他，要求入股内蒙古那座子虚乌有的煤矿。

仅仅几天工夫，他在银行开的户头上的数字从两位数一下子蹿升到了七位数，七上八下，这七位数让银强觉得是个好兆头，有了这个良好的开端，银强的胆气更足了，他在县城最豪华的豪门大酒店包下一层标间，又跑到电视台打出招聘广告，开始为他的小额贷款公司招兵买马。

十七

窟野河煤矿技术改造综采设备安装完毕试运转那一天，高光亮邀请来了县委书记和县长前来剪彩。

县委书记在剪彩仪式上说，高光亮是县上的著名企业家，作为县委书记，他很佩服高光亮，号召大家向高光亮学习，学习高光亮把一个年产三十万吨的小煤窑，发展成一座年产三百万吨的现代化矿井的胆识和魄力。

会后，高光亮请当天前来祝贺的所有人到豪门大酒店喝茅台酒，并且给每人赠送一部苹果手机。

随着产量的进一步扩大，窟野河煤矿沿路停满了全国各地前来拉煤的大货车。毫不夸张地说，前来拉煤的车一般要等上三天三夜才能拉上一车煤，不是矿上供应不上，而是因为拉煤的车太多了。

高光亮站立在矿部门前的山峁上，望着一眼望不到边的拉煤车，心想，这矿部的办公室和大门太破旧了，得花钱建一座新办公楼，再修一个气派的门楼，这是矿上的脸面，当然也是他高光亮的脸面，这就叫作财大气粗。

于是他找来管后勤的大哥金强，让他联系一家设计院，他要大兴土木。

金强自从内蒙古回来后一直无事可做，在征得父亲的同意后，便来到矿上做事情。高光亮觉得大哥为人实在，不是偷奸耍滑的那种人，让他来管那些个婆婆妈妈的后勤事情一定是个好人手。别看这些个婆婆妈妈的事情，如果交给心术不正的人来管，不知要贪污多少钱呢，以前这些事情都是粉花在管，现在粉花和红花都忙着在财务上收钱，顾不过来后勤上这一大摊子事儿，交给大哥来管他也放心。金强接到妹夫给他安排的工作后，联系到一家设计院，同时，他也没有忘记妹夫的叮嘱，把高扬威请来看风水。

高扬威的到来，在矿上给高光亮的这一想法渲染上了一层神秘色彩。

农历五月端午这一天，正是高扬威选下的利于占卜的良辰吉日，一大清早，人们看到高扬威戴着他常年不戴的瓜皮帽，从半山坡上下来，沿着干涸的河床向侄子高光亮开办的窟野河煤矿走去。

矿上，高光亮带着一行人早就站在门前恭迎，高扬威站在矿部大门前仰起头，他的脸正好对着太阳升起的方向，朝阳的光芒刺逼得他的双眼眯成一条细细的肉线，然后，他走进大门径直来到矿井口，再次转身，看到大门正对着井口，他摇了摇头。

高光亮问："三爸为甚摇头？"

高扬威也不回答，只是说："到你办公室说吧。"

一行人来到高光亮的办公室，在办公室前，高扬威停住脚步说："作为一矿

115

之主，你的办公室却在坎位上，必有小人冒犯。"

高光亮问："三爸看我的办公室应该放在哪里？"

高扬威指点道："那里是乾位，应是主位，可是乾位门前正对着井口，煞气太重，不吉祥。"

两个人走进办公室坐下，其余的人便不再陪同，各忙各的事情去了。服务人员上来在茶几上摆下水果、点心后离去，屋里只剩下叔侄二人，高扬威这才开口："煤矿的大门是正东正西方向，与矿井的方向一致，地势是东北高西南低，大门等于给你设下一道坎，有许多财源被挡在了外面流不进来。"

高光亮说："三爸说得太对了，矿上自从上了综采设备后，每天挖出来大量的煤，可是运力有限，排队的车辆把一条道路堵得死死的，司机们整天为道路打架，你看咋个解决？"

高扬威说："我来时就在矿外走了一圈，你可以把大门开到西南，背靠东北，这样你就可以沿矿井和煤场后面再修一条路，和原来的老路形成循环，让财源滚动起来，同时大门在西南地势较低，东北高有靠山，财源滚滚进。"

高光亮犹如醍醐灌顶般眼前一下子亮堂了，他拍着脑门儿说："真是要有高人指点啊！"

三爸又说："水主财运，窟野河水环绕着煤矿，如今水已枯竭，你得保护，不能让它断流。"

"咋个保护？"高光亮虔诚地问。

"建一个橡皮坝把水积蓄起来，环山种上绿树，只有山青水绿才能财运旺盛。"三爸高扬威不紧不慢地说。

高扬威中午在矿上吃罢饭，高光亮安排车要送他回去，高扬威摆摆手不让送，他说："人生下两条腿就是走路用的，双脚踩在土地上心里才踏实。"

送走了高扬威，高光亮立刻安排工队在西南方向修建门楼，动工修环形路。后半晌，金强领着设计院的工程师带着办公楼的设计图纸来了，看罢图纸和效果图，高光亮感觉还不够气派。

工程师说考虑到造价，所以就没有搞得太豪华，高光亮说："越高档越好，钱的事你不用考虑，那是我的事。"

他突然想起高光远所在的国有煤矿高大气派的门楼来，于是，就让金强陪设计师去找高光远。

晚上高光远给他打电话，说这么大的动静得上董事会研究决定，否则，股东们会有意见的。

高光亮想，我是董事长，我还决定不了吗？上了董事会不也是我说了算，真是脱裤子放屁多一道手续。不过这话是出自高光远的口中，他一直很尊敬光远，便说道："好吧，我明天一早就通知召开董事会，把它写成会议决议记录下来。"

让董事长高光亮没有想到的是，董事会成员中十一个人有八个人对投资金额表示反对，第一个站出来反对的人是二股东杨圪劳，他认为，一个门楼花去一千八百万元不划算，省下钱年终给股东分红，不好吗？为甚要劳民伤财地讲那些个排场。想到年底令人眼热的分红，其他股东站到了杨圪劳一边，一致赞同杨圪劳的意见，最后董事会决定把门楼的预算砍掉一半，投入九百八十万元足够了。

都是些土地脑袋，高光亮不满地在心里骂，可是既然是董事会上大家决定的，他也不好一意孤行，只好同意了杨圪劳的提议，虽然心里憋了一肚子的气，可当着大家的面不好撒出来。

会后，高光远开导他，不要把眼睛只盯在煤上，有了资金要把眼光放远，可以考虑把资金投放到其他行业。比如，时下国家正大力推广的煤化工行业，还有电力以及正红火的房地产、酒店餐饮等行业，窟野河煤矿今后发展的方向应该是"以煤为基础，实现多条腿走路的集团化企业新格局。"一句话点醒梦中人，是啊，有了钱可以扩大企业规模，县上不是在争创全国百强县吗？我就给他搞个全国百强企业出来，企业大发展往小了说，是为县上争门面，往大了说，是为咱们陕北人争光！

在短短的时间里，以几何般的数字积累起巨大的财富，银强账户上的现金数字已经达到九位数了。

他很好奇，当年这么贫穷的地方，咋就突然间冒出如此巨额的财富来，那些前来入股的人们络绎不绝，甚至争先恐后地来到豪门大酒店，在他临时设置的财务室把大把大把的现金交给他，少则几万、几十万元，多则上百万元。那些人们满脸兴奋，眼里冒着蓝光，像疯了一样把钱硬生生地塞到他的手中，甚至把他当成了他们发财致富的救星。

直到这时他还没有想好应该把钱投到哪儿去让钱生钱？他只是指示财务上按时把投资人每月应得的高额利息支付给他们，让他们欢天喜地地从他们自己投进去的钱里拿回所谓的高额回报。

只要还有源源不断的投资人把钱投进来，他就不用害怕付不起利息。每天吃喝应酬，时间一久，银强觉得腻烦了，在百无聊赖中，他突然想起和他一起共过事的包包工头，于是，带上司机开着刚刚接回来的奔驰越野车来到了省城，在五星级大酒店的总统套房住下后，他让司机去工地上找包包工头。

包包工头正在工地上监工，听说有人开着奔驰车来找他，小跑着来到奔驰车前问："谁找我？"

司机说："我们老板。"

"你们老板是谁？"

"我们老板叫刘银强。"

刘银强是谁？包包工头的脑筋一时没转过弯来，在他的印象中没有一个叫刘银强的大老板和他认识。

看到包包工头疑惑的表情，司机说："就是去年在工地上和你一起打工的刘银强，你不认得他？"

包包工头这才恍然大悟，"你说的是银子吧。"

看到面前气派的奔驰车，包包工头说道："银子现在发了啊，这车少说也有一百万吧？"

司机不屑地说："一百万，你能买下个车屁股，这车四百万一辆。"

包包工头惊呆了，我的个天啊，看来银子真的是发大财了。正傻站在那里，看到司机为他打开了后车门，包包工头看看车里没有人，便不高兴了，心想，车上又没有人，你咋让我坐后排，于是，径直走到前排副驾驶处拉开车门坐了上去。

在五星级豪华大酒店宽敞的总统套房坐下，局促不安的包包工头感觉还是在做梦，直到这个时候，他望着眼前西装革履的银子都不敢相信这一切真的在发生，他用左手使劲在自己右手的虎口掐下去，掐出一道深深的指甲印痕，竟然不疼，既然没有感觉到疼痛，他就以为自己还是在做梦。

银强为他倒了一杯人头马说："我们有一年没有见了吧？"

喝到肚里一口酸酸苦苦的洋酒后，包包工头才找到了感觉，说："大半年，确切地说是九个月零九天，才九个月零九天啊，恍如隔世哩。"

银强放下酒杯，身子直直地仰躺在沙发上，让自己更舒服一些，问道："你现在咋样了？"

包包工头坐得直直的，手里拿着不肯放下的酒杯回答道："和以前一样混日子，工地老板今年承包下来的工程不挣钱，上个月的工资直到现在还没发到手呢。"银强的眼前闪现出那个谢顶老头，他不过只是一个小老板，据说，总承包是两个很有背景的山东人，谢顶老头不过是三包甚至四包的小老板。

银强说："你还不如跟着我干，每月给你一万元工资，咋样？"

包包工头手中的酒杯差点儿落到地上，他既不相信又不能不信地望着银强。

银强便不再理会他，他想起谢顶老板的马子房娥，一个气质优雅貌如狐仙，又很会打扮自己的小女人，银强便随口问道："女会计房娥还在吗？"

包包工头说："在是在，就是听说前一阵子和老板为钱的事闹得不愉快，最近好像又好上了。"

银强问："你有她的电话吗？"

包包工头说："有，有，当然有，我每天都给她打电话问工资的事情……"银强打断对方的啰唆说："你约她，就说我晚上请她吃饭，让司机去接她。"

包包工头的心里自然明白银强的用意，于是说："好，联系好她后还是我和司机去接她吧，司机路不熟怕找不到地方。"

晚上，在五星级酒店豪华的包房里，银强宴请房娥和包包工头一起吃饭。

银强的面前摆着两瓶酒，一瓶是标价三万元一瓶的洋酒，一瓶是标价三万元

119

一瓶的三十年陈酿的茅台酒，银强说："我喝不习惯洋酒，这样吧，小房，你喝洋酒，我们喝白酒。"

房娥回答："那就听刘老板的。"

在得到房娥应允后，身后的服务生上前把酒打开，给每人倒了酒，然后退到一边。

银强端起酒杯说："能够再次相见，咱们也算是有缘，来，先干下这一杯有缘酒。"

说罢银强一仰脖子把杯中的酒一饮而尽，其他两个人也端着酒杯随后饮下。

酒席在银强的高调劝酒和包包工头的恭维中，以及房娥矜持的一小口一小口地抿酒声中笑声不断。

后来，房娥说："银子，我不能再喝了，再喝就醉了。"

她已经开始改口不再叫刘老板，而是直呼银子。

银强为她斟满一大杯酒后，舌头打着磕绊说："房、房娥，你如果和我碰下这一杯酒，我明天就给你提一辆红色宝马车开上。"

房娥两腮嫣红，一双含情脉脉的丹凤眼望住银强说："当真？"

银强说："我，我刘、刘银、强甚时候说话不当真、真过。"

酒足饭饱司机开车送包包工头回去。

那一晚房娥留了下来，暴发户刘银强用一辆宝马车抱得美人归，实现了他当初见房娥第一面时的愿望。

煤老板携巨款来省城投资的消息像炸了蜂窝一样，很快在省城的招商圈子里传开，一时间，银强所在酒店的总统套房外挤满络绎不绝的人流，他们一个个西装革履，举止优雅地拿着各种需要投资的项目材料一拨拨地守在门外，等着里面的人出来传唤，又一个挨着一个地单独进去与煤老板刘银强洽谈业务。房娥摇身一变成了煤老板的贴身秘书，包包工头却成了跟班。

十八

一个没有人能说清楚是真还是假的小道消息在陕北煤老板中广为传播。

据说,有一个煤老板晚上开车,由于车速太快,加上他又喝了不少白酒,一头撞在一棵两搂粗的断头柳树上,在酒精的作用下,这位煤老板竟酣然睡去。

等他酒醉醒来已是黎明时分,下车看到那棵断头柳树被他的小轿车拦腰撞断,保险杠撞得弯曲成麻花状,而人完好无损。那个煤老板立刻就给他的车跪下,感谢那辆车对他的救命之恩,并且许愿说他要在此建一座庙。

后来有人打听到那辆车是英国原装的路虎车,在短短的一个月里,原来在这里几乎销售不动的路虎车一下子缺货了。

高光亮听到此事后,亲自带人跑到北京找到一家经销路虎的4S店,花了一千多万元一次提了六辆路虎车,惊喜得那家4S店的经理在北京饭店请他吃饭,那个经理说:"在此之前他们店一个月都销不出去六辆这样豪华昂贵的车型。"

在刘茂盛刚刚接任环保局长职位不久,上面下来一纸红头文件,要求政府部门的国家公职人员今后一律不得参股入股煤矿,已经入了股的必须立即退出。

看到红头文件后,刘茂盛立马想到了高光亮以分红为名送给他老婆的那三百万元。他决定叫高光亮来家里一趟,好将这钱退还给他。当高光亮开着新买的路虎车赶到五爸家时,刘茂盛已经将三百万元的存折地摆放在茶几上。在弄清情况后,高光亮刚要拒绝,刘茂盛语气坚定地说:"当年的三千元是我和你五婶送给你和粉花的礼金,不是股本。所以这三百万元的分红我们不能收!如果你执意而为,就堵了咱俩交往的路。"

最近一段时间以来,身为环保局长的刘茂盛明显感觉到了一种来自各方的无形压力。事情的起因缘自一次县上召开的整治大气污染县长办公会上他的一段发言。他认为作为环保局长应守土有责,他说,整治大气污染要从地面做起,眼下

窟野河

大家都能看到的窟野河水与十年前相比，简直就是一个天上一个地下，人们赖以生存的水源断流了，再怎么治理大气污染也等于是个零，当前的首要任务是应该想想如何治理水源枯竭问题。会后，县长那边传过话来，说他是乱弹琴，整治大气污染，在城里禁止使用燃煤做饭，还人民一片蓝天，往近了说是市里的安排，往远了说符合国家利益，你却大放厥词和县上唱对台戏。

会后县府那边有人给他安了一个绰号叫刘大炮。

刘茂盛心中明白，禁止使用燃煤是标，治理窟野河水是本，这个道理县长大人能不清楚吗？真实原因是禁止燃煤是面子工程，而治理窟野河水枯竭和污染，就会影响沿河道两岸大大小小五百多家煤炭企业的正常生产，县长要的是不断攀升的GDP数字，争创百强县是要拿数字说话的，而不是环境。因此，在会上放了大炮的刘茂盛有了危机感，在这个关系到他官运前途的生死关头，不能够有任何的闪失，也绝不能让人抓住他的把柄，还是小心驶得万年船好，只有保住了自己的环保局长的位置，才能实现理想，把窟野河治理好，还全县人民一个更好的生活环境。

在任何时候，手里有权才是硬道理，有了权力才能实现自己的理想和抱负。

一大清早，高光亮把所有的股东召集到矿上，他要让大家随他一起下井，了解现代煤矿企业的开采方式。股东们在贵宾更衣室穿戴好工作服和安全帽，每人腰间还挂着自救器，杨圪劳问陪他们入井的柱子："这方疙瘩是做甚用的？"

柱子说："自救器。"

"咋用？"他问

"需要时我告诉你。"柱子说。

大家开始乘上防爆车，有人提议要开自己的车下井，柱子说："这防爆车是柴油的，汽油车是不能入井的。"

在杨圪劳看来，矿井有什么可看的，不就像挖防空洞一样，只不过挖防空洞是把黄土掏出来，矿井是把煤掏出来。

防爆车在辅助运输巷行进，柱子在车上给大家介绍："井下有三条这样的巷道，一条是主运输巷道，就是专门用来运煤的巷道；一条是通风巷道，就是让井下与地面的风形成循环,以前咱们矿采用的是房柱式通风方式,就是用煤柱子支撑顶板,产量有限;第三条就是我们现在行驶的辅助运输巷道,是专门供人和大型设备进出的。"防爆车行驶了大约半个小时停了下来,柱子招呼大家下车,说前面就到工作面了。

在黑洞洞的巷道中穿行,每个人头上顶着一盏矿灯,萤火虫般上下跳跃闪烁,杨圪劳紧跟在柱子的身后,深一脚浅一脚地向前走着。

来到工作面,工人们刚刚检修完设备,正准备启动采煤机。

大家站得远远地瞭望,庞大的机器在巨大的轰鸣声中开始运行。

柱子大着嗓门儿介绍:"咱们的矿井煤层的高度四点六米,横向跨度三百米,采煤机每一个小时切一刀,也就是一个来回可采出一千吨煤。"

正说着,采煤机巨大的刀头旋转着运行了过来,机器的轰鸣声掩盖住了柱子的声音。杨圪劳抬起双手捂住耳朵,他的两只眼睛瞅着柱子和采煤机的钻头,内心深处就有了一种无法比拟的恐惧感,就像一个人掉进没有着落的水中。

煤在钻头下被一层层地剥离下来,落在刮板机皮带上,形成煤浪,被输送出去。十分钟后,发出轰鸣的采煤机终于远去了,巷道内的噪声比刚才小了一些。大家跟着柱子沿着运煤的皮带走进主运输巷道。

柱子说:"采煤机割下来的煤就是通过这条大皮带输送到地面的。"

然后他们又参观了通风巷道和地下配电室,股东们对井下的开采方式算是有了一个完整的了解。精于算账的杨圪劳听到柱子刚才说采煤机一刀下去能割一千吨煤,一个班割八刀,一天三个班就能割二十四刀,他很快便算出来一年的产量大概在六百万吨左右。

这时候,高光亮从后面跟了上来,他刚才没有跟着大家一起到综采工作面。他乘着皮卡车去了掘进工作面。高光亮来到大家面前说:"十年前,咱们这个矿井全凭手工开采,一年只能开采一万吨煤。"

杨圪劳说:"现在的产煤量是十年前的六百倍。"

高光亮的耳朵不断听到有人咂舌的声音,他让柱子招呼大家升井。

坐到会议室里,高光亮就把他想扩大企业规模的想法说了出来,可是一提到今年的红利,刚才还对未来信心十足,准备大干一场的股东们却都改了口。在年终分红上,高光亮和股东们有了分歧。高光亮想着扩大企业规模,拿出一半的红利进行二次投入,开发多种经营。

而以杨圪劳为首的大部分股东却要把利润全部分掉,高光亮在心里骂他们:"都是些只看眼前利益的家伙。"

股东会上最终还是决定把利润全部拿出来分掉。

老雕开着一辆老旧的皮卡车,拉着一车井下用的锚杆来到矿上找见高光亮和柱子,他说是来推销锚杆的。当年老雕吃不下这份苦,四处活动着调回了铜城煤矿,那时煤炭行业正处于最低谷时期,矿上的煤卖不出去,工资拖了半年发不出来,老雕办了停薪留职手续,在外面折腾了一阵子,看看没有起色,便再次来到陕北做起了矿产物资生意。

刚来那会儿,由于交通不便,这里的矿产物资极度缺乏,属于卖方市场。老雕说起刚来那会儿,有矿上的采购员来他的店里买锚杆,问他店里有多少锚杆,他算了算说大概有三百根,对方连价都不砍就说:"全部买下了。"

老雕说:"我不能全部卖给你。"

对方说:"我出钱你咋还不卖?"

老雕说:"全都卖给你,我的店里就空了,你给我留下一百根也好装装门面。"

对方说:"没见过有你这样做生意的,货卖完你再进就是了。"

老雕回答:"好我的老哥哩,从省城把货运上来至少也得半个月才能到,这半个月你让我守着一个空店啊,倘若再有人来买锚杆岂不是砸了我的招牌?这样吧,我只能卖给你二百根,你行行好给我留下一百根……"

如今,老雕把它当笑话讲给后来的人们听,人们压根儿就不相信这会是真的,以为他在吹牛。现在不同了,煤炭行业进入巅峰时期,又回归到了买方市场,他不能再守着那个店等着上门生意,他得出来推销产品。

听完老雕杂七杂八的叙述,高光亮豪爽地一挥手对柱子说:"老雕当年是咱们的哥儿们,现在也是,我还有些事情赶着处理,柱子,这事就交给你来办,老雕送来的锚杆咱们要下了。"

临走时他还不忘记叮嘱柱子:"一会儿留老雕吃饭,上茅台酒招待。"

安排完他便起身和老雕握了手告别出来。

金强正站在外面等他,看到他出来了便上前向他汇报,村头老李家的祖坟裂缝了,非说是矿上采煤引起的,他们家要迁坟,要求矿上赔偿。

高光亮说:"这点小事也找我,你们看着处理就是了。"

金强木讷道:"他要得多,才来向你请示。"

高光亮问:"多少?"

"他要一百万。"金强回答。

这个刁民,哪能用下一百万,光亮晓得当年他在村里搞集资入股煤矿时,老李家的人到处宣传,说投资煤炭行业全凭国家政策,甚时候风向一变,投进去的钱就打了水漂,风险太大,庄户人家能挣得起赔不起,甚至鼓动那些还在犹豫的村民不要入股,还说这年头是光脚的不怕穿鞋的,没钱的不怕有钱的,赔了钱你还能把他杀了不成。现在看到矿上挣下钱给大家分红,就眼红了,耍起了无赖,找些事情出来好要钱。

想到此,高光亮对金强说:"就说是我说的,给他两万块钱,要了拿上,多一分钱都不给。"

打发走金强,正要回办公室喝口水抽支烟歇会儿,派出所的人又来了,他们拿着红头文件,说要在矿上安装监控设备,一家交五万块钱。

高光亮想起上一周煤炭局的人来也拿着红头文件,说要在井下安装监控设备,才给了八万块钱,派出所的人来又要装监控,想想都是惹不起的单位,要五万就给他五万吧。

中午拉上老雕一起请派出所的人喝完酒吃完饭,下午地税局的一位副局长来了,说是地税局要建地税大厦,希望矿上能否给赞助一百万,这次却没有红头文件,像这样的单位即使没有红头文件也必须给赞助。那位副局长说得很诚恳,只是希望赞助,不是强求,可是,不给行吗?

晚上,那位副局长在矿上吃饱喝足带着一百万元支票走了,高光亮的一天才算结束。

窟野河 |

　　银强从省城回来，看到他的投资公司外面站着几个人，一问才知道大家是来看煤矿批文，他们投进去了上百万的资金，如今三个月过去了，连红头文件批文都没有见到，他们心虚了，一些人开始怀疑它的真假。

　　银强提着公文包走进他的办公室，让几个人坐下，他打开公文包，从包里取出国土资源部、内蒙古自治区国土资源局的红头文件让大家看。几个人仔细看后，相信了，他们千恩万谢又有点儿不好意思地离去。

　　刘老板从北京拿回红头文件批文的消息很快传开，于是，银强的公司外面再次挤满前来要求投资入股煤矿的人群，财务上的存款继续以几何式增长。

　　房娥穿着高跟鞋和一身进口名牌服装来到刘银强的办公室，人是衣裳马是鞍，这话一点儿不假，房娥自从跟了刘银强后，一身精心打扮的职业装穿在身上，原来的惊艳摇身一变成了雍容华贵的气质。她现在的公开身份是刘银强公司的办公室主任，刘银强的秘密也只有她知道。知道老板秘密的人有两种，一种是必须知道的人，比如具体运作的人。另一种就是老板的情人，因为有了肉体上的接触，她就被银强认为是自己人，既然成了自己人，那就从内到外都没有秘密可言。这正是男人的弱点，男人的弱点就是女人的强项，而房娥就是很懂得掌控男人弱点的那种女人。

　　银强在省城的一切活动都是由她参与运作完成的，她也因此就成了老板心目中信得过的自己人。

　　自从在省城和刘银强相见后，包包工头就成了他的副总，房娥就成了办公室主任兼秘书。出手阔绰的煤老板刘银强在省城谈下几个投资项目后，交给包包工头去周旋，他并不急于出资，而是说需要考察考察。

　　在这期间公司财务从陕北打来电话，说投资人要看矿权批文。在房娥的温柔乡里泡昏了头的刘银强这才想起在火车站遇见的那两个南方人，于是，他让房娥打电话约那两个人见面。那两个南方人想了半天也没有想起来认识一个叫刘银强的煤老板，但是出于好奇，他们还是来了，他们就是想知道刘银强长啥样。

　　当他们在五星级宾馆见到刘银强后，这才慢慢回忆起火车站候车室里那个年轻人。他怎么突然间变成煤老板的？让两个南方人大为惊奇。

双方见面后密谈，刘银强开门见山地说："你朋友那儿不是有一套国土资源部的矿权批文吗？"

南方人说："有啊！怎么啦？"

刘银强说："我要全套的复印件就成，事成之后给你们十万块钱。"

两个精明的南方人很快就明白了对方的用意，问："你什么时候要？"

刘银强说："一周之内搞齐，咱们一手交钱一手交货。"

重赏之下必有勇夫。仅仅过了三天时间，两个南方人带着整套矿权批文的复印件找到银强。拿到复印件后，银强找来房娥，让她照着批文上的公章刻出一套完整的假公章，一套有关在内蒙古开矿的批文制作完成，银强带着房娥返回陕北。眼下，刘银强正在和他刚刚招聘来的总经理交谈，银强说："眼下内蒙古那边正在建造一座新城，我听说房地产项目很火爆，你是做工程预算的，你先给咱们去探探路子，如果确实可行，我们就介入进去，投资房地产行业。"

等到总经理走后，房娥过来坐在银强的大腿上，双手撒娇般搂住他的脖子说："听说那座新城建设得很漂亮，不知道的人去了那里还以为是到了国外，你啥时候带我去逛逛呗！"

银强在她漂亮的脸蛋上使劲啄了一下，弄出一个响亮的声音说："好我的小宝贝哩，你就是要天上的星星我刘银强都愿意摘给你，说走就走，明天一早咱们就出发。"

说着便一把抱起房娥，一边解着她的外衣纽扣一边向套房里走去。

听到男人温存的安慰，房娥的心扉一阵激动，她嘟起小巧的嘴巴，努力回应着男人伸过来的油腻腻的厚嘴唇。

十九

惊蛰过后，天气回暖，日子也一天比一天渐长，蛰伏于地下冬眠的昆虫们开始复苏，偶尔还能够听到它们焦急等待春回大地的鸣叫声。

窟野河|

人们开始脱下厚重的棉衣，穿上轻便衣装走出家门，走向户外。

高光亮约了老雕，带上柱子来到了高光远所在的国有煤矿，几个老弟兄这么些年摸爬滚打，各忙各的事情，在一起相聚的机会却是很少。

趁着来国有煤矿参观学习的时机，大家在一起叙叙旧，高光亮每年都要到国有煤矿来那么几次，每次来都能看到新变化。日子久了，他已经形成习惯，隔上一段时间不来，总觉得心里少了什么似的没着没落。

他曾经这样对柱子说："光远他们的国有煤矿，就是咱们窟野河煤矿今后发展的榜样。"他把来国有煤矿参观称为"唐僧取经"，不但他来，还经常带着矿上的管理人员，甚至是一线的矿工来共同取经。高光亮形象地说："我们只有老老实实地取到了真经，回去才能把事情做好，闷着头一味地干活，就像歪嘴的和尚一样，是念不好真经的。"

为此，他还专门请来一位北京的著名书法家为他写下两个字："取经"，并把它裱好装上镜框挂在自己办公桌对面的墙上，时刻勉励自己。

走进高光远所在煤矿的矿区，矿区的道路两边是一条长长的"安全文化走廊"，有一句口号引来光亮的好奇，那句口号是"无人则安"。

他问柱子："这句话是甚意思？"

柱子摇头说："不知道。"

等见到了高光远矿长，听他解释后方才弄明白，无人则安就是井下工作面的人越少越好，能交给机器工作就交给机器去干。高光亮想，这倒是个好办法，节省下来劳动力他还少发工资呢。

高光远说，现在国外的煤矿都已经采用井下无人开采技术，人坐在地面的调度室用电脑操作，就能把煤开采运输到地面。

柱子咂舌道："太先进了，啥时候咱们也能发展到这一步就好了。"

高光远说，他们正在探索这条路子。高光亮在心里思谋，从无人则安到无人开采，这个过程需要多长时间能够完成。

老雕开着他的皮卡车赶来了，他借此机会给矿上送一车锚杆，柱子打趣他，"你这是吃饭挣钱两不误哩。"

几个人笑了，老雕咧开嘴也跟着大家笑，他说："我不能和你们这些个大老板比，我只是个小老板，要精打细算才成。"

高光远说："你小子就不要在真人面前装穷了，你一年能挣多少，算一下我和光亮两个矿的用量就能知道大概。"

老雕上赶着说："多谢二位老板照顾。"

四个人闲谝了一会儿，光亮便提起去年光远说的煤矿的未来发展方向问题。

光远说，眼下国家把咱们这里定为国家级煤化工能源开发基地，发展煤化工事业是大趋势。

光亮觉得煤化工的面太广，不知从哪里入手合适。

光远说："上煤制油项目。"

老雕插话说："我前些时候遇见过一个工程师，带着他研制的煤制油项目四处寻求合作。"

光亮说："你有他的联系方式吗？"

老雕拉开公文包在一大堆名片中寻找，很快便找到了那个工程师的名片。老雕自信地说："是他没错，他说他的专利技术已经通过了国家级审批。"

光远问："你是咋认识他的。"

老雕回答："我们住宾馆登记在一个房间，晚上没事闲聊时认识的。"

光远提醒说："现在骗子很多，小心上当。"

光亮点头。

高光亮决定要投资煤化工项目了，明年股东们的分红必然减少，一些股东找到杨圪劳，求他出面阻止高光亮把大家的钱投资到不能刀下见菜的项目上去。杨圪劳也觉得高光亮的这一做法不太靠谱，又看到一些股东流露出对高光亮不满和退股的意思，杨圪劳寻思这正是一个好机会。

自从入股煤矿后，杨圪劳就不再把大量精力放在他的豆腐加工厂上，在他看来，做豆腐挣的是小钱，这么多年里他累死累活起早贪黑挣下那些个钱，还不如一夜间征地补偿款的零头，而征地的补偿款又不如投资煤矿入股一年分红的零头，以前是守着金饭碗要饭吃，现在捧上金饭碗了就得多挣钱。

窟野河 |

　　他索性把豆腐厂交给婆姨管理，自己一门心思地关注起窟野河煤矿来。杨圪劳的野心很大，总想着有朝一日他在矿上的股份能超过高光亮，从第二股东摇身一变成为第一大股东，如今这个机会总算让他等来了，他谋算着把村里那些个小股东的份额收购到他的名下，高光亮占有窟野河煤矿的股份是百分之四十，自己占了百分之二十八，如果能收购小股东们十三个点子的股份，自己的占股比例就是四十一个点，高过对方一个点子，到那时召开董事会，他就是董事长了。

　　在杨圪劳的心目中，当上董事长，窟野河煤矿理所当然就是自己说了算，自己说了算的矿就是自己家的矿，他就是真正的煤老板。如意算盘打好后，杨圪劳开始暗中活动，说服大家把矿上的股份合到自己的大股里来。

　　四月的一天，天空中阴云密布，低低的云层压在窟野河对岸的山坡上，放眼望去，窟野河水被弥漫的雾霾笼罩在一片朦胧中。

　　高光亮开车来到三爸住的半山坡下，他把路虎车一直开到山脚下不能再朝前走了，这才停下车步行上山。

　　高光亮的父母去年已经搬到县城的别墅住了，他这次已经是第三次前来说服三爸，让三爸搬到县城里和家人一起住，县城的条件毕竟比村子里好很多。

　　这几年，高扬威自己花钱雇人在窟野河两岸挖出一排排树坑，然后又自掏腰包从园林局买回来树苗，把它们一棵棵栽到窟野河两岸，所有花费用的都是政府给他的征地补偿款。

　　高光亮走上山坡，看到三爸正在那里栽树，他的正面对着不远处的高家河村，雾霾让高家河村在视线中时隐时现。看见侄子高光亮到来，他摆摆手让光亮走近自己，光亮上前和三爸并排站在那里望向村子，高扬威仿佛自言自语道：

　　　　横长竖短一座城，
　　　　四向三门不苟同。
　　　　兴衰胜败五百载，
　　　　文韬武略多丽人。

高光亮知道，三爸口中念叨的这首诗正是县志中记载的关于高家河村的布局，他曾经听三爸给他讲起过，高家河村始建于明洪武年间，建造时，设计者为了防御土匪骚扰，只建了东西南三座城门，却留下北边的城门和城墙没有建，原因是历年来土匪都是从东西南三个方向前来高家河村袭扰，而北面是进入内蒙古的茫茫沙漠，一旦土匪到来，男人们在东西南三面抵御，以延长土匪进村的时间，而老少妇孺即可从北面迅速进入人烟稀少的内蒙古大沙漠。

光亮说："三爸，村里人大都搬到县城住了，咱们村几乎成了一个空村，你留下来吃没吃的，用没用的，也没个照应，我看你还是和我娘老子一起住到县城去吧。"

高扬威收回他的视线对侄子道："这高家河是咱的根，也是咱高家这一脉后人的根，谁愿意走就走，反正我不走。"

他用手一指前方说："你看这高家河的风水多好，山水环抱，围而不塞，正是风水学上讲的藏风得水之地啊！想当年咱们村周边是三十里的鸣沙二十里的水，你再看现在，黄沙依旧水却消失了，我得留下来绿化这片土地，保护这里的生态环境，将来好让我们这些前人给后人有个交代。"

光亮望着干涸的窟野河床，以及坑洼处残留的黑水坑，想到儿时在清澈的河水中光着屁股和小伙伴们嬉戏的场景，内心也是无不慨叹。

"可是如今这里已经没有当年的环境了，人挪活树挪死嘛，三爸，现实是这儿已经不容你再住下去了。"

两个人正拉着话，光亮看到五爸刘茂盛带着两个人走上山坡，看到光亮也在这儿，五爸说："光亮也在，我正要找你呢。"

看到环保局长到来，高扬威停下了手中正在摆弄的树苗，用手指着对岸若隐若现的山峁说，在他小的时候，他的爷爷，就是光亮的祖爷爷就曾告诉他，听老一辈人口口相传，五千年前在那片石峁上就住着华夏民族的祖先黄帝和他的氏族部落。

三爸还说他小时候曾经到那儿玩耍，就在那里见到过石质的精美劳动工具。看到光亮一脸疑惑的表情，五爸刘茂盛肯定地说，他儿时也在那里见到过类似的

131

劳动工具。望着远处的山峁五爸接着说道:"去年省上的考古队已经进驻到了那里,考古人员根据从已挖掘出的文物推断,那里很有可能就是五千年前黄帝部落曾经驻足栖息之地。"

一阵雾霾从河道升起,遮住了人们的眼界,大家收回视线,五爸说:"光亮啊,我正找你呢?"

光亮问:"五爸找我甚事?"

五爸手中挥着一沓文件说:"县环保局正在制定治理窟野河两岸煤矿无序开采和私采乱挖的措施,窟野河煤矿也在治理范围内。"光亮心想,县上历年都在搞环境治理,其实,不过就是一个向企业伸手要钱的由头,于是,他问:"这次要罚多少钱?"

五爸说:"不以罚代管,如果发现哪个煤矿向窟野河中排放井下的废水,或者矿区粉尘不达标,立即责令停业整顿三个月,这一次县里可是动真格的。"

停顿了一下,五爸继续对高光亮说:"县上决定请你们这些煤矿的矿主都走出去,到陕北高原南部的黄原煤矿去看看,看看人家是怎样治理污染的。"

高光亮点头说他一定去。

一阵大风夹杂着雨点吹了过来,打在人脸上,空气中弥漫着沙土的腥味,人们很快背过身去,高光亮眯起双眼,低头看到自己笔挺的西装上落下一层泥点,他抬头仰望着阴云密布的天空说道:"看来要下雨了。"

一周后,高光亮带着柱子和金强随着县上组织的矿长参观团,驱车前往几百公里外的黄原煤矿参观学习。

黄原煤矿坐落在群山密林之中,四周环境干净优美,绿色葱茏,笼罩着矿区,走进矿区,就能感觉到一股清新湿润的空气扑面而来。

金强说:"这儿的环境绿化搞得真好。"

柱子插话道:"我十多年前就到过这里,还在这里当过一段时间的矿工呢,那时的环境可不是现在这个样子,有人编顺口溜说,下井两脚水,出门一脚泥,站在山上望川道,满眼都是黑。如果你行走在道路两边,遇上拉煤车驶过,车轮卷起的煤尘都能把人遮住。"

黄原煤矿接待参观团的人是一个年轻漂亮、长得像水仙花一样的美女，她落落大方地自我介绍说，她叫郑媛，是北京一所理工大学在职博士生，为了她的煤化工研究课题来到黄原煤矿，她的主攻方向就是研究煤和清洁能源利用。

站在离郑媛不远的下风处，一缕香草的清芬随着和煦的柔风飘入高光亮的鼻孔，他吸下一口清芬的气息，在心中暗暗称她是香草美人。

参观团随着香草美人郑媛走进矿区，看见到处都是密密麻麻的管道，有粗的有细的，有直直的有弯曲的，管道与管道相连，人走在管道下方就像进入了一个巨大的工业迷宫。

行走在管道中间，郑媛一边走，一边给大家讲解道，黄原煤矿目前所做的就是以煤为原材料的循环经济。

高光亮问："咋样循环？"

郑媛说："大家都知道矿井不光只是生产煤，在采煤的同时井下还会产生大量的废水，以往我们把废水向河道里一排了之，采煤还会产出部分煤矸石，以往的做法是找个沟壑把煤矸石填埋进去，我们在洗选精煤的同时，也会产生大量的煤灰和污水。这些污染物应该怎么办？是摆在所有煤矿面前让人头疼的问题。"

大家点头称是。

郑媛接着说："我们黄原煤矿的做法是走循环经济的路子，用煤矸石发电就是其中的一个废物再利用项目，我们发电用的冷却水就是从矿井抽上来，再经过净化的井下水，而矸石经过燃烧后的粉尘，经过我们眼前的管道输送到那边的砖厂，再用高压蒸气法，制作成方砖，大家看！"说着她用手一指远处一幢幢高楼大厦，"我们矿的大学生公寓、办公楼、家属楼，还有我现在住的专家别墅，用的就是我们矸石发电燃烧后的粉末制成的砖，工人们形象地把这种回收利用的方法叫吃干榨净。"

下午四点钟，杨圪劳请来十几个股东到县上的一家大酒店喝酒，说是好久不见，大家在一起聚一聚，其实，大家都是心知肚明。

酒店豪包一张二十人台的酒席上，杨圪劳坐在上首，十几个股东按照股份大小在他的两边依次而坐。等酒菜上齐，杨圪劳打发服务员出去，然后把门关上，他这是为了保密，怕在酒桌上的话语被外人听了去传到高光亮的耳朵里，如果是那样的话，他前期所做的一切努力也就前功尽弃了。

大家安静地坐在座位上，等待着杨圪劳发话。他举起酒杯站起身来，大家也都举着酒杯随着他站了起来，杨圪劳说："今天把大家召集到这儿来，就是为一件事，高光亮要用矿上挣下的利润搞煤化工项目，这样一来，不用我说，大家心里也明白这意味着甚？"

有人问："搞了煤化工项目年底是不是就不分红了？"

杨圪劳说："把大家叫来就是说这事的，钱都投到了项目上，拿甚分红？"大家一片吵嚷，杨圪劳能够听出来，都是反对上项目的声音。

是啊，眼看到手的钱又没了，这不是要股东们的命吗！看到大家的不满情绪被调动起来，杨圪劳高举酒杯说："来，咱们先干下这杯酒，都坐下说。"

喝罢酒坐下，大家嘴里依然还在议论，杨圪劳耳朵听到最多的是坚决不能上煤化工项目，不同意高光亮这么乱来。等嘈杂声小了下来，杨圪劳这才开口说话："大家不要忘了，窟野河煤矿的董事长是高光亮，他是最大的股东。"

有人插话道："你是第二大股东啊。"

杨圪劳说："我的股份没他多，董事会上表决起来我是少数。"

"那可咋办？"有人问。又是一阵嘈杂声，杨圪劳在心里暗骂，一群乌合之众，但是他的脸上依然挂着无奈的表情。

嘈杂声再次小了下去，大家的目光又都望着身为矿上第二大股东的杨圪劳，看到大家都看着自己，杨圪劳清了清嗓门开始讲话："就股份来说，我虽然没有高光亮的多，可是我计算过，如果把大家在矿上占有的十三个点子的股份都合到我这里，咱们形成一个大股，就是百分之四十一，高过高光亮一个点子，到那时就是咱们说了算，他想搞煤化工我不同意，他是搞不成的。"

有人问："我们的股子都合到你那儿，是不是我们以后在股东会上就没有表决权了？"

杨圪劳说："只要你们信得过我，以后我就代表大家说话，股东会表决前，咱们先开个小会，统一意见。"

大家不再说话，觉得这是阻止高光亮把钱投资的办法。

又有人问："还有十九个点子的股份，难道说人家就愿意听咱们的？"

杨圪劳心知肚明，那十九个点子除了乡政府的十个点子外，还有一些是干股，这些干股的持有者是谁不能明说，当然他们更不会站出来表决。他的目的是只要自己的股份超过了高光亮，下一届股东会开过以后他就是董事长，到那时一切就是自己说了算。

于是他说："项目投资、投资多少都是要在董事会上决定的，如果咱们的股份合起来高过了他，我当上了董事长，到那时就是咱们说了算，由不得他。"

杨圪劳的真实目的终于让大家看明白了，他是想当董事长哩，酒桌前的这些小股东们一时间都沉默了。

二十

坐落于毛乌素沙漠边缘内蒙古与陕北交界处的一座新城正在一眼望不到边际、空旷的不毛之地上拔地而起。

响午时分，天高云淡，风和日丽。

刘银强携房娥带着他们招聘来的投资团队来到了这座新城，近年来，这儿的房地产开发与投资如火如荼，成为人们关注的热点。

银强此行并非是带房娥来看风景，他是带了在陕北集资的上亿资金投资来的。上周末打前站的人回来向他汇报，说那里遍地都是黄金，只要投资者有足够的胆识。

对于刘银强来说，富贵险中求是他做事的一贯原则，他除了有胆以外，其余什么都没有，当然这一点对他来说已经足够了，无知者无畏。他这次来就是要拼了命打一个大胜仗，在县上集资的巨额烫手资金攥在手中，还有每个月向投资人支付的高额利息，都决定了他必须在这座新城投下巨资的同时再捞上一桶金回来。

　　银强明白，时势已经把他推到了风口浪尖，开弓没有回头箭，下出去的赌注只能拼了命地继续赌下去，他要一赌到底，当然他也只能一赌到底。

　　一到内蒙古新城，银强便约见了当地的多家房地产开发公司，一口气投入上亿资金买下他们正在建设的部分期房。在银强看来，期房的升值空间大，而且都是一些能够看得见摸得着的实物，同时，他也听从了他的团队的建议，决不把鸡蛋放进同一个篮子里，他这样四处投资就是图了一个安稳。

　　签好购买期房的协议后，余下的事情交给财务部门去办理，他便带着房娥来到刚刚建成的大广场旁的一家大型购物中心，给了她一张一百万元的银行卡说："去买些你喜欢的东西吧。"

　　女人接过他递到手中的银行卡，给了他一个爱慕的眼神和飞吻后，迅速消失在了购物中心的人海中。

　　红花和金强的婆姨艳玲来到银强设在大酒店里的投资公司，当两个女人走进银强豪华的办公室时，她们都惊呆了，仅一年的光景银强一下子就发了大财。艳玲说："你看看，叫你来你还不愿意来，老二真的是今非昔比了，你看这办公室的豪华都赶上美国总统的办公室了。"

　　红花上前用手摸着真皮沙发，又打眼瞅着一屋子的金碧辉煌，她相信了，二哥真的是有钱了。起初大嫂来找她说银强在内蒙古开矿，在县上招股，并许以高额利息，每投入一百万，当场就能拿回当年的二十万利息，她还不信呢。

　　今天一大早，大嫂又找到红花，说银强在内蒙古新城投资房地产，入股的人每投入一百万当年就能拿到二十五万元的红利，红花坐不住了，决定跟着大嫂一起来看个究竟。她们刚一走进大酒店位于三十层银强的投资公司，就看到人们络绎不绝地进进出出，一打问才知都是来投资入股的。

　　两个女人站在财务部门口看了一会儿，看到有人提着现金三万、五万、三十万、五十万地交到会计室，拿到一张会计开出的收据后，就到旁边的出纳室领取当年的利息。艳玲上前一打问，把两个女人吓了一跳，紧跟着她们就热血澎湃起来，投入五十万元，当场就能拿到当年的十三万元利息。于是，她们不再观望，迅速找到银强的办公室闯了进来。

听说是银强的妹妹和嫂子光临，房娥赶紧上前忙前忙后地照应，红花问："我二哥呢？"

房娥请她坐下，端过一杯散发出浓郁香气的上好铁观音茶递到红花的手中，说道："刘总下楼和人谈业务去了，我是刘总的办公室主任，如果方便说的话，你们有啥事就告诉我，我一定尽力服务好二位。"

房娥心中自然明白，最近一段时间以来，凡是结伴来找银强的人都是想投资入股的，而且还都是些沾亲带故的亲戚，想必银强的嫂子和妹妹此来的目的也不会例外。

果然让精明的房娥猜中了，艳玲听她这么说，便急不可耐地要求投资入股，艳玲说："我们就是来打问入股的事情。"

艳玲从随身携带的小包里拿出一张一百万的存折在手中摇晃着说："是不是入一百万的股份，当场就能拿到二十六万的利息。"

房娥点头。

艳玲便急着说："我们姑子二人每人入一百万的股，现在就入。"

房娥说："现在前来入股的都是高家河那一带的亲戚朋友同学。"

在大嫂的感召鼓动下，红花的心潮也开始澎湃，想着二十六万的利润马上就能挣到手，她的一双手不由自主地伸进了腰包，拿出一张和嫂子同样的一百万元的存折，这钱都是村里征地的补偿款，还有一部分是柱子和金强在矿上的工资。看到两个人急迫的心情，房娥说："大嫂、二妹，你们先坐着喝茶，我叫会计过来给你们办手续。"

手续很简单，一张收款收据加盖上公司的财务公章便了结了。房娥叮嘱道："大嫂、二妹把收条保存好，明年这个时候再来凭它支取利息。"

艳玲问："今年的利息咋支付？"

正说着，敲门进来一个穿着笔挺黑西装的年轻小伙，手里提着两个沉甸甸的红布袋子说："房主任，这是她们今年的利息。"

小伙子说完很有礼貌地向在座的两人微笑点头，然后转身离去，出门后还不忘转身轻轻关上了房门。所有这一切，都让艳玲和红花感觉到这儿的工作人员素质真高。

房娥把红布袋子塞到她们手中说："这是你们今年的利息。"

两个人做梦也没有想到手续竟然这么简便，眨眼工夫她们每人就挣下了二十六万元。拎着沉甸甸的钱袋子告别了办公室主任房娥，两个人都觉得是在做梦一般，红花说："这钱是不是挣得太容易了？"

艳玲说："二弟的公司咱还有甚不放心的。"

红花想想也是这么个道理，便不再去怀疑了。她们下楼走进楼下的银行，银行里前来存钱取钱的人们早已排起了长队，她们排了一个多小时的队，好不容易把钱存入银行卡上，艳玲说："小妹，这钱可是咱们挣下的，去省城的中大国际买身好衣服穿吧。"

红花点头。

于是，两个人打了一辆出租车向机场方向驶去。

母亲艾玉琴听红花和艳玲回来说起二小子银强开的投资公司的生意做得如何火爆，拿出一百万存进"银行"，当场就能拿回二十六万的利息，儿媳艳玲兴奋地说："妈哎！你就是低头弯腰捡拾这么多钱还需要花上一阵子工夫呢，这可是一本万利的好生意哩。"

在艾玉琴的心目中，投资公司就是和银行一样可以存钱的地方，应该是保险的，要不保险政府咋能允许它们存在呢？何况还是二小子银强开的"银行"。她便动了心思，想到自家的存折上还有两百万元的征地补偿款，如果都拿出去投给二小子的"银行"，一下子就能赚回五十二万元的利息。

当然，像这么大的事情她还不敢自己做主，于是，她便把这一想法告诉了一家之主的茂雄老汉。

茂雄老汉坐在院子当间的青石板上抽着他的旱烟锅子，半晌没有吭声。他的大脑在急速运转，近些年来是有过入股分红，一年翻倍拿到红利的，女婿高光亮的煤矿去年就给股东们分下几倍的红利，这当场入股当场就能拿到红利的事情，他还是头一次听说，他吃不准这中间的渠渠道道。

二小子银强的脾气、禀性他这个当老子的还是心知肚明的，银强从小就是个好高骛远，下不得苦又喜欢耍个小聪明的人，让他始终没有想明白的是银强咋就一夜之间发了大财？婆姨说这一切都是女儿红花和大儿媳艳玲亲眼所见，再不相信谁他还能不相信自家人？一个银强可以不相信，再加上红花和艳玲他还能不信？思前想后，他在内心叹出一口气，自言自语道："唉！如今这世事越来越叫人捉摸不透，看来我真的是老下了。"

　　茂雄老汉没有言语，不言语就是默许，两个人在一起生活了大半辈子，婆姨艾玉琴太了解茂雄老汉的行事做派了，他就是那种遇事小心谨慎，前怕狼后怕虎，不愿担责，又不想失去机会让自己吃后悔药的那种男人。你怕吃亏上当我不怕，自己家二小子办的"银行"还怕个甚？想到此，婆姨艾玉琴从箱子底掏出四张五十万元的存折，一共二百万元揣进自己贴身的怀中，出门叫上红花和艳玲，由红花开车直奔银强的投资公司。

　　银强开着奔驰车来到姐夫高光亮的窟野河煤矿，车子驶进干净整洁的矿区，停在豪华气派的办公楼前，银强想，等着瞧吧，总有一天我的事业会干得比姐夫更大。

　　高光亮从黄原煤矿回来后遇到了一件让他头疼的事情，县环保局治理环境污染大会战活动如火如荼地拉开了帷幕，窟野河沿岸多家煤矿被勒令停产整改，理由是矿井污水排放不达标，污染了窟野河水，造成区域环境极度恶化，他的窟野河煤矿也在整改之列。他去找到身为环保局长的五爸，五爸让他拿出整改措施。他想，整改措施当然能够拿出来，可是建污水厂需要时间，眼瞅着这煤价一天天上涨，损失的都是钱啊。

　　正在头疼时，小舅子银强推门走了进来，高光亮放下手头那份投建污水厂的资金投资报告，笑迎银强。

　　银强把在内蒙古新城投资期房的事情向他简要说明后，希望他能够拿出一部分资金投入进来，先付息后还本，说等到房子建好出售出去，就还本钱。

　　高光亮说你的事情我知道了，我这儿马上就开董事会，研究投资建污水厂的事情，到时我顺便把你的事情也提一下。我虽然是董事长，可是像投资集资入股这样牵扯到资金投入的事情还得董事会研究通过。

银强说:"那我就在外面等。"

高光亮说:"咋能让你在外面等。"于是,叫人来陪银强到接待室去。银强说:"不用了,我去我姐那儿坐坐。"正说着,杨圪劳等董事和矿财务基建方面的人员陆续走进了高光亮的办公室。

银强离开后,大家就座,开始讨论建污水厂的事情。会议讨论的焦点是停产建污水厂还是边生产边建厂。县环保局的要求是必须停产建厂,可是建一个污水厂最快速度也得一个月,对于窟野河煤矿来说,以时下的煤炭市场价格,一个月的损失就是上千万啊,眼瞅着白花花的银子拿不到手,谁看着不心疼啊!杨圪劳说:"好几家煤矿找到我说,如果环保局说不通,咱们就去找县长,让县长出面解决问题。"

他的提议得到了大部分人的认同,高光亮觉得这件事情还是再找一下五爸,看能否说通让矿上边生产边建污水厂。听他这么说,大家都不再开口,谁都知道环保局长和他是什么关系。

最后,高光亮拍板这事就这么定下了,如果再和环保局讲不通,大家就一起到县上找县长解决。

高光亮说:"虽然事情还在解决当中,但是修建污水厂的工程不能停,今天董事会商讨拨付六百万元资金修建污水厂,大家看谁还有意见?"

尽管这钱是股东们的心头肉谁也不想出,六百万呢,到年终分红利每人要少分多少钱啊!往年政府整顿煤炭市场,矿上出钱交上几十万元的罚款也就完事了,可是这次不同,环保局扳得很硬,一分罚款不收,只是要求停产整顿,什么时候达到了排放标准把污水治理好了什么时候才能生产。

如果不出这六百万,损失会更大,这一点大家都是心知肚明。明摆着火都烧到房上了,谁还会有意见。高光亮说:"咱们两条腿走路,一边加快建污水厂,一边想办法让县上同意咱们继续生产。"

看到大家都没有意见,高光亮便让董事们签字同意财务上拨付六百万元工程款给基建部,迅速实施这一项目工程。

商讨完治污事宜，高光亮让大家等一等，说起银强前来集资搞房地产，并承诺支付高额利息的事情。董事们沉默，大家把眼光都看向杨圪劳，他是矿上的第二大股东，大家的意思是让他拿主意。

杨圪劳看到董事们都在看自己，便清了清嗓子儿说："现在的煤炭市场正是上升时期，趁着这个大好机会，咱们应该集中精力在煤上挣钱，我看那些个外财咱们就不要揽了。"

有几个董事点头表示赞同他的意见，高光亮看了一眼大家，心中明白，于是说道："我也是这个意见，那就不投资。"

其实，高光亮在内心也不想投资，只是碍于银强的面子不便当面拒绝，他很清楚，只要是他提出来的事情，不管对与错，杨圪劳肯定反对，这个恶人就让杨圪劳去当吧。

会后，高光亮找来银强把会上董事们的意见告诉了他，银强低下头没有作声，高光亮要留他吃饭，银强说："不吃了，我回去还有事要忙。"

望着银强默然离去的背影，高光亮无奈地苦笑，他想通过这件事情就能够看得出来，杨圪劳是一心要反对自己，这背后难道没有阴谋？看来下一步他要学黄原煤矿搞循环经济的项目还是任重道远。

黑色的夜晚从窟野河两岸弥漫过来，市区亮起了灯光，而在灯火通明之外，世界依然被黑暗包围着。

银强回到办公室，看到房娥放在桌上的今天的集资款清单，他的心情是既兴奋又沉重。兴奋的是集资款的数额源源不断上升，沉重的是高额的利息让他把赌注全都押在了期房上，可是他心里明白，这就是个大大的泡沫。集资越多他就要买更多的期房，如果有一天房价下跌或者不再有人向他集资，资金链条断了，那他就会跌入万劫不复的深渊。

这样的集资模式让他想到了金字塔式传销，想到了南方正在兴起的老鼠仓，最后的结局必将是……想到这儿他不敢再想下去了。开弓没有回头箭，他清楚，他必须把这个长篇神话电视剧继续演下去，有时候就连他自己都认为这一切都是真的，也许神话讲着讲着就成真了呢。是啊，谎言说上一百遍就连自己都觉得它是真理。正在一个人胡思乱想，他的手机哇哇地叫了起来，把他吓了一跳，他在心里狠狠地骂房娥："死婆娘，咋就喜欢把我的手机铃声调成蛤蟆叫。"

电话是杨圪劳打来的，约他到豪门大酒店的 KTV 见面，杨圪劳的突然相约让银强着实没有想到，去还是不去呢？短暂的沉思后，他还是决定去，于是，在电话中给对方说："我马上就到。"

放下电话，银强又跟房娥联系，问她在哪儿？

房娥说在她的房间，他让她收拾打扮一下，陪着一起出去见一位重要客人。

流光溢彩的 KTV 包间里，杨圪劳正一个人坐在宽大的沙发上喝着啤酒，服务生打开门，银强和打扮得花枝招展的房娥走了进来。

杨圪劳放下手中的啤酒杯，伸手请两个人坐下，包间里灯光迷离，五彩光球不停地在头顶旋转，营造出一种神秘暧昧的氛围，透出一阵阵情欲的诱惑。

三个人碰了一杯啤酒后，杨圪劳做开场白，大意是白天在矿上听说银强来谈集资房地产一事，被高光亮推辞掉了。过后他觉得这是个好事情，是高光亮没有眼光，更不要说魄力了，思前想后他认为应该和银强见上一面，谈谈投资买期房的事情。

银强举起一杯啤酒一饮而尽说道："这是我敬您的酒，还是您杨老板有胆识，站得高看得远，咱们痛快人不说二话，你打算投入多少钱进来？"

杨圪劳沉吟着，他的眼神却极不老实地瞟着灯光下越发显得娇艳的房娥，这一切都被银强看在眼中，心想，这个老东西定是看上房娥了，一股无名的怒火随着啤酒的气泡从他的胃底泛起，一直顶到他的嗓子眼儿。

只见房娥浅浅一笑，举起酒杯吹气若兰般温言软语道："杨老板，初次见面我先敬您一杯。"

说完一仰细白的脖颈，那一杯啤酒便下了肚。

杨圪劳有些受宠若惊地灌下去一杯啤酒后，口中直夸房娥漂亮懂事。

看着眼前发生的一切，想到自己是图财来了，银强胸中的火气顿消，女人如衣衫，金钱似手足，生意场上的语录在他的脑海中再次浮现出来。

于是，他给房娥递了个眼色，不一会儿房娥起身去了洗手间，银强跟过去，低声说道："房娥啊，能不能让他多出钱就看你的了，如果他能够拿出一千万，我给你二百万作为提成，你看如何？"房娥的内心突然涌出一股委屈的怨气，她的两眼放出一束绿色的火苗。银强你个王八蛋把我当成啥了？可以随手送人的赠品吗？既然你一个大男人不把你的女人当回事，我一个小女人又怕个啥！又想，你们男人图的是钱，女人图的不也是荣华富贵？二百万元一大堆钱开始在她的眼前晃动，房娥动了心思，她冷冷地对银强说："我知道我该咋做，你不用管。"

银强听出她话语中的怨气，于是伸手搂过她，并在她的额头重重地吻了下去。委屈与难过的泪水从房娥的眼角挂下来，她厌恶地推开他说："你出去吧。"

银强走出洗手间向杨圪劳招了招手假装出去买烟，径直走出了宽大的豪华包间。

四十分钟后，当银强再次回来时，看到房娥一双狐媚的双眼低低垂下，娇滴滴的羞态中一脸疲累的样子，便知道两个人已经做成了那事。

看到银强进来，杨圪劳首先开口说道："刘老板，我刚才和你的办公室主任谈好了，我已经决定明天一早就给你们投资一千万元做期房生意。"

二十一

一个月后，污水厂建成运转，窟野河煤矿开始正常生产，高光亮再次把董事们召集起来，在董事会上他提出了上矸石电厂的事情。

他说："国家目前对矸石电厂的税率给予减免一半的政策优惠。"

于是，他把在黄原煤矿看到的循环经济的好处给大家一一做了介绍。

会议上大家讨论得很是热烈，但是否现在就上矸石电厂项目意见不一，杨圪劳就是一个激烈的反对者，他认为，上矸石电厂好是好，就是会影响到大家的年终红利，他的理由是目前煤炭市场这么好，不能因为要搞其他项目影响了煤炭产量，应该集中精力多出煤，只有多出煤才能多挣钱，这才是硬道理。谁能保证煤炭市场还能一直这么好下去，等到市场不好时再上项目也不迟。

他的意见得到了部分董事的认同。

大家都想着挣钱，只有拿到手的钱才是真正的钱，拿不到手的利润只能是数字，那些个数字是不能当饭吃也不能当钱花的。

看到大家七嘴八舌没个定论，高光亮动情地说："我们在座的每一个人从小都生长在窟野河边，我们看着它夏天涨水，小孩子在河里嬉戏，大人们在岸边洗衣；冬天结冰，小孩子在河上溜冰，大人在冰上凿出一个冰窟窿打水，我们都是吃着窟野河水长大的。它可是我们高家河人祖祖辈辈的母亲河，今天再看我们的母亲河，多少年不见发过大水不说，儿时清澈的河水如今成了千疮百孔的黑水河，谁还敢到河里打水吃？前些日子我去看望我三爸高扬威，一个在窟野河边生活了一辈子的老人，他说看到窟野河水成了现在这个样子，他心里难受啊！他把自己的全部积蓄拿出来在河两岸种树，就是为了保护窟野河的环境。再看看我们这些个晚辈都在做什么？我们把窟野河水淘干了还不甘心，还要向里面排放污水废水。如果说窟野河是世世代代养育我们高家河人的母亲，窟野河水就是我们大家的乳汁，我们不仅吸光了母亲的乳汁，还把我们的粪便排泄给她，我们不仅是她的罪人，更是历史的罪人啊！"

会议室里一阵沉默，没有人发出任何声响出来，这个时候如果掉下去一根银针，或者一根黑发也许人们的耳朵都有感知，这就是振聋发聩。

一个董事的眼眶湿润了。又一个董事的眼眶也湿润了。窟野河伴随着大家成长，大家吃着窟野河水长大，我们都是窟野河的儿女啊！一个董事站起来为高光亮的这一番发自肺腑之言鼓掌，大家跟着起立鼓掌。

最后，董事会一致通过学习黄原煤矿的先进经验，走煤炭循环经济发展，把从地下挖出来的黑金吃干榨净这条路。

首先是矸石电厂的选址，高光亮带着人走遍了周边的所有村庄，村民们要么不同意在村边建厂，要么就是漫天要价，半个月下来腿都跑细了，毫无进展。

俗话说：天无绝人之路。

正当他愁眉不展时，原高家河乡的乡长赵成向他伸出了橄榄枝。赵成现在是正在筹备的高家河工业园开发区的管委会主任，当前的称呼是赵成主任。眼下赵成正在大力倡导企业进园，两个人一拍即合，于是，窟野河煤矿矸石电厂成为工业园第一家入驻的企业。

然而，事情远没有高光亮想得那么简单。上矸石电厂需要相关政府部门的审批，以后的五花八门烦琐的审批手续，让高光亮体会到了做大事情、做好事情是多么的不易。

在和工业园管委会签订下入园合同一周后，赵成找到高光亮说："咱们的工业园县上和市上批下来了，还需要到省上和北京审批。你知道审批需要经费，你是第一家入园的企业，县上拨给管委会的资金有限，还需要你们大力支持，咱们共同努力一起把工业园开发起来，当然啦，对于你们企业的贡献，管委会将在未来的工作中给予政策优惠。"

高光亮无语，但是有一点他是明白的，就是要他出钱赞助，这样一来高光亮和他的企业就和政府绑在一起了，你是干也得干，不干也得干，高光亮很是不满赵成的请君入瓮之计，不出钱资助，工业园批不下来，他的电厂也就无从谈起。思前想后，他也只得硬着头皮走下去了，是祸躲不过，是福是祸那就要看造化了。

高光亮开着车和赵成一起长途跋涉来到省政府政务大厅，把工业园的相关材料连同矸石电厂的材料一起递了进去。

高光亮问："这就行了？"

赵成诧异地看了他一眼，仿佛是在看外星人一样，说道："早着呢，材料递上去了，我们的工作才刚刚开始，你得追踪材料审批的进程，材料到了哪个部门，就得去找人家做工作，否则，猴年马月也批不下来。"

高光亮噢了一声，跟在赵成的屁股后面走出了政务大厅。

冬去春来，万物开始复苏。矸石电厂正式在工业园破土动工。

开工典礼那天，市、县的领导和媒体都来了，随着一阵鞭炮过后，几十辆推土机声势浩大地开了过来，在尘土飞扬中一片片沙柳倒了下去，赵成在市、县领导面前夸口说："要不了多久，将在这里拔地而起一座新兴的工业化新城。"

他讲话时很有气魄，给人的感觉是气场十足，让高光亮觉得，他就是工业园

窟野河|

区内指点江山、激扬文字的最高权力者。

在场的人们一起鼓掌庆贺。

典礼完毕，市县领导刚刚离开，就有施工单位的人跑来找高光亮，说有村民在前面挡住了施工现场，让他赶紧去解决问题，否则，影响工期他们可不负责。

高光亮望着市县领导离去时车轮荡起的还没有完全消散的沙尘，急忙给赵成打电话，赵成在电话中压低了嗓门儿说："你先处理一下，我这儿脱不开身。"

听这语气赵成显然正和领导在一起大谈他的宏伟计划呢。放下电话，高光亮匆忙赶到现场，看到村民们已经把推土机围了起来，高光亮上前大声问道："你们谁是领头的？"没有人应声，他又说："我是高光亮。"

村民中有人说："我们都认得你，煤老板高光亮嘛。"

围观的人群发出一片笑声，高光亮也被他的话逗笑了，说："既然知道我是谁，那你们就派出代表来咱们有话好好说，有事情商量着办，你们看如何？"

前面那个村民说："我们不找你，我们要和赵成谈。"

高光亮说："当年我和大家一样，也是苦出身，受苦人挣点儿钱不容易，这个我深有体会，为甚就不能和我谈？"

那人道："前些年，赵成以每亩两千元征下了我们村上万亩土地，当时他亲口许诺工地开工后给我们找些挣钱的营生，现在怎么就变卦了？"

这个事情高光亮还真不知道，于是他再次给赵成打电话，赵成在电话那边很不耐烦地说："确有此事。"说完就又把电话挂断了。

高光亮能够听到赵成此时正在和市县的领导们在酒店推杯换盏，看来暂时是顾不上这边了。

放下电话后，他对村民们说："赵主任说，他现在正忙着向市县领导汇报工作，抽不出身过来，他安顿我全权代表他处理咱们之间的矛盾。"

高光亮想，也许还有个别记者没有走远，如果让他们听到风声捅到报纸上，麻烦可就大了。俗话说，开弓没有回头箭。这么大的场面已经铺开，停工一天，矿上的损失就是上万元，必须尽快解决这个问题。这是他假借赵成指示的初衷。

村民们听他这么说，商量了一会儿，便派出三个村民代表来和他交涉。

高光亮和三个村民代表走出人群，来到一处偏僻的沙柳丛下，高光亮说："你们就是要揽工挣钱是吧？"

三个人点头。

他问："你们有多少人？"

一个年长的村民回答："加上妇女和老人一共七十八个人。"

高光亮说："工地上干的都是些重活累活，出于安全考虑，我可以安排年轻力壮的到工地上来，我看妇女和老人就不要来了吧？"

那个年长的村民说："那可不行，这都是我们集体的地，集体的地当然是人人有份，就是政府也不能歧视老弱妇孺吧？"

高光亮想，这是遇上了一个难缠的主儿，工地刚刚开工就停下来传出去影响不好，何况他还在担心那些个无孔不入的记者或许会杀个回马枪，这几年和媒体打交道，让高光亮深深体会到记者其实比眼前这些村民更难缠，眼下社会上流行一句顺口溜叫"防火防盗防记者"。

想到此，高光亮粗粗算了一下工地上需要的轻活人数，比如看场地的、打扫卫生的、做饭的等，然后用和缓的口气说："你们村上的青壮年来工地干活有多少我用多少，至于老人和妇女嘛！"

话说到这儿，他有意卖了一个关子，看到三个人都伸长了脖子等待他的下文，这才突然口气坚决地说："我只用四个老汉看场子，六个妇女做饭洗洗涮涮。"

三个人在一边交头接耳了一阵子后走过来，还是那个年长的村民开口说话："能不能用上六个老汉看场子，八个妇女做饭。"

高光亮说："你家要是盖房搞基建，你能用下这么多人不？"

年长的村民说："我家盖房也没有这么大的场面呀！"

高光亮说："要不这样，我只给你们开四个看场老汉和六个做饭妇女的工资，村上愿意用六个，八个你们内部分配。"

高光亮把话说完，大家一时冷了场。村民想，都说煤老板出手阔气，看来都是传说，你看高光亮咋这么小气。

高光亮也是村民，他太了解他们了，如果自己痛快就答应下来对方的要求，明天还不知道会有谁又闹出甚事情来，得寸进尺永无满足是人的本性。

正在僵持着，突然看到高光亮把手一挥，大有刚才赵成主任指点江山激扬文字的气魄，说道："我做出最后的让步，六个老汉八个女人这是底线了。"

三个村民松了一口气，他们为啥非要六个老汉八个女人上工地干活，这是他们反复商量计算过的，只用四个老汉六个妇女在村里各家各户之间不好分配，用六个老汉八个妇女刚好分配开。后来，当村主任向高光亮道出原委后，高光亮打心底觉得这个村的村民还是实在的。

解决了工地上的麻缠事后，高光亮迅速赶到酒店，路上赵成已经多次打电话催他了，最后一次赵成在电话中生气地说："你咋这么不晓得事理，是工地上的事情重要还是上级领导重要？"

高光亮忙回话道："当然是上级领导重要了，我这就到了。"

打掉牙往肚子里咽，做企业的苦楚只有自己知道，放下电话高光亮三步并作两步赶到酒店的包房门前，他平息了一下赶路时的气喘，推门走了进去。

高光亮一进门，二话不说，拎起一瓶茅台酒倒在一个大玻璃杯中，倒了满满一杯后，当着市县领导的面双手举过头顶，突然开口唱起了酒歌：

三十里的鸣沙二十里的水，

这么远的路上来了一些大领导。

这一杯烧酒我端得起，

一杯烧酒我呀么我喝下了。

唱毕他一仰脖，咕咚咕咚把一大杯茅台酒喝了个底朝天，随着在场人们的喝彩声，酒桌前的气氛一下子活跃了起来。高光亮再次给自己斟满一大杯茅台酒，说："我来晚了，刚才喝的是进场子的道歉酒，现在我给各位领导真心实意地敬上一杯恭敬的酒。"

话音刚落,高光亮继续亮开他的信天游嗓门儿唱了起来:

大红公鸡窗台上卧,
不图喝酒图红火。

他边唱边走到市领导面前,端起一个小酒盅请市领导干了,接着走到县领导面前继续唱:

二道道韭菜带把把,
好不容易遇在一搭搭。

他又端起一个小酒盅请县领导干下后,最后来到赵成面前唱道:

不知道世上还有个你,
还不如咱们两个结成一对对。

唱完后看着赵成喝下酒盅里的酒后,他再次豪爽地一仰脖喝下一大玻璃杯茅台酒。

酒席在热热闹闹的场面中一直从中午持续到下午,直到晚上十点钟才散了摊子。

第二天清晨,高光亮起来洗了个热水澡,感觉酒醒了许多,多年前的高光亮是最不爱洗澡的人,在他小的时候爷爷曾经告诉他说,村里的人一生当中只洗三次澡,第一次是刚出生时,由父母把从炕火里烧好的热水倒在木盆中洗;第二次是结婚圆房前自己烧一锅热水在家里的大瓮里洗;第三次是死后由儿孙们在床前给擦洗干净后,爽爽利利走上阴间路。现在条件好了,用上了热水淋浴喷头,高光亮感觉到如果几天不冲个热水澡,浑身都感到不自在。

就像他的婆姨粉花说的那样,这人啊!享受的毛病都是自己给自己惯下的。

窟野河

洗完热水澡，一身轻松地走进他豪华气派的大办公室，刚一坐下，秘书进来给他沏了一杯他喜欢喝的上好的午子仙毫绿茶放在桌上。瞅着杯中午子仙毫泡出的碧青水波，高光亮像突然想起了什么似的伸手抓起手机，他打电话给柱子，说："你还记不记得黄原煤矿那个搞清洁能源的博士生郑媛？"

柱子说当然记得了，就是那个长得像香草美人一样的女娃娃。

高光亮说："就是她，咱们搞矸石电厂，以后还要上煤化工等清洁能源项目，我看请她来比较合适。"

柱子说："人家还正在读博士，说不定以后还要读博士后呢，她会来吗？"

高光亮说："你去黄原煤矿走一趟，先探探她的口气，看咱们能不能高薪把她请来。"

窟野河煤矿上循环经济项目的第一步：矸石电厂虽然已经破土动工，可是，工业园的全部审批手续还没有完善。市领导过问，县领导催促，赵成着急，高光亮更着急，工业园区要是批不下来，那就是得不到上级主管部门的认可，从某种意义上来说就属于非法建设。

时下地方上的许多项目都是先开工后办手续，为的就是赶时间，等上面手续批下来了这边已经建成投产，领导为官一任既有了面子又有了里子，当然有些项目开工后手续很快批了下来，也有些项目迟迟批不下来，处于待批阶段。赵成主管的工业园区就属于后者，一旦政策有变，这个待批的工业园就很有可能流产。

矸石电厂一动工就是上亿资金的投入，高光亮能不猴急上房？

于是，他第九次开车拉上赵成一起来到省城。这一次他们是有备而来，因为他们打听到了战争年代从高家河走出去的离休老干部高老。高老自从战争年代离开家乡随部队转战全国，后来到了北京当了部一级的大官，离休后时常回省城闲居。

高光亮和赵成根据可靠消息得知，现任省委书记曾经是高老的部下。他们之前想办法拜见了高老，听说是为家乡的经济发展出力，高老一口应承了下来。他们这次来就是接到高老的电话，说他已经给省委书记介绍过项目了，省委书记很重视，会亲自过问此事，让他们抓紧时间到省上办理审批手续。

两个人拉了一车家乡的土特产来到省城再次向高老表达感激之情。当然，高光亮他们不是花不起大价钱感谢高老，只是因为第一次见高老时，他们听说高老喜欢文人字画，高光亮便在香港的拍卖会上花大价钱购得一幅明代大家的山水画给高老送去。没想到高老看到画并确定是一幅真品后，大发雷霆，骂他们："你们两个人这是在搞所谓的雅贿，人间重晚晴，我是从家乡走出去的共产党人，一生的名节岂能坏在家乡？能为家乡做点儿事情是我对家乡人民养育之恩的报答，你们见过哪个儿子会接受娘老子的贿赂，你们这是把事情搞反了。"

自那以后，他们每次来都是带一些家乡不值钱的小米红枣豆钱钱之类的农副产品，高老见到这些土特产很是高兴。

在省城住了一个月，省上的文件总算是走完了程序，批复下来了，接下来就是国土资源部，高光亮和赵成不知道在北京他们又会遇见哪些难以闯过去的坎。

二十二

柱子从黄原煤矿回来了。柱子说他见到了郑媛，人家说她正在做课题研究，没有来的可能。高光亮说："你没有告诉她咱们高薪请她？"

柱子回答："说了，可人家连问都没有问薪酬多少就把我打发回来了。"

高光亮说："看来还得我亲自去一趟。"

第二天一大早，高光亮独自驱车上了刚刚建成不久的高速公路，他要再次前往黄原煤矿聘请郑媛。

高光亮对郑媛的深刻印象，源自他到黄原煤矿参观学习时。一天下午，吃罢晚饭，高光亮和柱子在黄原煤矿文体中心的操场上转悠，看到香草美人般的郑媛正向她居住的专家楼方向走去。

说实在的，也许是郑媛的衣着和身材长相太出众了，老远就能让人一眼认出她来。高光亮紧赶几步来到她的面前，郑媛看到高光亮过来，便微笑着站住问："高老板，你有事吗？"

认识高光亮是因为在第一天的欢迎晚宴上，高光亮举杯为她唱的一曲酒歌，她还能记得高光亮当时唱的歌词：

> 四十里长涧羊羔山，
> 好婆姨出在黄原矿。
> 高家河起身黄原矿站，
> 酒桌前我把姑娘你来敬。

郑媛不善饮白酒，看到对方站在自己面前唱歌敬酒，光顾了歌曲好听，一时走神竟然不知不觉中把酒喝进了肚中。没想到对方看她喝下一杯白酒后，并没有离开，而是歌声一转，继续为她斟满一杯白酒唱道：

> 耳听见哥哥唱着歌儿来，
> 你热身子扑在冷窗台。
> 清水水玻璃隔窗子照，
> 满口口白牙对着哥哥笑。

旁边有人起哄，一杯白酒下肚，让郑媛耳热心跳，香腮白中透粉，一双水灵灵的眼睛蒙上一层雾气。打这以后大家都不再叫她女博士，而叫香草美人。

她说："我不敢再喝了。"

高光亮又唱道：

> 这一杯烧酒我端得起，
> 一杯杯烧酒敬呀么敬你喝。

看来不喝下去这一杯酒怕是过不了今天这一关。郑媛咬着小白牙把一杯白酒含在了口中，等高光亮离开后，她才慢慢把酒一点点咽下肚去，那满嘴的辛辣让她一下子便记住了这个能唱陕北民歌的煤老板。

高光亮说:"我叫你郑老师,你不会介意吧?"

对于年龄刚过三十岁,正在读博士的郑媛来说,还是第一次听到比自己年长的人称呼自己郑老师,她赶忙说:"你叫我小郑就行。"

高光亮说:"那好,小郑老师,是这样的,我那天听你讲你在德国留学的事情感觉很有趣,还有国外在煤炭中萃取化工原料的技术已经很成熟,而且可以解决今后煤炭发展走向一事,我也很感兴趣,你能不能给我详细讲讲。"

郑媛望着眼前这个高大朴实的中年汉子,原本想着不过是一个有着一副好嗓音又会唱好听的陕北民歌的煤老板,听到他突然提出这么一个有远见的想法,心里着实诧异,便来了兴致,何况初次在酒桌前见到这个人,感觉并不讨厌,于是大方地提议:"关于这个问题,怕一半句讲不清楚。要不这样吧,邀请你到我那里,咱们可以多聊会儿。"

想到初次见面就去人家那里,自己又没有带啥礼品,高光亮搓着双手说:"这合适吗?"

郑媛笑了,说道:"看不出来你这个煤老板还很封建。"

高光亮说:"倒不是封建,是礼貌。"

在高光亮的心目中,郑媛并不是那类长得很惊艳的女性,她的美出自文静和白皙,有一种出淤泥而不染的质感。这种质感让人感觉到舒服的同时,也就对她没有了旁的杂念。

高光亮回头看柱子,意思是一起去,柱子说,他晚饭吃多了,想在这里多走走,就不去了。

于是,别了柱子,两个人一前一后走进专家别墅区郑媛所在的公寓一层的会客厅。高光亮坐下后,观察客厅的摆设很简单,落地窗前是一个暗红色的小吧台,吧台左边有两把小巧的藤椅和一个藤编的小圆茶几,靠里面就是他现在坐的位置,一个长条皮沙发和木质茶几,对面是一对宽边单人皮沙发,长条茶几上整齐地摆放着一些书籍。高光亮扫视了一眼,有文学方面的,更多的是专业方面的书籍。

郑媛在小吧台倒了两杯红酒,走过来把一杯递到高光亮手中,一杯自己拿着坐下,举杯说了一声:"cheers!"

窟野河 |

  高光亮知道这是干杯的意思，便一仰脖咕咚一声喝了个底儿朝天。郑媛的嘴唇在白色玻璃杯边轻轻抿了一小口，她把喝进嘴里的红酒含在嘴里，享受着酒的芬芳，当她抬眼看到高光亮一饮而尽的酒杯时，便微笑着咽下红酒，站起身来再次为他斟上三分之一酒杯的红酒后说："你不是要听我给你讲国外的煤化工发展现状吗？那咱们就从这喝红酒说起。酒在地下埋藏了十几年甚至上百年，按照中国天人合一的哲学理念就是，酒也和人一样，是有生命的。它在地下埋藏得久了以后，就会沉沉地睡去，当你把它从酒窖中拿出来后，它还在沉睡，我们先不要唤醒它，所以倒酒时要顺着酒杯的边沿慢慢倒入，然后，轻轻晃动酒杯，这一过程叫醒酒的过程，就是把沉睡的酒轻轻摇醒。如果你猛然晃动，酒就会突然被惊醒，这样的酒是浮躁的，人喝下去心绪也会跟着浮躁，所以当酒一点一点地苏醒后，它是平静的，人喝下去心绪也就自然跟着平静下来，口感就会很好。同时，在晃动酒杯的时候，一定注意要把手放到杯底缓缓摇荡，不能抓住酒杯动作过大，要让杯里的红酒在没有感觉中渐渐苏醒过来，这样的酒喝起来口感才最佳。"

  高光亮望着自己杯中郑媛第二次倒下的红酒，感觉有点儿不好意思地说："我们常年大口喝酒习惯了，从没有细细品味过酒的滋味。"

  郑媛说："酒在人的口中也是有层次感的，绵、软、香、醇、厚、甘一共有六个层次。这和我们舌头上的味蕾有关，所谓甜酸苦辣涩咸六味在人的舌头上是有着分工的，甜辣在舌尖，苦在舌根，酸在舌边，咸在舌尖，而涩味可移动舌面，使之与上下口腔摩擦品出。如果你能细细品味，就能品尝出层次感来。"

  知识女性看待事物的细密性、精准性，以及敏感性，给高光亮的脑海打开了另一扇窗，这让他深感叹服。他有些懊悔地说："听你这么一说啊，我这半辈子的酒算是白喝了。"

  说完这句话屋里的两个人都笑了。

  郑媛说："我给你讲酒，其实讲的是外国人的理念。咱们就拿煤来说吧，几千年来，我们中国人只是把煤当作燃烧的材料，比如它可以取暖，可以做饭，可以烧制瓷器等，却没有人把它分解成不同的属性加以利用，这是人类对煤的最初认知。自从有了化学这一学科，煤在我们的眼中就不单单是以上用途了，它可以发电、可以炼钢，可以推动火车前进，这是人类对煤的认知的第二个阶段，这一时期人类对煤造成的环境污染却不是很在意。上个世纪中期，一些发达国家开始重视煤在运输和燃烧时带来的环境问题，于是有了管道输送和把煤液态化的工艺，后来又有了煤的精细化分解技术。煤的全身都是宝，比如从煤中提炼化肥、煤制油、煤制甲醇，以及煤和天然气一样可以制成清洁能源等，这些技术从根本上消除了煤对环境的污染问题，这是我们对煤的认知的第三个阶段。"

高光亮听得入迷，好些个新名词他还是头一次听到，让他大为佩服的是郑媛能够举一反三地从品酒讲到国外的先进理念，以及对煤的技术开发，可谓是一窍通百窍通，这与其说是在讲技术进步，不如说是在讲哲学。在高光亮的认知世界里，哲学就是有条理地给人洗脑的学问。

自从那次交谈后，高光亮的脑海中便记住了郑媛这个名字，一个美丽大方、有气质又有学问的香草美人。

三个小时后，高光亮的路虎车开进了黄原煤矿的大门。

在黄原煤矿煤炭科技研究所的会客室里他见到了郑媛，郑媛一见他便笑着说："没想到你这个大老板还亲自来了？"

高光亮机智地回答："没办法，一大堆技术项目摆在那里，我是求贤若渴啊！"

坐下后，高光亮向郑媛讲起了窟野河近十年来的变迁，他讲一条清澈的河流是如何断流，如何被人在河床上挖明盘搞得千疮百孔。当他讲到自己儿时在河中和村里的小伙伴们光着屁股在水里嬉戏、水鸟在水面飞翔、一丛丛沙柳树围绕河堤时，郑媛跟着他一起舒心地笑了，仿佛自己也置身其中；当他讲到如今的河床上满是黑泥，植被破坏，飞鸟绝迹，沿岸除了工业化的煤炭外已经没有了任何生机，郑媛的眼前仿佛出现了世界末日景象，她的眼里和高光亮一样噙着泪水。

最后他讲身为环保局长的五爸刘茂盛下大力气整治窟野河的决心，讲到三爸高扬威把自己的全部积蓄拿出来在窟野河两岸植树造林的义举，郑媛眼中的泪花落了下来，她为这些纯朴的人们所感动。

接着高光亮话锋一转，又向郑媛介绍了窟野河煤矿目前的发展现状和未来的设想，他说："我们矿目前还正进行技术升级，所谓技术升级除了矿井从机械化开采向'无人则安'到'无人开采'升级过渡外，学习黄原煤矿的先进经验，走循环经济发展道路的矸石电厂项目已正式开工，预计明年底实现试运转。我们再不能像以前那样野蛮开采、掠夺开采，以生产出售原煤为目的，我们应该走循环经济的道路，保护窟野河两岸十分脆弱的生态。可是，当前困扰我们的是煤炭产业链延伸走煤炭深加工的方向该怎么选择的问题，我想听听你这个专家的意见。"

郑媛问："你们有何初步构想？"

高光亮说："目前还停留在决策阶段，考虑过煤制油、甲醇还有 PVC 几个煤化工项目，但是都不很成熟，也不是很了解它们未来的发展前景。"

郑媛说："我可以和你一起到北京去见一下我的导师李明教授，他是国内顶尖的煤化工专家，你可以听听他的建议。"

高光亮说："那就太好了。"

说到这里，他把手中的茶杯放到桌面上："我这人是个急脾气，咱们何时动身？"

郑媛打开手机翻看日历说："今天是周四，明天周末，那就明天下午从黄原到省城，乘晚上的飞机到北京。我和导师联系好，如果他有时间，后天和李教授见面。"高光亮搓着手说："太好了，让我咋感谢你啊？"

郑媛笑了，她说："在国内，最实惠、最直接的感谢方式就是请我吃饭。"

说到这里她兀自先笑了起来，她觉得从不讨厌他到认可他，让她被眼前这个煤老板的实干精神和创业热情所感染，自己仿佛成了他的团队中的一员，这是一个很会凝心聚力的人，他的身上有着一股说不清道不明的领导气场感染着她。正在走神，耳边传来高光亮爽朗的笑声："吃饭啊，那太容易了，不过我想求你个人一件事你能答应吗？"

郑媛用疑问的目光看着对方，意思是"你求我个人一件事，那会是什么事情呢？"

看到她疑问的眼光，高光亮爽快地答道："年薪一百万请你当我们窟野河煤矿煤化工项目的总工程师。"

尽管上周柱子来时也说到了高薪聘请她的事情，她没有立刻回答，但是今天听高光亮用这么高的薪酬聘她当总工程师，她还是有些意外。一百万对于一个正在搞课题研究的博士生来说，无疑是一笔巨款，然而面对这笔巨款的吸引力，郑媛却很淡定地表示了沉默。

看到她没有喜悦之色也没有表示同意的意思，高光亮想是不是给得少了，她不满意，正要说再加五十万时，郑媛岔开了这一话题，同他谈起了别的事情。

从北京一回来，高光亮再一次召集大家开董事会，他手里拿着一大摞可行性报告对大家说："希望大家赞成上煤化工项目。"

一石激起千层浪。

大家想，这个不安分的人又要闹甚幺蛾子。

杨圪劳坚决反对，他和其他董事一样，只想着年终能够多拿红利，会议上高光亮拍了桌子，他把一厚摞可行性报告材料掼在桌上，说："都是些土地脑袋，煤挖完了咋办？将来煤卖不出去了咋办？咱们的后代子孙吃甚、喝甚？"

没有人回答他这个问题，因为这个问题毕竟离他们太远。

杨圪劳说："儿孙自有儿孙福，现在煤炭市场不是很红火嘛，咋会说不行就不行了？就是市场下滑那也得有个过程不是，到时咱们再考虑也不迟嘛！"

有人点头表示赞同杨圪劳的观点。

高光亮说："到那时恐怕就晚了。"

直到外面的天空渐渐暗淡了下来，依然没有人表示同意他的想法。高光亮感觉到，自己此时此刻有点儿众叛亲离的意味，只得宣布散会，说："这件事情我看咱们以后再议吧。"

二十三

留守省城替银强搞项目投资的包包工头，现在已经是银强的投资公司驻省城办事处的主任了，他现在的称呼是包主任。包主任来向银强汇报，他拿出收购城市中心一家星级酒店的方案。

窟野河

　　银强这几天正为房娥追要她的二百万元提成款烦心，自从杨圪劳把一千万资金打到账面上后，房娥就追着要银强那天晚上在卡拉OK歌厅答应给她的提成，银强不是不想给她，只是大量的资金都投到收购期房中去了，再加上每月所要偿还的高额利息，他的手头的确有些紧，被房娥追要得紧了，银强思谋，"真是戏子无情，婊子无义"，便想着出去躲个清静，离开一段时间到省城散散心。

　　于是，银强便和包主任一起前往省城，说是去考察那家酒店，留下房娥主持公司工作。精明的银强让房娥主持工作，财务大权还是由他遥控指挥，他怎能把财权交给一个他并不信任的女流呢，何况还是一个婊子。

　　自从提成款一事出来后，银强开始打心眼里提防着房娥，但是他很清楚房娥手里抓着自己的把柄，他们现在是一根绳上的蚂蚱。

　　当然，房娥心里也有数，她并不怕被他甩掉，惹急了大不了大家一起同归于尽。

　　来到省城，刘银强在包主任的陪同下去看了那家酒店。酒店的地理位置很好，位于城东，跟前有几所高等学府，人员密集，银强乘上电梯自下而上走了一遍，一共三十三层，门前标着四颗星。银强懂得这是四星级酒店的标识。

　　听包主任说，酒店的老板是一位港商，因遭遇全球性金融危机，他在香港的公司亏损严重，不得不卖掉这座酒店偿还银行的债务。起初对方要价一亿五千万，后来经包主任和港商多次谈判，现在的价格是一亿三千万。

　　银强想，港商正急着用钱，那就再压压价，如果能一亿元拿下来不是更好？反正自己又不急着收购酒店，而是对方急着要出手，都说买家没有卖家精，那也看什么时候，具体问题具体分析。

　　于是，他授意包主任继续与对方周旋，如果能压到一亿元他就出面签合同。

　　安顿好以上事务后，银强的脑海里突然就想到了洗头房里那个叫咚咚的女子，于是开着他的奔驰车在城市拥堵的道路上行走了四十分钟，总算来到了当年他寄人篱下的那家洗头房门前。这么多年过去了，洗头房的门脸一点儿没有变化，破旧的门头上挂着几串霓虹灯，门内暗红的灯光若隐若现，透出令人想入非非的欲望。站在门前，银强的内心就有了衣锦还乡的风光感。

可是走进洗头房,早已是物是人非。现在的老板娘是一个个头儿不高、看上去很精干的南方少妇,看到来了主顾,老板娘热情地过来相迎,问他需要什么样的服务?

银强说:"你们都有些甚服务?"老板娘娴熟地回答:"吹拉弹唱,比翼双飞样样都有,就看你想要啥了。"

银强曾经在洗头房混过一些时日,他知道吹拉弹唱,比翼双飞的套路,于是问道:"我要做全套花费下来得多少钱?"老板娘一看来了大主顾,激动得赶忙给他倒茶,让他坐下后说:"全套下来八百八。我看你的穿戴也是有头有脸的人,做生意不打上门客,我再给你打八折,咋样?"

银强笑道:"八百八打八折是多少?"

老板娘拿起手机,打开手机上的计算器麻利地算了起来,说:"一共是七百零四元,零头舍掉,你给七百元吧。"

听说进来了一个大主顾,从后面的隔间里走出好几个小姐,她们很快就围住了银强。银强看到里面并没有咬咬,于是问起当年的那个老板娘,现任老板娘说她并不知道那个人,因为这个洗头房几乎年年换老板,到她手上早已记不清是第几任了。

银强正自失望,突然一个小姐过来说,店里有个记事本,那天她在上面翻看时,好像记得前几任老板的电话在上面。

银强说:"能找来我看看吗?"

那个小姐立刻发嗲道:"老板,你坐我的钟吧。"

银强从兜里掏出一百元钱递给她说:"好,我坐你的钟。"

小姐拿了钱很快飞了出去,不一会儿真就拿来一个早已被翻得脏兮兮的没了边角的记事本来。银强很快找到了当年那个老板的电话号码,打过去一问,对方说现在城南开洗头房。为了找到咬咬,银强也没有让那个小姐坐他的钟,站起身来走了出去,后面传来其他小姐的嬉笑声:"你这回可赚大发了,钟都没坐还得了一百元钱,给老板交三十元份子钱,你还白得七十元。"

那个得了钱的小姐自豪地说:"碰见傻×了。"

这最后一句话银强没有听到,因为他已经上了他的奔驰车并关上了隔音很好的车门。

找到城南的那家洗头房，当银强从奔驰车上走下来后，对方一眼就认出了他，操着浓重的秦腔说："真没有想到你现在成了大老板了，都说眼下的陕北到处都是煤老板，见到你我才相信真的是名不虚传。"

银强跟着老板娘走进洗头房，看到小姐们一个个慵懒地横七竖八在沙发上歪斜着，他从西服口袋中掏出一盒软中华打开给她们散发，他知道小姐们生存在这样的环境中大都抽烟。看到银强给大家散发中华烟，而且是开着大奔来的，就有小姐抛着媚眼冲着他骚情。

银强问道："你们当中谁认识有个叫咬咬的女孩？"

小姐们围坐在那里抽烟，都在问："谁是咬咬？咋就让煤老板看上了。"

口气中便多了几分嫉妒的语气。

老板娘说："你找咬咬呀，好长时间没见到她了，听说去了南方。"

银强知道这娱乐行业的人没个固定，在一个地方待上三个月，顶多大半年，就换一茬小姐，否则总是老面孔，那些个肯花钱的熟客就会越来越少。

要想在这流动性频繁的行业找一个多年前的过客，无异于大海捞针。

老板娘说："我这儿还记有她的电话，也不知道她现在是否换了号码？"

从老板娘那儿拿了咬咬的电话，银强走出光线昏暗的洗头房，外面阳光明媚灼人，银强想先回宾馆吧，于是，开着气派的奔驰车绕过城墙向他下榻的宾馆驶去。

回到宾馆，看到包主任早已带着两个职员谦卑地站在酒店大厅等候了，银强过来和他们一一握手，包主任说："港商那边已经谈好了。"

银强问："一个亿他同意了？"

"同意了，他急着用钱，香港那边的银行催得紧，如果这个月他还不上银行的钱，他以后就没法在香港立足了，在香港一个人的信誉就是他的商业生命。"包主任说。

银强哦了一声，没有再多说什么，一行人乘电梯上楼来到银强住的总统套房，房间内一缕淡淡的雅香飘浮在空气中，据说这是法国香水特有的气味。

几个人坐下来商量了半天，决定明天上午十点在酒店签约，包主任问："要不要搞一个规模稍大的签约仪式？"

银强说："要，一定得要。"

在银强的心目中，这个签约仪式要远远超过他购买酒店的意义，他不但要搞这个仪式，而且还要搞得排排场场，请媒体来做一个大规模的宣传，让家乡的官员和熟人，不，让全省人民都知道他刘银强现在也是商界上的风云人物了。

交代完明天的事情后，包主任带人离开，银强坐在宽大的欧式沙发中，两眼望着窗外繁华的都市街景，突然想到了咬咬，于是打开手机查找到她的手机号码拨了过去，手机听筒嘀地响了一声后传来机器小姐冷冰冰的声音："你所拨打的电话已关机。"

银强颓然扔下手机，仰脸躺在宽厚的沙发背上，他突然意识到自己为啥会颇费周折地去找一个多年前相识的小姐，在他的脑海中，咬咬的模样都已经不很清晰，是长脸还是圆脸呢？她的发型和衣着也是模糊不清的，唯一的记忆就是咬咬这个名字，还有就是当年被她冷言冷语赶出洗头房的尴尬场景。

银强突然感觉到自己这么执意地寻找她，其实为的就是一份内心的满足感。到了晚饭时间，包主任打电话请示在哪儿吃饭？他让包主任带着人先吃，他把自己关在房间没有出去，只是点了送餐。

华灯初上，都市的繁华夜景把宽大的落地窗映得透亮，银强关上房间所有的灯，默默望着落地窗外面的城墙，想起几年前自己头发蓬乱一身脏兮兮的外衣在城墙下流浪的情景，真的是恍如隔世。

正在胡思乱想，房间的电话响了起来，他拿起电话喂了一声，听筒那边一个嗲声嗲气的女孩子的声音传了过来："先生，请问您需要特殊服务吗？"银强当然知道这特殊服务意味着什么，有个女人相伴也是今夜不错的选择，他说："需要。"

对方的口气马上激动起来，说："先生，能为您真诚服务是我们的荣幸，我们这儿是明码标价、童叟无欺，绝对不会出现拉客宰客现象，请您放心。"

银强说："我要最贵的。"

十分钟后，外面有人敲门，银强起身走过去开门，听到门外传来一女子的声音："您好！"

银强犹豫了一下，打开了房门。他看到昏暗的灯光下站着一个身材高挑、穿白色半透明纱裙的美貌女子，透过纱裙，银强能够清晰地看见她性感的乳沟和粉红色的奶头。女子冲他"嗨！"了一声后走进了房门。优雅地走到吧台前，动作娴熟地倒了两杯红酒，一杯递给银强。银强接过酒杯问："你是哪里人？"

女子微笑着说："外地人。"

银强说："你说话真好听，像讲鸟语。"

女子听完嘻嘻笑着举起酒杯说："cheers！"轻启朱唇抿下一小口，银强咕嘟一声喝完了杯中的红酒，他的注意力早已不在酒上，他的双眼一眨不眨地盯住对方白得有些虚幻的身体。

当女子转身要再次为他斟酒时，银强从后面紧紧抱住了那诱人的胴体，窗外的霓虹灯映射进来，把弥漫着法国香水气味的屋内空气瞬间点燃。

第二天上午，酒店转让签约仪式在三层的豪华会议室隆重举行。

银强携手昨晚与他缠绵缱绻一宿的女孩来到豪华气派的大型会议室，人是衣裳马是鞍，这话一点不假，当这一妖艳美貌女子换上一身纯白色职业西装走进会议室时，她的仪表和气质完全吸引了在场所有人的目光，她已于昨晚被银强在床上任命为公司驻省城办事处的行政助理。

一走进会议室，银强深为包主任和他的能量所佩服，短短十几个小时，会议室里横幅、彩色喷绘等招贴画和宣传标语，甚至包括参加会议的各界社会名流、离职官员名单，以及他们的姓名桌签都一应俱全。一问才知，原来社会上专门有以举办社会活动谋生的公司，包主任说："只可惜时间太仓促，否则，他们还能从北京请来离职的部级干部。"

二十四

高光亮再次把董事会成员召集到一起，这一次他请来了从事煤化工研究的女博士郑媛，通过郑媛给大家讲解煤化工的未来前景，让董事们明白，煤化工产业将会是单一化生产原煤的矿井今后的主要发展方向。

　　课堂上，郑媛从工业革命开始，给大家讲国外煤炭发展历程。她说："如今的国外煤炭生产企业只有百分之三十的原煤是用来出售的，其余百分之七十的原煤都是自用煤，所谓自用煤就是煤炭产业链延伸，比如煤制油、制焦炭、PVC等。就拿我们现在的焦炭来说吧，市场上一吨煤的价格是四五百元，而经过煤炭加工后的一吨焦炭价格则在一千元左右。同样是煤，经过深加工，它的价值就翻了一倍。再比如把煤制成油的市场价格是一万元一吨，其价值翻了十倍。"大家目不转睛地盯着郑媛，杨圪劳坐在那里心里想，这个高光亮也真能耐，弄来一个美女来给大家说煤炭，自古以来煤矿就不许女人沾边，看大家的眼睛就明白了，他们哪里是在听课，分明是在看人嘛，美女哪个男人不爱看！如果上了煤化工项目，那股东们今年的红利就泡汤了，这个道理谁还能解不开，任凭你说得天花乱坠，就是把天说破也是这么个理。

　　想到此，杨圪劳在心里酝酿出一个新的夺权计划。

　　当天晚上，杨圪劳开始了他的行动，吸取了上次的失败教训，他没有把大家召集起来一同讨论此事，而是一个一个地上门交谈，采取各个击破的战术。听说要把煤矿的利润投入到煤化工项目上去，今年大家的红利就减少了，股东们一连声地表示反对。杨圪劳找到几个大一点的股东，提出合并成一个大股在他名下，以抵制高光亮上煤化工项目。他的想法是，只要自己的股份在矿上超过高光亮，就要求立即召开股东大会，改选董事长。

　　当然他的行动必须在暗中秘密进行，不能让对手有所准备，否则，前功尽弃不说，还会打虎不成反被其伤。

　　清晨，高光亮和郑媛散步来到窟野河边，看到不远处的河道两岸一片绿色，高光亮用手一指说："那里原来是荒沙地，前些年我三爸自掏腰包开始在那儿植树造林，防止水土流失，现在看来是初见成效。"

　　郑媛听高光亮讲过他三爸高扬威的故事，她很想见见这个传奇人物，于是说："我们现在过去能见到他吗？"

　　高光亮说："当然可以。"

窟野河

两个人下到河底，沿裸露着沙石的河床，深一脚浅一脚地向着那片葱茏的绿色走了过去。

高扬威手持铁锹站在沙峁上，望着眼前这一片绿地，陷入沉思。

他想起多年前自己结婚时的场景，高家河村子里响起一阵鞭炮声，母亲和嫂子王英熬下一锅猪肉酸菜烩粉条，请村上有头有脸的人来家做客。新媳妇的家住在窟野河上游，天还不明，哥哥高扬成就套好毛驴车和他一起告别家中的父母，引上迎亲的队伍出发了，他们沿着窟野河堤走了两个多小时的路程，才赶到新媳妇的家里。

高扬威给丈人家放下一块连刀猪肉，按照当地的风俗习惯讲这叫离娘肉，一行人吃罢娘家人准备的一桌饭菜后，匆忙上路，他们必须赶在正当午之前回到高家河。

他还清楚地记得，那天回来时天空下起了毛毛细雨，按照老辈人的迷信说法，结婚下雨不吉利，当时迎亲的人都是年轻人，谁也不忌讳这些，事后想想，应该绕路走河堤上宽敞的沙石路，可是为了赶时间，大家还是决定冒雨走河堤下面。虽然那天下的是小雨，但是往日清澈见底的窟野河水还是显得有些混浊。

中途，雨越下越大了，毛驴车时不时就会陷在沙窝地里，动弹不得，为了减轻车的负重，新媳妇只得下车。依照规矩，新媳妇从娘家出来，在没有走进夫家前双脚是不能沾地的，所以只能由高扬威背上她走。遇到好的路段新媳妇坐车，遇到不好的路段高扬威背她。这么走走停停，后来雨停了，迎亲队伍的行进速度开始加快，紧赶慢赶才在正午时分之前回到了高家河。

事后他才知道，是大嫂王英灵机一动，拨慢了家里的座钟，为的就是避免沾上晦气。

按照当地的习俗上讲，过了正午迎回来的新娘要么是二婚，要么就是鬼亲。那个时候，生在新中国长在红旗下年轻气盛的高扬威当然不信这一套，也就没有把这当回事。可是，这世间的事情说是巧合也行，说是命中注定也罢，事实是后来真的就应验了。

婚后不久，高扬威开始发烧说胡话，一发烧就是一个月，医院查不出病因，没法对症诊治，打退烧针吃消炎药都不管用，只好从山西那边偷偷请来一个神汉作法。听说那个神汉新中国成立前曾是五台山上的道士，新中国成立后还了俗待在家中，懒得操持农活，整年无所事事，依靠偷着给人算命为生。

他还清楚地记得那天晚上，自己盖了三床被子昏昏沉沉地睡在炕上，神汉坐在地当间，嘴里嘟嘟囔囔不知念叨些啥，睡梦中他只是感觉到有许多小鬼神怪在脑海中闪现。

后来天就亮了，神汉拿上钱走了，高扬威竟然奇迹般醒了过来，却留下了不能生育的病根。两年后，他只好把女人打发回了娘家让人家再嫁，自己从此终生不再娶。三年后，他孤身一人走了一趟五台山，寻见那位道士，死磨活缠让道士教他算命，从此，拜道士为师，学了三年的麻衣相术。

前些时候听人说起，说他的前妻回娘家后不久便重新嫁了个光棍汉，还生下一双儿女，男方家里现在也经营起了煤矿，成了煤老板。

他在心中祝福她找到了个好人家，安安生生地过好一辈子的日子比啥都强。想到此，高扬威唉地叹了一口气，感觉胸口有些发闷，便张嘴唱起了信天游：

> 羊啦肚子手啦巾哟，
> 三道道个蓝，
> 咱们见个面面容易，
> 哎呀拉话话的难。
> 一个在那山啦上哟，
> 一个在那沟，
> 咱们拉不上那话话，
> 哎呀招一招手。
> 瞭不见那村村哟，
> 瞭不见那人，
> 我泪格蛋蛋个在，
> 哎呀沙蒿蒿的林。

窟野河｜

他的嗓音粗犷嘹亮，加上是直抒胸臆，唱出来的歌声就显得高亢苍凉，远远听来给人一种浑厚无穷的生命力量。

郑媛走在山坡下，听到这首歌，竟然激动得眼泪在眼圈里打转，这种原生态的朴实让她的内心隐隐作痛。如今的城市化让这种原始的真诚与朴素渐渐远离了人类，她为在这里还能听到最美最动人的信天游歌声而大为感动。

走上山坡，高光亮向两人互相做了介绍，郑媛听高光亮说，他三爸就是这窟野河的活字典，她很想听三爸讲讲窟野河的故事。

高扬威放下手中的铁锹坐在一块石头上，嘴上叼着烟斗，两眼望着朝雾迷蒙的窟野河，也许是人老了喜欢回忆的缘故，他非常愿意给人讲过去的事情。

于是他说道："你们看这窟野河水流到高家河这一带像个甚形状？"

紧接着他又自问自答地继续说："像一把由西北向东南摆放着的唢呐，咱们高家河就在这唢呐的喇叭口上，所谓山水环抱，围而不塞，正是藏风得水的风水宝地。相传前清时期，康熙皇帝巡幸到此，感觉到身子疲乏，于是下马小憩，忽做一梦，梦中听到流动的河水声宛如人在哭咽，醒来后称此河为'哭咽河'，随行的人提醒他，皇上是百姓的父母，岂能听您的子民们如此长年哭咽，康熙随即改口道：'窟野河。'自此，窟野河的名字一直流传至今。

"窟野河在上游的内蒙古境内不叫窟野河，它还有个内蒙古名字叫乌兰木伦，乌兰在蒙古语里是红色的意思，木伦是江河的意思。这里还有一种说法，说它流经高家河一带，因河床下面布满被河水侵蚀的沙坑，河水经过时如注入洞窟中发出窟窟的声音，你们再看它流经到这里，与高家河交汇后形成喇叭口形状，突然开阔，野性十足，因此，人们把它叫作'窟野河'。

"民国初年，这一带属于一个蒙古王爷的领地，后来蒙古王爷家道中落，生活落魄，将窟野河两岸的土地分别卖给了四个家道中兴、财大气粗的汉人地主，从此成为汉人居住区。前些年我到内蒙古去，内蒙古人还在骂那个败家的王爷，否则，这地下的宝藏现在说不定应该归内蒙古人所有。"

讲到此，高扬威两眼深情地望着窟野河那早已干涸的河床，陷入沉思。

大家随着他的目光望向窟野河，现如今却早已听不到它的哭咽声了。

过了一会儿，高光亮说："三爸，我此次来是有一事相求。"

高扬威老汉叼着烟袋转过身来望着他，他说："我们矿打算组建窟野河煤矿文工团，一是响应政府号召，用矿工喜闻乐见的形式宣传煤矿安全知识，二是把信天游、秧歌，还有陕北腰鼓等传统文化传承下去。我想请你出山担任文工团的团长，怕你不愿意……"

高扬威打断他的话干脆地说："这是一件好事情，我应下了。"

晚上，杨圪劳来到一名董事家中，窟野河煤矿原始发起人一共有十九人，在这十九个人的股份当中又套着很多小股民，大股东套小股民的现象在这一带是十分普遍。按照投入原始股多少排列，他计算这是第五名股东，前四名已经答应把股份转让在他的名下，只要能说服这第五名股东转让股份到自己名下，他在窟野河煤矿的股份就占到了总股份的百分之四十一，这样一来，他就能多出高光亮一个点子。别小看了这一个点子，他咨询过律师，这一个点子就能让他代替高光亮成为窟野河煤矿的董事长。董事长就是一把手，就是说话算数的人。

杨圪劳给对方做工作说："去年高光亮要上矸石电厂项目，到了年底，我们每人少分了几百万。今年他又要搞煤化工，我了解到这煤化工项目不是好做的，动辄投入几十乃至上百亿资金，如果咱们真的由着他的性子来，恐怕今年年底的红利一分也拿不上了。"

看到对方沉默着，沉默就是犹豫，杨圪劳心里这么想，于是，接着说道："你说咱们投资为了个甚？又图了个甚？难道是不图挣钱图红火？"

看见对方点头，杨圪劳心说："有门儿。"

他从说服前面几个董事中获得了经验，接着表露出自己的心迹："我看哪，如果咱们再让高光亮当这个董事长，明年大家就都拿不到分红了。"

对方问："那你说该咋办？"

听到对方开了口，杨圪劳心中就有了八分把握，他继续说道："我现在还是个副董事长，如果要我当上董事长，我就不提倡他这么干，挣下钱就给大家分，决不提留任何款项。"

167

对方又问:"你咋样能当上董事长?"

杨圪劳道:"从法律上讲,谁投入的股份多谁就是董事长,如果把你的股份归到我的名下,咱们几个股东联合起来形成一个超过他的大股,我就是董事长了。"

对方说:"大家把股份都并给了你,就不是股东了,如何表达我们的诉求呢?"

杨圪劳早有准备,他说:"咱们可以搞一个内部协议,说清楚,以后不管上甚项目,首先大家意见统一后再向董事会提出来。"

对方觉得这是阻止高光亮胡尿乱整的一个方法,但是还不是很牢靠,说:"让我想想吧。"

高扬威组建的文工团在矿上的多功能厅进行汇报演出。演出那天,人们挤满了大厅,大厅里四台立式空调开足马力在那里呜呜地运转,室内的空气依然感觉到有些沉闷。当然,这只是粉花一个人的感受,看着台上貌美如花的女子一个个登台亮相,唱歌跳舞,插科打诨,粉花的心里很不是滋味。她心想,光亮这是想干吗?女人的敏感让她在有了想法的同时也有了危机感,她现在毕竟是人老色衰,美貌对于年过四十的她来说,已是明日黄花。不是有一句话说,男人四十一朵花,女人四十豆腐渣,她现在已是豆腐渣的年龄,而光亮现在还是一朵花的年纪。男人有钱就学坏,女人学坏才有钱,没钱的男人最老实。当年自己嫁给高光亮时,穷得叮当响,她没有这种危机感,因为她知道,那个时候高光亮没有资本出去胡骚情,现在就不同了,他不但有了钱,而且有花不完的钱,那些个想学坏的女人,还不得可着劲地勾引他!

想到此,她不敢再往下想了,于是,自言自语道:"刘粉花啊!你可要把自己的男人看牢靠喽。"

坐在一旁看戏的红花转过头来问:"姐,你说甚?"

她从沉思中惊醒过来,两眼望着台上正在露胸扭腰的那一女子。现在她看到谁,只要是年轻漂亮的女人,都让她感觉到危机,何况是让她面对这一群文工团的美女,她更加感觉到了危机四伏。

她闭上正在冒火的双眼,镇定了一下自己,低声说道:"没说甚。"

这声音连她自己都觉得像是蚊子叫。

演出还没结束，高光亮就被赵成叫走了。赵成在电话中告诉他，国家级工业园的审批手续现在已经到了总理办公室，听说近期就要开总理办公会研究确定新的国家级工业园项目，让他安顿好矿上的工作，跟自己一起到北京打听消息去。

前年秋天，工业园项目从省上报到北京后，高光亮跟着赵成往北京没少跑。可是谁知道由于准备不足，材料提供得不够充分，在前年的总理办公会上他们的工业园项目没有得到批准。

事后赵成听总理办公室的人说，他们看了上报的材料后，也很想为老区人民办点儿好事实事，可是如果上一个没有科学依据的工业园，那是对老区人民不负责任。经过一年多的重新准备和科学论证，赵成说："这次再不能有闪失了，否则，给市县两级领导都交不了差。"

这次来到北京，正赶上召开一年一度的两会，各大宾馆都挤满了人，好不容易才在一家小旅馆的地下室找到一间小房子，两个人便凑合着住了下来。

赵成说："这次也不知道能不能批下来，我们还是先打探打探吧。"

高光亮说："咱们人生地不熟地找谁打探去？就是送礼也没个送处啊！"

赵成说："我有办法，咱们还去找高老，让他直接给总理办公室打个电话问问情况。"

高光亮说："这能行吗？"

赵成说："行不行也得试试。"

于是，两个人扛着一袋家乡的小米，再次登门来到高老在北京的家中。看到两个人来了，高老问："你们的项目还没有通过吗？"

赵成说："前年总理办公会上没有通过，听到说下周开会再次研究，我们就来了，高老，您德高望重，家乡的人民还得仰仗于您。"

高老坐在宽大的沙发上双手捋了捋花白的头发，说："还是那一句话，能为家乡人民做点儿实事好事，也是我的心愿。"

听到高老如此说，赵成赶忙顺着他的话说："高老，家乡人民穷啊，'文革'

窟野河

十年让咱们家乡的人都穷怕了，如今开发了那里的煤田，好不容易找到了一个脱贫致富的路子，可是您看这项目批不下来，作为一个基层领导，我也着急上火啊。"

高老感同身受地点点头，痛快地说："我虽然离休在家，还是很愿意为家乡的人民发挥一些余热的，你们说需要我做些甚事？"

高老说完这句话后，眼眶里噙满泪水。

受到高老的影响，高光亮和赵成的心情都很激动，赵成动情地说："高老，我代表家乡的人民感谢您。"

于是，赵成就把他担心项目审批不下来的事情讲了出来，高老听后，沉思了一下，说："这样吧，我给总理办公室的一个熟人打个电话，看他有没有什么消息。"

说完这句话，高老起身走进里间打电话去了，客厅里剩下的两个人耐心等待着。直到此时，他们才仔细观察高老家中的会客室，这是一间长方形的不到三十平方米的房子，一对小沙发和一个长沙发环形围着一张长条木质茶几，茶几上摆放着瓷质的白茶杯茶壶，茶壶上印有毛主席的画像和"为人民服务"字样的语录，进门靠墙处竖着一个笨重的木质大书架，那书架看上去大概有些年头了，好些地方的漆面都已脱落，裸露出打底的泥子。

书架上整齐码放着马克思恩格斯全集、列宁全集和毛泽东选集，高光亮仔细地看了，那套毛选一至四卷本是竖行繁体字，看来有些年头了。第五卷是横版简体字，被翻开单另摆放在一处，看来高老还正在阅读它。

不一会儿，高老从里间回到客厅，向两个人说，他已经和总理办公室的那个熟人通了电话，讲了老区人民想过上好日子的愿望。对方说他会随时关注事情的进展，如果各方面都够条件，他们一定为老区人民办成这件实事。

最后高老说："你们就放心等着吧。"

两个人千恩万谢地走出高老家。

赵成说："这回我的心总算是放下了。"

二十五

杨圪劳终于把最后一名董事的工作做通了,他就等着高光亮从北京回来,立即提议召开董事会,看来他当上董事长是指日可待的事情。

为了保险起见,他再次约见了那名山西来的律师。他没有找本地的律师,就是怕本地的人面子熟,在一起喝酒聊天当中,不小心透露出去,让高光亮的人知道了会有所防备。

律师明确告诉他,按照《公司法》规定,只要这名股东的股份在公司排名第一,那么召开股东大会改选,这名股东就是董事长。

在咨询了律师后,杨圪劳的心中有了底,于是,他把几名股东叫到一起,共同商量起草合股协议,协议中说明其他几名股东的股份合在他的名下,这样一来,他的股份就超过高光亮一个点子。如今是万事俱备,只欠东风,就等高光亮从北京回来接受这一事实。

高光亮和赵成从北京回来,国家级工业园的批复跟着也下来了。

赵成为工业园成立剪彩仪式做准备,高光亮忙着矸石电厂试运转,杨圪劳找到高光亮要求召开董事会,高光亮说,等忙完矸石电厂的事情后再说,杨圪劳心想,看你能拖多久。

工业园正式投运剪彩那天,听说省上主管工业的副省长要来,市县两级领导更加重视,纷纷提前来工业园视察筹备进展情况。

作为第一家进园,又是第一家投入运营的企业窟野河煤矿矸石电厂,就成了各级领导前来视察的重点,高光亮每天的大部分时间都是在迎接领导。到了正式剪彩那天,当各家进驻工业园的企业职工排着整齐的队伍进入提前划好的场地后,省上领导一行人却因长长的拉煤车队伍堵塞交通,迟迟没到现场。

一直等到下午一点半,好不容易等来了一队小车,副省长引着一行人健步走过沙地上铺着的红地毯，走上主席台，站在话筒前讲话。当他讲到祝贺工业园区盛大开业时，突然就从西边刮来一阵大风，整个场地瞬间尘沙飞扬，隔着几米远的距离就看不清楚人影。等到风沙过后，灰头土脸的高光亮站在主席台前，仰脸看那位同样是灰头土脸的主管工业的副省长，只听副省长说："同志们，现在是创业阶段，创业阶段是我们最艰苦的时期，改善我们的生存环境还是要靠我们的双手。"

下面传来稀稀拉拉的鼓掌声，跟着是雷鸣般的掌声响起。

在矸石电厂刚刚建起的职工灶，高光亮代表工业园区管委会接待了这位副省长，因为管委会根本没有能力一下子接待这么多人。

酒宴上，一个十八人台的主桌设在中间，旁边摆放着四个十人台的圆桌，桌上没有山珍更没有海味，全是当地特色菜；还摆放着入驻园区的当地一家酒厂的酒。这个主意是高光亮给赵成出的，官场和商场一样，也需要时时出新，出奇制胜。

赵成经过考虑，最终还是决定采纳了他的意见。副省长来到桌前，看到桌上的酒菜后，大为满意，连说五声"好！"原本还在担心副省长会对这样的安排不满意的县领导，这才悄悄松了一口气。

副省长端起酒杯说："今天我破例喝上一杯酒，这桌酒席让我看到了工业园区的未来，打本土牌，走本土化道路，把优势资源就地转化，这才是有长远眼光。"

他的话音刚一落下，高光亮举着酒杯走上前来给副省长敬酒，他亮开歌喉唱起了信天游爬山调。

> 上河里的鸭子下河里的鹅，
> 一对对大眼眼照省长。
> 煮了那个羊肉哟倒下那个酒，
> 叫一声省长哟请你喝下。

自从做起生意后这么多年以来，高光亮很少唱信天游，今天这么大的领导干部能到他的厂子里来吃饭，他心里由衷的高兴。同时他也是用这种方式给这位主管工业的副省长留下深刻印象。他的嗓音浑厚，不加修饰，有着原生态的美，竟然感动了副省长。只见副省长一仰脖喝下杯中酒，说："高老板好嗓音，天生唱信天游的材料，我看你不要当老板了，到省文工团当歌唱家吧。"

副省长的诙谐幽默引来大家紧随的笑声。

紧接着高扬威的煤矿文工团登场了，高光亮对副省长说："我刚才那是开场白，真正的主角登场了。"

红光满面的副省长望着同样红光满面的高光亮说："高老板有胆识有魄力，我记住你了。"

第二天一大早，老雕带着一个看上去文质彬彬的中年人来到了高光亮的办公室。老雕介绍说，这就是当年他在小旅馆遇见的那名王工程师，煤制油专利项目的发明人。

高光亮与对方握手，然后请王工程师和老雕就座。王工程师屁股还没有坐稳当，就从包里取出一沓资料，高光亮大概翻看了一下，有专利证书，可行性分析报告，以及当前国内外煤制油开发现状等材料。他曾经听老雕介绍过王工程师，此人原是东北某大学的化学老师，多年前，因痴迷于水制油研究，所谓水制油就是把水变成油。高光亮记得多年前报纸上曾经报道过此事，说东北有一发明家通过多年研究，成功掌握了把水变成油的技术，记得当时报纸上说，记者还亲自采访见证了把水变成油的全过程，就是把经过分解后的水加入汽车中，再加入少量的添加剂后，汽车就能发动上路了。没想到今天见到的这个人就是当年风靡全国的水制油的发明家。

王工程师说，他当年搞水制油项目，基于一个基本的理论，就是把水分解成氢和氧，利用分解后的氢和氧燃烧，助推发动机，推动汽车前进。

可是经过多年的努力，让他卖掉了家里的住房，花光了全部积蓄，那个科研项目最终夭折了。

这期间他做过倒卖土豆、大豆、大米的生意，攒下了一些积蓄，后来，听说陕北发现了大煤田,是世界上八大优质煤田之一,当时全世界都在搞煤制油热,这个消息再次激发出他的热情,于是,怀揣着煤制油的梦想他来到了陕北,开始从事煤制油项目研发。

他一边做他的农副产品生意,一边搞煤制油开发项目,他几乎把挣到的每一分钱都花在了煤制油上。俗话说,有志者事竟成,功夫不负有心人,他终于成功地完成了煤制油开发项目,并且相关技术获得了国家级专利。

高光亮深为佩服王工程师的执着追求精神,多年的打拼经验,让他明白了一个简单而朴素的道理,一个人的一生中不论做任何事情,只要你能够坚持下去,就一定会有成功的那一天。

只可惜我们中的很多人花掉了一生的时间也没有弄明白这个道理,他们今天信誓旦旦地去做这个事情,明天又信誓旦旦地去做那个事情,从黑发人折腾成了白发人,结果一直到老还是一事无成。

但是,钦佩归钦佩,对于高光亮来说,煤制油还是一个陌生的领域,从可行性报告上看,煤制油项目一旦动工,动辄就是十几个亿的资金投入。为了慎重起见,他没有表态,只是说一要搞调研和实地考察,二要通过董事会研究决定。

他问王工程师,能否留下相关资料,王工程师犹豫了一下,最终还是答应了他的这一要求。

送走老雕和王工程师后,高光亮回来看到副董事长杨圪㞗正坐在办公室等他,高光亮便兴奋地把煤制油的项目告诉给了杨圪㞗。杨圪㞗听后好像并没有多大的兴趣,只是说,这个项目投资太大,而且也没有把握一定就赚钱,何况你也知道,股东们只关心他们的年终红利,我们把利润都投到新项目开发上去,拿什么给大家分红?依我看董事会上是通不过的。

就像火山刚刚爆发就遇上了冰冷的海水,烧红的錾子突然被铁匠放进了冷水中淬了火。

杨圪㞗当头一盆冰水浇醒了高光亮,是啊,头脑发热是要犯错误的,一个错误就会让上亿的资金血本无归,看来还是慎重的好。

看到高光亮从刚才的狂热中冷静下来,杨圪㞗再次提出召开股东大会的事情。高光亮看看腕上的手表说："我这就动身乘坐中午的飞机到北京，和北京的煤化工专家李教授约好一起前往德国考察煤化工项目，等我回来后再开股东大会也来得及。"

高光亮以为杨圪劳要求开股东大会是急于让大家表决是否上煤制油项目，而杨圪劳的想法是在会上亮出底牌，确定自己的股份已经超过高光亮一个点子，可以产生新的董事长了。

杨圪劳之所以这么急于召开股东大会"篡党夺权"，他是怕夜长梦多。一旦在会上被他做通工作的任何一个人反悔，都会是前功尽弃的结局，他必须趁热打铁。

看到高光亮收拾东西立即就要出发赶中午的飞机，杨圪劳也只得无奈地摊开双手说道："那就等你从国外回来再开会吧。"

一架中国国际航班降落在德国汉堡机场，高光亮、郑媛和郑媛的博士生导师李教授一行三人走出机场。北京正是盛夏酷暑时节，而德国汉堡却是凉风习习。

高光亮说："这儿比北京凉快多了。"

郑媛说："从纬度上看两地相差不大，主要是这里的植被好，你看到处都是绿意盎然。"

他们乘车前往下榻的酒店，一路上几乎看不到高楼大厦，出租车一直在绿色的林荫大道上行驶。大约一个小时后，出租车停在了酒店门前，高光亮下车四周瞭望，还是一片绿色，就像是走在乡村。

李教授说："咱们现在已经到了城市中心，这就是德国，田园般的城市。"

郑媛俏皮地纠正他说："是花园城市。"

进入酒店放下行李后，李教授用德语联系了德国鲁奇公司的工程师科尔，鲁奇公司是世界上最早开发煤化工技术的公司，现在和南非的一家煤化工企业共同组成鲁奇萨索公司。在鲁奇公司的接待室，工程师科尔热情地接待了他们一行三人。

高光亮在参观时了解到，这家公司造气用煤每天需十二万吨，每小时耗电一千二百八十兆瓦，产出蒸气五百五十吨，其中仅百分之十七用于工艺流程，其余用于发电。工厂不对外排放废水，但排放 CO_2。造气产的粗灰部分用于建筑材料，厂区根本看不到有粉尘污染，这让他想到黄原煤矿，也许黄原煤矿就是学习了人家国外的先进经验以后，才搞出了粉尘制砖技术。目前这家公司每年总耗煤四千一百万吨，生产出七百一十万吨油品和相关化学品。全年营业利润达到十四亿美元。高光亮在内心很快算出，每天需要十二万吨煤，一个月用煤量是三百六十万吨，一年就是四千多万吨原煤，利润十四亿美元，折合成人民币就是九十亿元。高光亮放眼望向厂区，和黄原煤矿一样，除了大大小小的管道和干净整洁的环境，连个人影也看不到。如果没有人告诉你说这儿就是煤矿和它的煤化工产业，你永远也不会想到的。

高光亮非常震撼，如果我们的煤田都建成这样的花园式厂矿，我们赖以长大和赖以生存的窟野河水，还会是现在这个千疮百孔的样子吗？

在鲁奇公司两天的参观、学习和交流当中，让高光亮真正理解了"科学技术是第一生产力"这句话的含义。两天后，原本打算出来轻松一下的心情没有了，高光亮觉得自己的思想改变了，同时也感觉到了迫切的压力，他要赶紧回去，回到那片生他养他的土地上去，用实际行动去改变它的面貌。

郑媛说："你的心情我能理解，可是仅你一个人有这样的急迫心情是不行的，你得让每一位股东，甚至每一名员工都能知道我们和西方发达国家的差距才行。"

一提到那些个只认眼前利益的土地脑袋的董事们，高光亮就有些沮丧。

李教授建议说："不如让他们到德国来参观一下，开阔一下视野，看看我们和人家的差距。"

高光亮忽然想，对呀，我怎么没有想到这一层，还是知识分子的脑袋瓜子先进。他是个急脾气，认定的事情恨不得马上就付诸行动。

还是郑媛替他想得周全，她说："都走了，矿上的工作谁做呀！你得先回去，然后再安排他们出来参观学习。"

高光亮说："他们出来没个带队的还不是瞎逛。"

说着他把眼光看向郑媛，目光里明显带有恳求的意思。郑媛很快猜出他的想法，说："还是由我来给他们讲解吧。"

高光亮听她这么说，乐得像个孩子般咧开嘴笑了，如果不是在国外，讲究文明，他真想如同站在黄土高原上一样吼一曲信天游。

就在高光亮出国的这段时间，为了保险起见，杨屹劳又说服了两名股东愿意把股份兼并到他的名下，看来是万无一失，只欠高光亮这个东风回来了。

对于杨屹劳私下兼并股东股份的事情，高光亮早有耳闻，只是因为每天的工作都被安排得满满的，对于杨屹劳背地里搞的那些个小动作更是无暇顾及。

从国外一回到省城，高光亮没有立即回去，他在省城再次约见了煤制油项目的专利拥有者王工程师，详细了解了他的科研成果和可行性报告，同时，遥控指挥让柱子安排第一批赴德国的人员办理出国手续。高光亮打算让除他外的十八名董事会成员全部作为第一批出国人员。

柱子来电话说："副董事长杨屹劳说，他家中有事去不了。"

高光亮问："为甚？"

柱子说："他没说，只是说家中有事，这一批就不去了，等下一批再去。"

高光亮说："那你就尽快安排这十七个人出行吧。"

听说董事长安排让大家去德国参观，董事们一个个欢天喜地。只有老谋深算的杨屹劳在内心算计，他不能去啊，他得守在矿上拉拢人心。这么多的管理人员，这么多的厂矿职工，一旦他接手了董事长的位置，首先就是要让大家服气自己。所以他得留下来和职工打成一片，互相之间增进了解，为他不久后的上任做准备。

银强在安排好收购酒店的事情后回到了县上，他没做停留，接着又马不停蹄地带着房娥来到了内蒙古新城。

经过一段时间的冷静后，房娥认识到她不能和银强闹崩了，那样对谁都没有好处。

想想自从认识银强后，她不仅过上了衣食无忧的幸福生活，而且卡上的存款也达到了六位数，还有银强给她的许多好处，比如宝马车、名牌服装、进口化妆品应有尽有。所有这一切对于一个爱慕虚荣的女人来说，已经足以让她在人前引以为骄傲，作为一个只看眼前利益的小女人来说，她的心软化了。其实她觉得还是爱着他的，自从相识以来，银强也没少在她身上花钱（虽然这都是她用自己作为女人的身子换来的），又何必两眼只盯着那二百万元提成呢！

这样想来，她在内心就盼望能够与银强和好如初。

这次银强从省城回来，不管咋说他们也算是一次小别。俗话说，小别胜新婚。见到银强后，房娥更是拿出女人柔软、妩媚的一面，对他百依百顺，这让银强的内心很受用。两个人缠绵了一夜后，银强决定带着房娥一起去内蒙古新城，有些事情还得让她出面去办他才放心。说实在话，他打内心还是信不过那些通过招聘来公司挣工资的人。

半年没有来内蒙古新城，这里的发展真可谓是日新月异。银强和房娥开车一进入刚建成的双向八车道的主街道，他们就转了向，原来熟悉的道路没了踪影。由于新城的发展速度太快，好些街道还没有竖起路标，想停车找个路人问问，空旷的街道上连个人影都看不见，他们开着车在街道上转了好多圈，好不容易才找到预订的那一家大酒店。两个人一前一后刚一走进豪华气派的大酒店的自动旋转门，便看到当地的房地产开发商们早已站成一排在那里迎接了。

和大家一起吃罢午饭，银强便带着房娥离开了新城，他这次来的目的不是为了投资房产，而是要在内蒙古征地。

原来银强从省城回来后，就着手安排给省城那边打过去一个亿的资金收购那一家星级酒店，财务上说，自从半年前投资内蒙古新城的期房后，账上的资金就不多了，如果把这一个亿付出去，下个月股东们的利息就没钱支付了。银强明白，如果一旦失信于投资人，让他们拿不到当月应得的利息，就一定会有人前来闹事，一个投资人闹事就会引起连锁反应，很快就会吸引来更多的股东，形成多米诺骨牌效应，到那时可真就一发不可收拾了。

想到这样的后果会在不久的将来发生，银强的后脑勺就刮起一股冷风，让他不寒而栗。

他这次带着房娥来内蒙古就是打算故技重施。

前不久，他听说这边的当地政府出台了招商引资新政策，即凡有外地企业来当地投资，金额达到五个亿，政府就给配套一座煤矿。

银强想，自己现在虽然拿不出这么多钱，但是他可以以投资人的名义和当地政府签订一个投资五个亿的协议,以他的投资公司在内蒙古新城的名气和上百套期房做抵押,当地政府会相信他的实力。

一旦拿到与当地政府的投资协议,他就可以拿着协议回去继续融资。那时候,他和他的投资公司就有了政府背景,那些发了疯想发财的股民也就会屁颠屁颠地追着给他送钱。

上一次集资是投资假煤矿,这一次集资可是投资真煤矿,弄假成真,这样一来,他就把假的变成了真的。

经过前思后想,就连刘银强自己都佩服自己的商业运作才能。为了把戏演得更加逼真,真中有假,假中有真,让人真假难辨,在与当地政府签订了征地投资协议后,他让房娥连夜从内蒙古新城机场乘飞机飞到省城,找到上次为他制作假煤矿批文的商铺,做一套和上次一样的完整批文。有了这些资料,再加上当地政府的红头文件,以及他和政府的投资协议,回到县上再次集他上亿元人民币的资金是不成问题的。

然而,这样一个漏洞百出的商业计划,在那些头脑发热的股民们看来,却是千真万确的好事。

所以,谁都不会想到,刘银强的这个看似漏洞百出的商业运作计划,实施起来竟然出奇的顺利。他真的成功了,再次从股民的手中套取了上亿元资金出来。

那些梦想发财急红了眼的股民,宁愿以卖掉自家房子为代价,在外面租房子住,也要把钱投给他,以赚取高额的利息回报。

一时间,县城里的租房生意红红火火,房租是一涨再涨,依然还是供不应求,这让那些租房户大赚特赚了一笔。

二十六

最近一段时间以来,粉花一直纠结不安,她的内心深处正在忍受着不可言传的煎熬。

窟野河

  自从矿上成立了文工团，粉花就觉得不是滋味。文工团是甚地方，那里可是美女扎堆的场所。

  粉花的内心纠结着，也焦虑着，她不能把自己的真实想法告诉任何人，她怕被人笑话。有时又想光亮不是那种人，自己和他可是患难夫妻，何况他们已经有了三个孩子。有时她却莫名地急躁起来，这世上哪有不沾腥的猫？

  焦虑、急躁，让粉花坐立不安，甚至不能很好地睡眠，脾气也变得越来越坏，动不动就朝家里人大喊大叫，孩子们在背地里说她是更年期到了。也许只有她自己知道，她的病因出在哪里。

  每当夜深人静时，只要高光亮不在身边，她就会想到矿上的文工团，把那些个美女和她这个人老珠黄的女人相比较，她们哪一个都比自己溜光润滑。

  冥思苦想，还真让她想出来了一个两全其美的法子。这天一大早，亲眼看着高光亮驾驶路虎车出了自家别墅的大门，粉花便后脚开着她的宝马车来到了位于县城中心的文工团所在地。

  她找到三爸，告诉三爸说，她现在在家里闲着没有事情可做，都快闲出病了，能不能让她到文工团来当个副团长，替三爸管些事情。

  高扬威是多有智慧的人，他很快就猜出来了侄媳妇的真正用意，于是说道："粉花啊，我现在真的是老下了，做事情都有些力不从心了。我看不如这样吧，你就把这个文工团长当上，我回窟野河边继续营办种树的营生去。"

  粉花知晓三爸看出了她的真实意图，红着脸尴尬地说："三爸呀，我可不是想当这个官，只是看您如今年岁大了，不比从前，您还是留下来吧，我给您当个助手就行。"

  三爸摆摆手说："你不用留我，我也早就想回去看看育下的树苗苗了，就这么定下了。中午我去给光亮说一声，让你来接替我当这个团长，我这就回嗑了。"

  粉花的心里明白，光亮的三爸和她的五爸一样，都是有胸怀的人，他们做下的事，说出去的话是不会收回的。同时，她又被老人的良苦用心和善良所感动，说道："三爸放心，我一定把您一手组建的文工团给经办好。"

  话说到这里，她的言语哽咽。三爸说："粉花啊，你三爸是个明事理的人，把什么事情都看得清清楚楚，只要你们婆姨、汉子相处得好，我们这些做老人的也就心安了。"

半个月后，窟野河煤矿的十七名董事从国外欢天喜地地回来了。

在董事们回来的第二天，杨圪劳就催促高光亮，要求先召开董事会，他认为"篡党夺权"的时机已经成熟，就等着他这个副董事长和董事长高光亮在董事会上刺刀见红了。在副董事长杨圪劳的不断催促下，决定窟野河煤矿命运的这一次董事会，在拖了一个月之久后终于召开了。

这天早晨，十九名董事相继步入会议室，大家聚在一起还在议论这次德国鲁奇煤化工公司之行的见闻和感悟。

杨圪劳四平八稳地坐在椭圆形会议桌前，他的两眼不时地望向圆形会议桌的正上方，那儿有一把比其他椅子都高出一头的老板椅，那个位置就是现任董事长高光亮的。想着过不了多久，那把椅子上将要坐上自己的屁股时，他的内心就有一股说不出的莫名的激动，因为那把交椅很快就要属于他了。

听到身旁一名董事提起德国鲁奇煤化公司，他便转过头来听那名董事讲话。

"人家那才叫真正的环保型煤矿哩。"那名董事感叹。

"咋个环保法？"杨圪劳也很想听听，于是问道。

"人家那煤矿跟公园一样，我们都走到井口了还问井口在哪儿？那个叫科尔的工程师用手一指身边绿树环抱的洞口，我们这才发现，原来井口就在身边，你说奇不奇？你还真别不相信，还有更奇的事情呢，听科尔工程师介绍说，他们的煤在井下就进行了分解加工，再经过管道输送到地面，发电、制油、制焦油、制化肥……反正是全部都被利用了，最后剩下的灰渣还用在了制作建筑材料上。当时我就在想，甚时候咱们窟野河煤矿也建成这个样子，子子孙孙都会有福享了。"

杨圪劳听他一席话，像是在听《西游记》，真有这样的事情？他在心里表示怀疑。看到身旁的几名董事频频点头，表示认可，想到他们都是一起去的德国，这才相信这一切是真的。

正在大家议论纷纷时，高光亮推门走了进来，他一进来，立刻迎来十七名董

窟野河 |

事的热烈掌声。

高光亮等大家静下来后问道："大家的德国之行有何感受？"

一名董事回答："美得很。"

他的回答引来一阵善意的笑声，就听高光亮接着说道："想不想把我们窟野河煤矿也建成那样的厂矿？"

"当然想了。"董事们七嘴八舌地回答。

直到此时，一头雾水的杨圪劳方才如梦初醒，原来高光亮早已胸有成竹，出现今天这样的局面，是杨圪劳做梦也没有想到的，看来自己几个月的努力白费了，如果此时提出来改选董事长，一定会是自取其辱。

杨圪劳耳边传来高光亮爽朗的笑声，他听到高光亮说："大家举手表决，咱们要不要上煤化工项目？"

一双双粗糙的大手高高举了起来，耳听是虚，眼见为实，真正看见了的东西，谁还会不相信？

是现实教育了这些个土地脑袋，他们的脑袋瓜像是从黑色的云雾中露出一丝阳光的晨曦，开窍了、透亮了。

董事会上，大家一致鼓掌通过上煤化工项目，面对这样的结局，高光亮孩子般笑得很灿烂，杨圪劳却笑得很苦涩。

郑嫒来到了窟野河煤矿，她带来了一个新的投资方向——液化煤。

郑嫒解释说："目前全国性的雾霾天气，已经引起了中央政府的高度重视，也让地方政府把治理大气污染提上了议事日程。我们是一个富煤贫气的国家，而液化煤正是弥补天然气缺少，改变因原煤燃烧造成大气污染的新型能源。它不但可以通过管道运输，而且还可以通过袋装运输供应给消费者。液化煤不但可以补充因天然气供应不足的地区民用供暖和工业供气的需求，而且长期使用液化煤的价格要远低于天然气。据我所知，液化煤在美、德、英、法、俄这些发达国家早已被广泛使用，成为煤矿消化原煤的主要途径之一。"

在德国参观时，大家目睹了德国的企业把煤装在密封的袋子里，送到超市里上架销售，供居民们购买和使用，想必就是郑嫒说到的液化煤。

然而，在投资煤制油还是液化煤的项目上，高光亮还是有些纠结。

他咨询过有关专家，专家说，就煤制油和液化煤在技术应用方面来说，目前在国外都属于成熟技术，相比之下煤制油的技术含量较高，前期投入大，市场成熟而稳定；液化煤的进入门槛低，投资相对要小，当前在我国还属于刚刚起步阶段，人们的认知度、接受度以及市场占有率都低。如果能够打开液化煤市场，它将会有着广阔的前景，不过前期开拓市场的投入风险与煤制油相比也较大。

高光亮想，窟野河煤矿搞煤炭产业链延伸的目的就是消化煤炭产量，煤制油项目好是好，以目前他们拥有的资金量投入到煤制油项目上，也只能消化年产煤炭量的三分之一，剩下的三分之二的产量还得通过原煤销售。

当他把这两个方案提到董事会上后，第一个站出来表态的人竟然是杨圪劳，这是高光亮没有想到的。

杨圪劳说："我看就上液化煤项目，投资少，见效快，技术门槛低，符合我们现在人员素质要求。"

杨圪劳一开口，大家七嘴八舌地议论开了，有赞成上煤制油项目的，也有赞成上液化煤项目的。最后，大家把目光移到了董事长高光亮的身上，看来就等着他表态了。

高光亮清了清嗓子，等大家都安静下来后，他说："我同意杨副董事长的意见，咱们就上液化煤项目。原因是在我国，液化煤产业刚刚开始，有着广阔的前景；再就是以我们目前的能力来说，还是不能贪大，投资大见效慢的项目让国有企业去做，他们有实力也有后盾。"

他的最后一句话引来大家会心的笑声，看来董事们的意见基本上达成一致。高光亮接着说道："我提议，液化煤项目领导小组的组长由我兼任，副组长由杨圪劳担任，大家有甚意见没有？"

董事们点头，表示同意。

杨圪劳感激地看了一眼高光亮，在他的印象中，这是自组建股份公司后他和高光亮唯一一次意见达成一致。

高光亮继续说:"我打算聘请郑媛,想必大家与她出国期间对她在煤化工方面的专长有所了解,就让她担任液化煤项目的总工程师,这个项目也是由她提出来的,你们觉得如何?"

让高光亮没有想到的是,这一次还是杨圪劳第一个举手表示赞成,大家也都跟着举手通过。

杨圪劳自有自己的小算盘。自从上次董事会后,自己当董事长的希望暂时覆灭了,但是他还是有一些分寸必须把握,少投入多分红,这是作为一个股东的原则,这一点是马虎不得的。同时他也感觉到自己想当董事长私底下做的那些小动作,高光亮早晚会有所察觉,处理好两个人之间的关系应当从支持他开始。

老谋深算的杨圪劳从内心深处并没有完全放弃想当董事长的愿望,他暗暗告诫自己,小不忍则乱大谋,能忍才能做成大事。

自从粉花从三爸那里接管下煤矿文工团后,她把精力真就放在了团里,当然,她不是把心思放在业务上,而是时时刻刻放在那些长得漂亮的女演员身上。

她的第一个计划是把那些长得漂亮对她有威胁的女演员列在名单上,一个个地进行排查。她拿着她们的身份证复印件到电信上调出每个人的通话记录,看看都有谁和高光亮有电话来往,经过比对,她借故让主管业务的副团长开除了三个女演员。

后来,当她再要开除女演员时,副团长据理力争,认为把她们都开除了,谁来演戏,岂不是把文工团搞散伙了。

她想想也是,这样做或许并不合适,于是她改变了方式,开始盯梢那些被她认为有威胁的年轻女演员。

当然这个最笨的方法并没有实施多长时间,她便厌烦了,整天跟踪这个、跟踪那个,疲于奔命,一个月下来没有任何成效不说,把自己搞得狼狈不堪,看上去神经兮兮的。

就在她失望至极打算放弃这一计划时,终于有了新的发现。

这一天下午,当她百无聊赖地坐在文工团的办公室里向外张望时,看到一名身材苗条，打扮入时的女演员走出了文工团的大门，紧接着看到一辆红色小轿车停在门外，女演员开门上了小轿车。仔细看那辆小轿车，如果那辆车是黑色的，或许并不会引起粉花的注意，正因为它是红色的，红色本来就是很扎眼的色彩，所以粉花就多看了两眼，正是这多看了两眼，让她发现了问题。这辆看似平常的红色奥迪车，仔细一看，还是被她认了出来，这不是窟野河煤矿司机班的红色奥迪车吗？这是一辆原装进口奥迪车，她之所以对它印象深刻，因为这辆车是红花结婚那年买下的，当时图的就是一个喜庆，后来红花不喜欢奥迪车，换了一辆宝马车开，这辆车就留在了矿上当作公车使用。

功夫不负有心人，终于让她抓到了高光亮偷鸡摸狗的把柄，粉花一下子来了劲头，心想，高光亮啊高光亮，你昨天晚上在枕边还信誓旦旦地对我说，从来没有和团里的女演员有来往，这下子终于被抓到把柄了，今天就抓你个现行，看你还有甚说头。

她早就想好了，一旦落实高光亮和哪个女演员有染，被抓到现行，所谓捉奸捉双，让他不能抵赖，她就宣布解散文工团。

想到此，她急忙起身，疾步走出办公室，发动车子追了上去。

红色奥迪车在县城拥挤的街道上行驶缓慢，粉花开着小轿车很快便跟了上来。看到奥迪车开进一家大酒店的停车场，粉花把车远远停在路边，盯着女演员走进大酒店的旋转门，她便匆忙跟了进去。

她问服务员："刚才进来的那个女人去了哪里？"

服务员以为她们是一起的，顺口回答说："草原厅。"

粉花来到草原厅外，正打算探头看看里面，没想到门被人突然从里面打开了，从屋里走出来的人不是别人正在高光亮。高光亮看到粉花也是一愣，随口问："你咋来了？"

粉花听出来了高光亮口气中的心虚，一股无名的火气蹿上脑门儿，她一把推开高光亮，闯了进去。

让她尴尬的场面出现了，金碧辉煌的豪华包间里，一张大圆桌前至少坐有十五六人，她第一眼看到的是上首席坐着的工业园管委会赵成主任，旁边还有杨圪

185

劳、刚进来的女演员，以及几个她不认识的男男女女。

赵成一眼就认出了粉花，说道："粉花也来了，快进来。"

粉花只得红着脸尴尬地进来找了个位子坐了下来。

那场酒席到底是怎么吃的，吃的什么，后来又是怎么结束的，粉花事后回忆，脑子里都是一片空白，她的耳边自始至终都回荡着女演员唱出的婉转动人的歌词："泪格蛋蛋抛在沙蒿蒿林……"

晚上回到家中，高光亮没有理她，径自上楼回到卧房睡下了。看到高光亮的郁郁寡欢，粉花的大脑像是突然开了窍似的亢奋起来，她的脑海中灵光一闪，迅速生发出一个新的主意，对呀，何必整天把自己搞得精神紧张地盯这个防那个，以后我就盯住高光亮，只要把高光亮看住了，看哪个骚情货还敢贴上来。

从那天起，粉花不再整天去文工团，她开始到窟野河煤矿上班了。对于粉花的这一变化，高光亮并没有放在心上，最近一段时间以来，两个人的关系相处得并不怎么融洽，原因还是粉花把三爸撵走，让高光亮的心里不痛快。但是，由于正忙于筹建液化煤项目，前期工作多，事情也多，高光亮无心分神去考虑这些，虽然心里不痛快，也只是表现在了沉默上。

这就给了粉花一个错觉，她认为这是因为他理亏在先，自己的这一做法堵住了高光亮的骚情路。

这人要是钻了牛角尖，就会有疑人拾斧的心理，粉花此刻的心态正是如此。

一连多天，粉花坐在矿上的传达室里读报纸，看着矿上形形色色、来来往往的人流，分析那些在眼前晃过去的有几分姿色步态妖冶的女人对她的威胁。当看到高光亮每天除了开会就是下工地，除此之外再没有别的去向后，她想，只要高光亮不去文工团，她就放心了。

她在心里暗自得意她的这灵光一闪，甚至赞叹起自己的智慧来，只要守住高光亮一个人比盯梢那些个女演员要容易得多。实践证明她是多么的正确，就连她自己都佩服起自己来了。

一天早晨，她看到高光亮的办公室里突然多了一个气质优雅、漂亮文静的女孩子，一打问才知是矿上刚刚聘请的液化煤厂的总工程师，是个女博士，她的名字叫郑嫒。

这个叫郑嫒的女博士的出现,让粉花刚刚得意了几天的心又开始像猫抓似的刺挠起来。

当她通过红花从柱子口中得知了郑嫒是如何来到窟野河煤矿的经过后,她再一次产生了危机感,这个女人比起那些个女演员来更可怕。她猜测那些个女演员无非是奔着高光亮的钱去的,即使和高光亮有了那么一层关系,不过是露水关系,而这个郑嫒就不同了,她和高光亮因为工作上的原因可以朝夕相处,日久生情。

威胁往往不是来自外面而是内部,粉花开始注意到了郑嫒,她发现郑嫒是一个人住在矿上的单身公寓里,她想,只要把单身公寓看牢了,他们两个人就没机会有那个非分关系了。

于是,她把自己每天读报的地点换到了单身公寓门房,她要看住郑嫒,只要看住郑嫒就是看住了高光亮。

二十七

一年以来,郑嫒带领招聘来的五位学化工的大学生组成的技术攻关团队,几乎没有走出过工业园区,他们在液化煤厂的主要工作是研制液化煤添加剂。

液化煤添加剂,就是根据不同地区的煤质特点,把煤液化后加入一定数量的化学成分,促使其充分燃烧,在提高发热量的同时,产生最少量的灰分。高光亮每天都要到这里来,一是查看液化煤厂的建筑工程进度,再就是来实验室看看。就连高光亮自己也说不清楚,是从哪一天或者哪一时刻开始,他的心里已经放不下这里了,要是一天没有来液化煤厂,哪怕是短暂的停留,他的心里就觉得空落落的,液化煤项目早已成为他心中的重中之重。

其实,他并没有意识到,在他的潜意识中,只是想来见她,只要能够看到一身白大褂的她在实验室里忙碌,高光亮的心里就踏实了许多。

时间一久,她穿白大褂的形象便深深印在了他的脑海中,有时候,她的这一形象甚至和他儿时见到过的汉白玉观音重叠在一起,这让他偶尔产生幻觉,分不清是她还是女神。

添加剂研发成功这一天,高光亮首先对窟野河煤矿两台燃烧原煤的链条式锅炉进行了改造,结果让他的信心大增。原来一周需要机动农用车拉两到三车的炉渣,现在把燃烧后的灰分装在几个水泥袋中,仅用一辆人工手推车就完成了。同时,液化煤锅炉在燃烧后的煤烟排放,经过除尘设备过滤后,已经达到了国家的环保排放标准。这一意外收获让高光亮喜不自禁。

适逢周末,高光亮为郑媛和她的技术攻关团队的人员庆功,他调来矿上的面包车,陪他们一起前往内蒙古新城游玩。

一路上,天高云淡,蓝色的天空下绿色的青草和黄沙交相映衬,大家看到公路两边偶尔掠过几只正在低头吃草的牛羊,发出一片惊呼。

郑媛望着一眼看不到边际,正在被沙化的鄂尔多斯大草原,心情是复杂的,可到底是为什么,就连她自己也理不清楚。

坐在她身旁的高光亮问:"以前来过吗?"

郑媛摇头。

高光亮说:"这里一座非常现代化的新型城市已经拔地而起。"

正说着,远处一幢连着一幢的高大建筑物映入了大家的眼帘,高远空旷的沙地上,这些数量庞大成群的水泥建筑物显得格外醒目。

面包车从这座正在建设的现代化城市穿街而过,郑媛说:"在这片辽阔的沙漠里突然看到一座这么样的城市,给人的印象像海市蜃楼,总有一种不真实的感觉。"

高光亮点头。

参观完内蒙古新城,面包车上了高速公路,直奔红海则而去,红海则是一个横跨两个省份的内陆湖泊。

中午时分,他们驱车来到了红海则,红海则与那座正在兴建的人造新城相比,另是一番别样风景。

郑媛下车,望着碧波荡漾的一湖清水,她的心情开始变得舒畅怡然起来。看惯了各种风格的人类建筑，不管是中国的、外国的，还是大自然的馈赠最神奇。人们早已欢快地脱了鞋跑过沙滩，跑到水里嬉戏去了，岸边只剩下高光亮、郑媛，还有司机三个人。

高光亮让司机到景区饭店给大家安排午饭，没有忘记叮嘱司机，一定要吃真正的红湖炖鱼。

郑媛问："鱼还有假的吗？"

高光亮说："鱼倒不会是假鱼，只是生意人为了多挣钱，会把从外地鱼塘里买来的鱼当作红湖鱼。"

郑媛噢了一声，不再言语。

地球上最不诚实的物种就是人，他们会说谎，会造假，会算计，甚至无恶不作，正是因为人类在地球上的胡作非为，才使他们成了地球的霸主。

"你在想什么？"看到郑媛一副沉思状，高光亮问她。

郑媛说："我在想，这世界上的万物都有一个发展规律。"

"甚规律？"高光亮问。

"就是最强的物种最先被灭亡，就像老子在《道德经》中讲的那样，最硬的东西是最容易被折断的东西，而水就不会被折断，因为柔弱。"

高光亮不解地望着她，她解释道："一亿年前恐龙是地球上的霸主，它们后来灭亡了，而牛、羊、马、鸡，甚至老鼠、苍蝇是弱者，却能够生存下来；再比如，虎、豹、狼这些位于食物链最顶层的物种正在灭绝，而任人宰割的牛、羊、马、鸡却被人工繁殖得越来越多。如果有一天，最强的物种，我们人类像当年的恐龙一样真的灭绝了，那些牛、羊、马、鸡一样的弱者是不是还依然会存在？"

高光亮似乎听明白了一些她说的话中的含义，于是说："所以老祖先告诫我们这些后人，做人要谦虚低调。"

郑媛仰脸看着他一副认真思考的表情，天真地笑了，露出一排洁白整齐又好看的牙齿。

司机在远处招手让大家过去吃饭，郑媛望着司机那边说："开饭了，跑了一上午，你别说，我还真饿了。"

窟野河 |

　　她向不远处在水里玩耍的部下们做手势，告诉大家去吃饭，只顾了招呼人，却没有看到自己的脚下有个沙坑，一不小心，一脚踩了进去，身子一歪就要倒下去的样子。

　　站在一旁的高光亮出于本能，一把拉住了她的手，她的手很柔滑，像水里的鱼儿，这是高光亮的感觉；而他的手劲儿很大，人很强壮、像一棵树，这是郑媛的感受。

　　两只拉着的手很快便分开了，这是认识她一年多第一次接触到她的肢体，像当年第一次拉住粉花的手一样，他的心跳猛然加速，不知什么时候开始，他总拿她和当年的粉花做比较。

　　郑媛低头看她的鞋，踩着脚上的沙子，而脸庞却在不知不觉中红了起来，那泛红的脸庞像一块平展的红绸子，让他有了很想伸手触摸的冲动，但是理智告诉他，不能这样做，不只是他比她年长十四岁，而且还因为她在他的心目中是像观音一样的女神，他只有敬重，岂能冒犯。

　　粉花一直坐在单身公寓的门房看报纸，这一天下来，她的心思哪儿在报纸上，一张报纸在她的手里翻来覆去地看，报纸上到底写的是什么内容啥也没有记住，她的脑海里不停地翻腾的是，高光亮和那个女博士这会儿正在外面做什么，又想到又不是他们两个人一起出去的，还有那么多大学生在眼前，他们能做出什么事情来？

　　想到此她的心便放宽了下来，可是过了一会儿，她又想虽然有那么多人一起出门，难道他们就不会有单独在一起的时间吗？

　　她得出的答案是肯定的，也是显而易见的，于是，她的心里就又一次像猫抓一样刺挠起来。

　　就这么坐在门房里，两眼却不时望向窗外，翻来覆去地揣测了一天，她感觉到身心都很疲劳，像是年轻时在地里干了一天的重体力农活似的，浑身疼痛难受。

　　时间一点一点熬过去，越往下越难挨，终于等到黄昏，她想，如果天黑后还不见女博士回来，他们两个人之间一定就会发生一些事情出来。

她给高光亮打电话，高光亮说："晚上回来。"

可是她还是不放心，她想必须等着看到他回来，都这会儿了还不见个人影，她的心情开始急躁，也不知道从什么时候开始，她感觉到自己的心里不能装有事情，一旦装下事就会产生这种急躁情绪。或许她真的是老了，正如儿女们所说，这是更年期综合征。

正在焦急时，看到郑媛右手拿着手机，左手挎着红包风尘仆仆地回来了，她的心才算是有了个着落的地方，自言自语地对自己说："我也该回家去了。"

环保局长刘茂盛近一年以来，一直在花大气力着手整治窟野河两岸的煤矿污染问题。然而，让他头疼的是，许多煤老板只是想着开足马力挣钱，不愿停产，看看那些排了几天几夜长队的拉煤车，还有司机们手里厚厚的现金，就明白了，他们开始和环保局的人玩儿起了捉迷藏的游戏。

为了省钱，被要求建造的污水处理设备只是在环保局的人来检查时才启动，等到检查的人员一走，立刻就被关掉了，任由污水从地下管道流入窟野河。

他们甚至宁愿接受罚款也不愿二十四小时让污水处理设备转动，原因很简单，这些设备转动起来的成本远远高过罚款。

一开始，环保局派人在下游设立了水质检测站，一旦发现水质变化，立刻组织人员到上游检查。后来，连肉眼都能看到水质下降，检测站却上报说："一切正常。"

真是见鬼了，直到有一天，他暗中查访才得知真正的原因。那些个水质检测人员早已被上游煤矿的老板们买通了，检测站每天只是把早已填写好的单子盖上章报上来，水质检测成了聋子的耳朵——摆设。

法不责众。无奈之下，他只好把人换掉，可是，好不了多久，同样的事情再次发生。贪念是人的本性，在这件事上成了颠扑不破的真理，最后，他只好把水质检测站撤了，再想其他办法治理。

年复一年，窟野河的水质在不断下降，环保局的罚款金额也在不断攀升。刘茂盛坐在办公室想，钱再多有什么用，总不能都睡在钱上过日子吧。人活着是要呼吸干净的空气，是要喝干净的水的。

正在寻思着，看到高光亮来了。当高光亮把他们改造的液化煤锅炉的事情讲给他听后，刘局长的眼前一亮，既然污水排放成了老大难问题，那就暂时放一放，从改造锅炉入手，不相信那些个唯利是图的老板们能够把锅炉也停下，除非他们不想生产。可是，高光亮告诉他说，还是有问题，你能让那些个上游的煤矿放着自己挖出来的煤不烧，去花钱买别人生产的液化煤使用吗？

看来这个办法还是走不通。

如今全国都在治理雾霾，为什么制造雾霾源头的煤矿就治理不好呢？思前想后，刘茂盛局长得出了两个结论，一是利益驱使，二是用煤便利。

看来还是治理的方法不得当。

过去公路上整治超载，一开始是超载就罚款，可是罚多少又没有个标准，全凭执法者红口白牙说多少就是多少，这就造成你越罚司机越超的恶性循环，因为司机只想着你的罚款抵不过超载得到的利润。

后来，设立了超限站，计重罚款，采取量化政策，让司机们觉得即使拉得再多，也得不到更多的利润，也就没有车辆超载了。

刘茂盛想，是不是我们也得想出这样一个法子出来，事情是这么个事情，可人是活的，困难总没有办法多，一旦有了好办法，那困难也就不再是困难了。

看来还得从宣传上入手，首先是要改变观念，让那些个老板明白一个道理，钱再多买不来健康。把大家组织起来，参观学习窟野河煤矿的先进经验。

当他把这一想法告诉高光亮后，高光亮的脑袋摇得像拨浪鼓似的，他想起郑媛在红海则说的话，最强大的就是最先灭亡的，正所谓出头的椽子先烂，他可不想看到如此结果。刘局长把手一挥说："你不用多说，就这么定下了，环保局明天发文让煤老板们去窟野河煤矿参观学习。"

刘茂盛是环保局长，又是高光亮婆姨的五爸，也就是说，他既是官，又是长辈，他的话高光亮不听也得听。这件事情就这样确定了下来。

窟野河煤矿的先进经验迅速在窟野河上游各煤矿传开，一石激起千层浪，有骂娘的，有佩服的，有斜眼看的，也有打内心不服气的。俗话说，人一上百形形色色，一时间说什么的都有，有说高光亮不顾同行的死活，只图自己沽名钓誉的；也有真心实意来学习的。

一个月后，热热闹闹的先进经验参观学习运动过去了，高光亮把它叫运动，是因为这股风没有刮多久，就被县长出面叫停了。原因是眼看到了年底，今年全县的GDP任务必须完成，县上要求煤炭局给各矿下达死任务，排除一切干扰，多拉快跑，争取当年跨入全国百强县的门槛。

县长一声令下，就有一些对当年环保局整治环境污染时以停产治理代替罚款政策不满的人跳出来，他们找到县长告状说，环保局长刘茂盛不顾企业死活，勒令煤矿停产治理环境，如果完不成生产任务也不是他们的错，作为县长，你应该先去找环保局要产量，首先让刘茂盛停止执行以停产治理环境污染代替罚款的政策。

县长听到告状后，大为不满，这个刘大炮又在乱放炮了，当前全县人民都在为争创百强县努力奋斗，你环保局有多大的胆，竟敢顶风而上，拖县里的后腿，跟我对着干。难道你不是县上的环保局，不属于县长领导吗？

于是，县长抓起办公桌上的专线电话接通了刘茂盛的手机，让环保局全力配合县上争创百强县的活动，停止一切不利于生产的行为。

放下电话，刘茂盛感觉到来自县长的无形压力。县长毕竟是县长，很有政治手腕和政治头脑，他不说环保不重要，只提生产的重要性；不说环保应该为生产让路，而是说要全力配合争创百强县活动。那意思很明确，就是让刘茂盛看着办，要是因为环保局的原因影响了县里全年的煤炭产量，这个责任你刘茂盛负得起吗？

刘茂盛开车来到窟野河畔，望着水质比以前大有好转的窟野河水，他陷入苦恼的迷茫之中。当了二十多年的官，他竟然开始想不明白人为什么要当官，一个从小接受马列主义、毛泽东思想教育和受儒家文化熏陶长大的人，现在连这个看似简单而浅显的道理竟然没有完全搞明白，这让他感觉到很困惑。

不知不觉走进高扬威建在半山坡上的小院落，看到山坡上郁郁葱葱的杨柳树和一簇簇的红沙柳，他突然觉得自己没有高扬威活得明白。多年来，每当遇到不顺心的事情，或者难解的困惑时，他都会不由自主地来这里找到高扬威，与他聊天，听他海阔天空，谈古说今，解说世间万物因果。

窟野河 |

在他的心中，高扬威是那种随遇而安、与世无争之人，而自己接受儒家文化的入仕思想，在官场上打拼多年，如今竟然找不到了人生的方向。

看到高扬威和往常一样，拿着一把锄头悠闲地在山坡上锄着杂草，刘茂盛打心底发出这么一番感慨。

看到刘茂盛向这边走来。高扬威放下手中的锄头，找了一块石头坐下等他过来。刘茂盛走上前来从兜里掏出一盒中华烟，抽出一支递给他，高扬威没有接，他摆摆手从腰间拔出旱烟杆叼在嘴上，用火柴点燃，吧嗒吧嗒地抽着。刘茂盛找了块石头坐下后，两眼望着窟野河水，心情忧虑地说道："老哥哥，我这心里不痛快，你说说，治理窟野河环境污染是不是一件大事。"

说到这儿他回过头去看了一眼高扬威，高扬威点头。

"可是为什么我们当地人，还有当地的官员却不把它当回事情？"

紧接着他把最近一段时间以来，县上领导和窟野河两岸煤矿老板对他的意见，向高扬威道了出来。

之后，两个人都默默地看着缓缓流淌的窟野河水，谁也没有言语。

刘茂盛说："老哥唉，在外面假话听得多了，找你来就是想听你讲真话，咋一声不吭？"

高扬威放下烟锅，不紧不慢地起身把身旁一棵刚刚栽下的小树苗周边的土踩实，然后又把树干稍稍向上一提，这才开口说道："做事情就像种树一样，把树苗栽下后，你应该先把虚土踩实，最后向上提一下。"

刘茂盛插话说："这个我懂。"

"只是大家都明白的道理，为甚一些人却不愿意照着做呢？"

高扬威自问自答。

"因为是我们做事都一门心思地想着向前、向前、向前，却不知道迂回，就像这棵树苗，往起拔一下让它的根茎有个迂回，这样才能让它找到合适的地方扎根。就说窟野河水的治理吧，你搞一刀切，损害了很多煤老板的利益，他们能痛快吗？你得寻找时机，所谓天时、地利、人和一个都不能少，只有一个都不少了，你才能做成事情。"

刘茂盛说："可是县上却让我给他们让路，你说这县上的领导……唉！不说了，说出来惹一肚子气。"

两个人再次沉默下来，一阵风沿着河道吹上来，扬起一片沙尘，在两个人面前扩散开来，又一点一点消散在他们身后的绿树林中。

风吹过去以后，山上山下显得格外平静。

刘茂盛突然记起儿时在河道里滑冰的情景。高扬威坐在滑冰车上，滑冰车是高扬威把三块木板用两根龙骨固定在一起，然后再用两根八号粗细的铁丝绑在龙骨下面制成的，虽然看似简单，在那个年代已经是很奢侈的冰上交通工具了。

整个下午时光，两个人不知疲倦地在冰河上你推我一会儿，累了，再由我接着推你一会儿，正玩儿得高兴时，在下午温暖阳光的作用下，河中心的冰层突然炸裂，让正推着刘茂盛的高扬威措手不及，只见刘茂盛和他屁股底下的滑冰车一起，连人带车溜进裂开的河水中。落入河水的刘茂盛再想站起来已经来不及了，冰冷刺骨的河水里的冰块卡住了滑冰车，同时，也把刘茂盛卡在了那里，吓得他惊慌失措。

还是高扬威脑筋转得快，他迅速跑到河边，折下一根两米长的红柳条，跑过来把柳条递到刘茂盛的手中，在高扬威的拼命拉拽下，刘茂盛连滚带爬地上了岸，可是那辆滑冰车却消失在了河水里。

刘茂盛还记得那年夏天，窟野河刚发完大水，村里的孩子们都跑到河道里，捡拾从上游冲下来的煤块拿回家里做饭用。

刘茂盛年龄小个子低，只是贪图跑在前面拾煤，不小心掉进一个大水坑，水坑下面都是被水冲刷过的细沙，他的双脚根本使不上力气，其他人又不敢上前拉他，眼瞅着刘茂盛一点一点在水坑里越陷越深，此时再跑到岸边拿工具或者叫大人来营救，已经来不及了。正在大家干着急没有办法的时候，还是高扬威急中生智，让大家把身上的裤头背心迅速脱下来，拧成一根绳子，抛给刘茂盛，这才把他拉出了水坑。

刘茂盛正在沉思，高扬威问："想甚呢?"

刘茂盛说："想起儿时光屁股的事情来。"

于是，把儿时两个人在冰里水里的事情讲给高扬威听。

高扬威也是非常感慨："是啊，一晃半个世纪过去了，我们这一辈的人像这窟野河一样都老下了。"

刘茂盛说："工业文明在给我们带来富裕生活的同时，也给我们带来了环境污染的苦恼，难不成工业与环境原本就是一对天敌？"

高扬威没有回答他，其实两个人心里都明白，问题到底出在了哪儿？工业起点低，技术进步快而观念转变慢。用马克思的话说，就是生产力和生产关系的关系问题，只不过是谁也不愿意说出来。

刘茂盛说："老哥哥，我现在很想喝烧酒，再听你唱原生态的酸曲儿。"

高扬威说："这还有甚说的，咱们这就回屋喝嗑。"

刘茂盛说："咱们到我大哥家喝去吧，让大嫂炖上一锅带骨头的羊肉。"

高扬威手一挥笑眯眯地说："好啊，现在世道好了，想吃甚都不是问题，咱们这就动身。"

说完，高扬威拎起锄头沿着窟野河堤走在前面，嘴里漫无边际地随口唱起了酸曲儿：

> 白花花的大腿水灵灵的你，
> 这么好的地方就留不住个你。
> 扑通通钻进了哥哥的怀，
> 云从了风儿影随了身。
> 晴天里打雷真个个怕，
> 哥哥你在城里有了她。
> 大雁雁南飞秋声声凄，
> 荒了责任田富了自留地……

刘茂盛走在高扬威的身背后，耳朵里听他随心所欲地唱着酸曲儿，心说，这就是高扬威，生下来就是一个乐天的人。

二十八

　　液化煤厂派出去三十名业务员在全国各地展开拉网式推销，一个月后，一名业务员从南方打回来电话，说南江市一家大型化工企业的老总对他们的液化煤产品非常感兴趣，出于职位对等方面的考虑，是否请领导去一趟南江市，与对方进行高层洽谈。

　　业务员在电话中详细介绍了这家大型化工企业的近况，由于受到雾霾天气影响，当地政府正在起草出台限制使用燃煤锅炉的红头文件，这家化工企业的老总得到消息后，正在考虑更换原有的燃煤锅炉。对方原本打算上液化气锅炉，但是考虑到液化气的成本和气源紧张，正在犹豫时，恰好让这名业务员给赶上了，双方一拍即合。

　　当然，对于不久之前才招聘到液化煤厂从事销售工作的业务员来说，面对如此大规模项目的谈判还是显得有些稚嫩。高光亮听到消息后，立刻乘飞机前往南江市，他要亲自与这家化工企业的老总见面洽谈。

　　自从煤炭市场进入卖方市场以后，他已经多少年没有跑过销售了，当然不是他懒下了，而是大好的卖方市场，让他不需要像当年那样赶着毛驴车、或者开着小四轮拖拉机玩儿命地推销。窟野河煤矿只要把煤从地下开采到地面，那些排了几公里长队的大型货车便一辆接着一辆地掏钱拉煤，销售这门业务对于高光亮来说，似乎已经成了久未谋面的熟人，是既熟悉又陌生。

　　高光亮乘飞机赶到南江市后，与对方的老总相见甚欢，双方很快达成了意向性协议，然而进入到实质阶段，在那些个技术参数、技术要求、技术指标方面的谈判中，高光亮和业务员都显得有些力不从心，他们不能娴熟地一口报出技术数据，或者回答出对方提出的问题，给对方的技术人员一个满意答复。

　　第一轮谈判看来并不是多么顺利，高光亮看出来，在双方能否继续合作方面，对方有了退意。晚上回到下榻的宾馆，高光亮急忙给液化煤厂办公室主任打电话，让他无论如何安排总工程师郑媛乘明天最早一班飞机赶到南江市，他们要在明天下午与对方进行第二轮商谈。

办公室主任查了飞机航班时间表后说，明天上午没有直飞南江市的飞机，最早一班飞机是下午三点的。高光亮在电话中发了火，骂办公室主任无能，让他无论如何想办法在中午之前把郑媛送到南江市，否则，就撤了他办公室主任的职。

办公室主任有些丈二和尚摸不着头脑，平时说话和气的董事长今天这是怎么了，哪里来的这么大的邪火，不过他更清楚高光亮说一不二的脾性。

高光亮摔下电话后，对身旁的业务员说："这个饭桶，不用他时你看他殷勤地在你面前绕来绕去，现在用上他了，只会推脱责任。"

业务员说："董事长，你也不用太着急，如果明天下午郑工实在赶不过来，咱们就把第二轮洽谈推迟到后天上午。"

高光亮说："做生意讲究诚信，更讲究时间。咱们给人家说好了明天下午再谈，明天下午就一定得谈。再说了，时间就是金钱，也许错过了明天下午，后天对方就很有可能找到别的液化煤厂家，你应该明白现在是网络时代，鼠标一点全国有多少家液化煤生产厂商都在等着呢。"

业务员点头说："董事长分析的是。"

正说着，高光亮刚才摔到沙发上的手机响了起来，业务员急忙起身拿起电话递给了他。电话是办公室主任打来的，向他汇报说，明天早上有一班从省城飞往北京的航班，十点半有一班从北京飞往南江市的航班，安排司机连夜开车把郑工送到省城的国际机场，让她明天一早从省城国际机场先飞到北京，然后转机到南江市，这样郑工就能在十二点半之前赶到。

放下电话，高光亮长舒了一口气，但是他还是有些不放心，现在的航班经常晚点也是常有的事情，那就只有祈祷郑媛明天乘坐的航班不要延误，准时到达了。为了赶时间，高光亮一大早起来就催促业务员雇了一辆出租车到南江市飞机场的航站楼停车处，提前等在那里。还好，那天的飞机都很准时，可是南江市的堵车，让坐在谈判桌前的高光亮着实忍受着煎熬，眼瞅着谈判的时间——下午两点钟，正在一分一秒地到来，出租车还在路上堵着，高光亮那个心急啊，这会儿对于他来说，时间已经不是金钱的概念了，时间就是生命，就是这次谈判能否成功的生命线。

高光亮提前来到了会议室，眼瞅着对方的谈判人员一个个鱼贯而入，各自坐在了谈判的位置上，高光亮这一边还是光杆司令。虽然内心焦急，多年的大风大浪也让他历练出了处变不惊的真功夫，高光亮一边和进来的人打招呼，一边和大家开着玩笑，给大家讲来自北方的地缘笑话。他的幽默风趣让气氛非常轻松。

正说话时，老总带着秘书走进了会议室，秘书的手里抱着一厚摞资料。高光亮的心里一紧，看来自己今天要唱独角戏了，紧跟着他的眼前一亮，原来跟在老总身后抱着一厚摞资料的人不是什么秘书，而是液化煤厂的总工程师郑媛，刚才她是影在了老总的身后，高光亮没有看清楚，只是看到了一个人怀里抱着的资料袋，就以为是老总的秘书。

看到郑媛和业务员出现在门口，高光亮刚才还焦躁不安的心放了下来，他甚至感觉到有些激动。如果不是在这样的场合，当着这么多人，他真就会起身跑过去，与郑媛和业务员拥抱在一起。

等到老总和郑媛都坐下后，双方开始第二轮谈判。

郑媛一一解答了对方提出的问题，并就液化煤的技术数据和指标向对方详细做了分析。会议室里不再像昨天一样疑问重重，变得静悄悄的，那些昨天还在谈判桌上滔滔不绝的技术人员，仿佛一下子都被她有条不紊又据有说服力的分析说服了、镇住了。

事后高光亮分析说，除了郑媛作为液化煤厂的总工程师对各项技术参数了如指掌、对答如流以外，还有就是她香草美人高雅的亲和力折服了在场所有的人，包括那名老总。

晚上，在饭桌前，当高光亮把郑媛如何能在今天下午开会前准时赶到的过程，讲给那位老总听后，那位老总深受感动。他对身边的人员说，如果中国的企业管理者都能像高总那样敬业，都能像郑工那样专业，我们很快就会步入世界先进企业的行列。

老总端起一杯白酒起身说道："我真心诚意敬二位一杯酒，喝下这杯酒，咱

窟野河 |

们的事情就算是定下来了,明天就签合同。"

　　双方喝完这一杯决策酒后,那位老总这才提到让高光亮和业务员大吃一惊又感觉后怕的事情。他说:"真人面前不说假话,我也不瞒着你们,昨天的第一轮谈判过后,我已萌生退意,因为你们在技术上太不专业了,我想这样的厂家岂不是把我们往沟里带?如何还能合作?我已安排人连夜在网上查找到至少三家液化煤厂家,有山西的,还有内蒙古的。原本打算今天下午把你们应付过去,就让其他厂家前来洽谈的。"

　　老总说到这里,与高光亮碰杯喝下去一杯酒后,继续说道:"今天看到你们能下这么大的功夫,又是车又是飞机,连夜把郑工这个在技术上非常专业的女博士接到南江市,足以看到你高老板的重视程度和敬业精神,这让我很受感动。"说完他再次给高光亮和郑媛敬了一杯酒。

　　如此大费周折又颇为顺利地拿下了第一单业务,高光亮很是高兴,他乐观地想,如果照这样的形势发展下去,液化煤厂不仅是窟野河煤矿未来的摇钱树,而且还解决了矿上的环保问题,真可谓是两全其美的好事情哩。

　　晚上回到宾馆,高光亮因为高兴,在酒场上不免多喝了几杯,于是,沏了一杯浓茶醒酒,到了十点来钟,酒是醒得差不多了,茶劲却上来了,他兴奋得睡不着觉,坐在那里看着电视,满脑子想的都是液化煤厂的未来发展。他打电话叫住在隔壁的郑媛陪他聊天。不一会儿,郑媛来了,两个人坐在那里一边喝茶,一边聊天,对于液化煤厂的未来发展,郑媛也早想抽个时间和高光亮谈谈她的想法,听郑媛这么说,高光亮很是高兴,他从小吧台上拿出一瓶干红打开,给两个人都斟上红酒。他知道郑媛晚上喜欢喝一点儿红酒。郑媛曾经说过,晚上喝上一点儿红酒有助于睡眠质量的提高。

　　两个人边喝边聊,聊到高兴处就互相碰一下杯,郑媛只是轻轻抿一小口,然后享受口感的美妙,高光亮一开始还是和郑媛一样一小口一小口地喝,后来高兴了,也就不管不顾,一口一杯地喝了起来。

　　喝了那么多白酒,又喝下去这么多红酒,高光亮感觉到自己的头开始有些发晕,过了一会儿,再看郑媛,眼睛里就有了虚幻的感觉,后来听郑媛说:"高总,你喝多了。"

高光亮有气无力地点点头，郑媛说："我扶你上床休息。"

高光亮被郑媛扶着跌跌撞撞向套房的床铺走去，再后来他就什么也不记得了，只是回想起来自己在梦中抱着香草美人，半夜醒来后，看到怀里抱的仅仅是一床薄薄的被子。第二天还没有起来，听到外面有人敲门，穿上睡衣打开门，看到是郑媛站在门口，她手里捧着他的内衣，郑媛说："你的内衣脏了，我昨晚上回去给你洗干净，现在送过来。"

高光亮脸上一红，他想不起来自己的内衣是咋样脱下来的，又会是咋样跑到郑媛那里去的，但看到郑媛和往常一样的淡定和优雅，无暇多想，伸手接过内衣说："谢谢照顾，给你添下麻烦了。"

问她要不要进屋，郑媛说不用了，收拾一下赶中午的飞机回去吧，厂里还有一大堆事情等着处理。

高光亮说，既然来了，就在南江市好好转转，看看风景和名胜古迹。郑媛摇头说："不用了，等把厂子摆顺了，以后有的是时间过来参观。"

留下业务员继续跟踪项目，高光亮和郑媛两个人中午乘飞机从南江市飞回省城，厂里送郑媛来的小车还在机场等候着他们，于是，他们乘车返回。回到厂里已是半夜，高光亮吩咐司机，让司机先把郑工送回去，说他晚上就不回家了，等送完郑工再把他送到矿上的办公室住下。

司机回答说："好！"

第二天一上班，粉花便走进了高光亮的办公室，她一大早打电话问司机，司机说："高总是昨晚半夜回来的，住在了办公室。"

粉花进门后，先进了套间，说是给他打扫房间，其实是在侦查，看能否找到一些蛛丝马迹出来。她先是知道高光亮去了南江市谈业务，又听说郑媛连夜也赶了过去，粉花坐不住了，她的内心再一次像矿上的文工团刚刚开办时一样焦躁不安起来。也不知为什么，自从有了大把大把的钱以后，粉花总是有意无意间会把高光亮和女人联系起来，不是有那么一句顺口溜说："男人有钱才学坏，女人学坏才有钱。"这句话始终萦绕在她的脑海中挥之不去。

201

给高光亮打扫完房间，粉花没有发现任何的蛛丝马迹，但他还是不放心，她想，人家要是做下那事了，在外面早就做下了，还等着你刘粉花在这儿捉啊！

这时，办公室主任进来汇报说："高总，马上开班子会，你看在会议室开还是在这儿开？"

高光亮批阅完一份文件后，抬头看看表说："就在这儿开吧。"

听到说马上要在这里开会，粉花就跟着办公室主任走出了高光亮的办公室，下楼的时候，看到班子成员相继走上楼来，并和她打招呼。她走到门口，看到郑媛走过来，冲她点点头，向楼梯走去。粉花的心中一跳，她来做甚？难道也是来开会？想到这儿，粉花改变了主意，她转身跟在郑媛的身后上楼，又尾随着郑媛再次回到了高光亮的办公室。

看到粉花再次回来，高光亮问："你还有甚事？"

粉花说："没有甚事情，就是看你们开会，我也想听听你们都说些甚。"

高光亮说："单位的事情跟你没有关系，你听个甚？"

粉花看了一眼正在就座的郑媛，那意思是跟我没关系，跟她有关系！走过去一屁股坐在了郑媛的旁边，这让高光亮觉得自己的婆姨是在这儿胡搅蛮缠，可当着这么多下属的面又不便发火。

于是他耐着性子说："我们在谈公事，又不是家里的私事，你最好不要掺和进来。"

粉花说："我也是财务上的人，还当过财务科长，为甚就不能听听你们谈论的公事？"

高光亮这才想起，当年粉花在财务上任科长兼出纳，管着钱的出入，后来业务量增大，又招进来几个财务人员，财务工作步入正轨，粉花便不再参与，可是并没有免去她在财务上的职务。家有悍妻，永无宁日。当着众人的面，高光亮只得由着她的性子来，于是，宣布开会。

粉花一直坐到大家把会开完，看着众人散去，郑媛走出了高光亮的办公室，这才起身，也不和高光亮搭话，便离开了。

二十九

晚上，应酬完煤炭局来人的例行检查，高光亮回到家里，孩子们和家里的两位老人都已睡下。看到粉花一个人坐在一楼的客厅看电视，他便径直上楼回到卧房，一是他太累了，二是因为她今天上午的表现让他很不满意，所以他并没有理她。

刚刚躺下，粉花穿着一件红色的大浴衣进来了。高光亮听到门轻轻一响，他略微侧过身，面向着窗外，打算强迫自己尽快睡去。

粉花绕过一米八的大水床，站在窗下，她说："我知道你没有睡着。"

高光亮依然侧着身没有理她。粉花说："你这是在搞家庭冷暴力。"

高光亮第一次听到这个新名词，想她还很新潮，可是他还真的不知道啥叫家庭冷暴力。就在他脑子里琢磨的时候，粉花看到他的眼皮在上下跳动，说道："别装了，起来，和你谈谈心。"

高光亮只好坐起来围着被子问："你和我有甚好谈的，又不是外人。"

粉花说："自家人才要谈心呢，刚才电视上的专家就是这么说的。"

高光亮觉得好笑，说，听那些个专家瞎说，他们中的好些人都是早早就离了婚的。粉花说，别管人家离不离婚，只要说得有道理就得听。

两个人沉默了一会儿，出于好奇，高光亮问："甚是冷暴力？"

看到高光亮先开了口，粉花便走过来偎在床边，由于水床的跳跃，她一屁股坐下去，高光亮随着她的起伏也跳跃了几下。粉花说："不是冷暴力，是家庭冷暴力，就是说，两口子好长时间谁都不理谁，给对方造成心理上的孤独和压迫感。"高光亮问："这也是听电视上的专家说的？"

粉花没有直接回答他，而是接着她刚才的话茬儿说："你算算咱们都多长时间没有睡在一起了？"

高光亮想了想说："不是天天在一起睡吗？"

粉花说："你整天一回来，就躺倒在床上，死人般扯下嗓子打呼噜，那也叫

203

一起睡？"

高光亮说："你还要咋？"

粉花此时已偎进了被子里，"我要你爱抚我。"

应酬了一晚上，陪人喝了一夜的酒，高光亮实在是有些累了，便说道："老夫老妻了。"话没说完便已背过身去。粉花觉得是自己老了，不如大姑娘时那样对他有吸引力了，她开始坐在那里默默垂泪。当听到高光亮再次响起打鼾的声音时，粉花真的愤怒了，她一把拽下盖在他身上的驼绒被，突然歇斯底里地大叫道："我让你睡，我让你睡！"

从睡梦中被惊醒的高光亮一开始还丈二和尚摸不着头脑，当他完全清醒过来后，一股怒火涌上心头，连个觉也不让人好好睡，回这个家还有甚好。

于是，他一跃从水床上跳了起来，大声吼道："大半夜的，你还让人睡不？"在婆姨面前很少大声说话的高光亮今天突然爆发出的怒火，让粉花也一下子惊呆了，在她还没有完全反应过来时，高光亮已经穿了外衣甩门而去。

被他突如其来的举动吓傻了的粉花，好半天才缓过神来，此时的卧室里已是人去屋空，静悄悄的没有一丝声响。这种场景让她想起墓穴，好像是怕惊动墓穴里的自己似的，她默默半躺在宽大的水床上，难以掩饰的悲伤让她很想大声号出来。可是，她明白家里还有老人和孩子，她不能让他们听到她的哭声，对于他们夫妻来说，这也算是家丑，家丑是不能外扬的。

为了解脱胸中堵塞的悲痛，她只得把枕头上的提花枕巾从身子底下拽出来，狠狠塞进口中，水床在她低低的压抑声中凄凄切切地上下晃动着。

高光亮走出家门，却不知道要去哪儿，他在路灯下的滨河路上转了一会儿，感觉胸中的怒气消得差不多了，想到粉花这会儿大概已消了气，或许早已睡下，打算沿着河岸市政工程新修建起来的花坛小路往回走，灯光下的窟野河水泛着微光，习习凉风吹过河面，波光粼粼。多少年来，整日疲于奔波，无暇顾及身边的事情，高光亮第一次感觉到家乡在不知不觉中发生了变化，与记忆中的家乡相比，它更像是一座现代化的城市了。

一路思索着回到自家别墅楼下，看到二楼他和粉花卧室里的灯还在亮着，心想，她还没睡，如果自己就这么回去，她再闹将起来咋办？在楼下徘徊了一阵，夜半凉风吹得他有些瑟瑟发抖，看看手机上的时间，这才十点来钟，一想起回去会看到粉花不讲理的闹腾，高光亮便不想回去了，干脆回矿上吧。做出这样的决定，对于此时人困马乏的高光亮来说，也是无奈之举。

怕惊动家人，他没有开车，而是站在滨河路边打了一辆出租车。

粉花坐在水床上，她在等他回来，原本是想与他好好谈谈，结束一段时间以来两个人的家庭冷暴力，没想到会是这样的结局。是自己还不够冷静吗？还是他真的就这么厌烦自己？她想等他一会儿消了气回来，再不能冲他发脾气，给他打盆热水让他热热脚，然后再和他说说心里话。她想，两个人平日里吵归吵，怨归怨，可到了甚时候还是要婆姨、汉子一起过日子。然而，左等右等不见他回转来，粉花刚才还压着的平静心态又一次急躁起来。她起来在屋里转悠，掀开窗帘向外瞅，外面冷冷清清没个人影，她又躺在水床上使劲扭动躯体，把心中的怨气都撒在起伏跳跃的水床上。

高光亮乘了半个小时出租车来到液化煤厂，走进厂区，听到机器在厂房里的轰鸣声，他不知道为啥让出租车司机把车开到这里来，只记得出租车司机问他："去哪儿？"他只是简洁地下意识回答："工业园液化煤厂。"

心情不痛快时，首先想到的是液化煤厂，是有意识还是无意识？或者二者都不是，是潜意识也未可知，反正是他真真切切地来到了液化煤厂的大门前。

站在液化煤厂的办公楼下，看到有几间办公室的灯还亮着，其中一间亮着灯的窗户就是郑媛的办公室。

门房的保安看到董事长来了，有些诧异地向他敬了个不标准的军礼。在保安的印象中，从来没有看见过董事长这么晚来厂里视察。

高光亮冲他点点头，走进电梯间，他从一楼乘电梯上到六楼，径直走进了郑媛半开着门的办公室。女人的办公室和男人的不同，男人的办公室里除了十足的烟味以外，还有杂七杂八的气味混杂在一起，如果在阳光的照耀下，有一种上升的嘈杂的阳刚之气；而女性的办公室一进来，就能嗅到一缕淡雅的幽香，它能让男人浮躁的心情很快地平复下来，最终落在一块阴柔的青绿色草地上，有一种潮湿的柔美的感觉。

看到董事长进来，郑媛放下手中正在阅读的一封信笺，站起身来半开玩笑半认真地说："董事长这么晚了还来视察工作呀？"

高光亮走到她的办公桌前，看到她刚才正在阅读的白纸上写的方块字自己咋不认识，郑媛领会了他的疑惑解释道："是日文。"

高光亮在桌子对面坐下，郑媛闻到了淡淡的酒气，说："又在外面应酬了？"高光亮点点头，郑媛起身为他沏了一杯午子仙毫，她知道，他喝完酒就喜欢喝这个品牌的绿茶。

她曾经劝他，让他喝普洱，因为普洱茶是暖性，喝了养胃。

高光亮回答她，喜欢绿茶的那种口感。

在喝下一杯热茶后，高光亮感觉身子暖和了许多，便和郑媛谈起液化煤最近一段时间的销售情况。

郑媛认为，不是很好，原因有三，一是液化煤的专利技术含量不高，被仿制的可能性大；二是液化煤市场在我国刚刚起步，许多用户对液化煤还不是很了解；三是最关键的，各地政府对液化煤认识不一，对它的重视程度不够。

高光亮认为，目前看来，仅凭销售人员满世界撒网式地向用户推销液化煤产品是不行的，应该通过宣传途径，影响政府，让政府重视液化煤的发展前景。他说："我们是否应该首先到政府有关部门去做做宣传工作。"

说到这儿，高光亮抬腕看看表说："时候不早了，早点儿休息吧。"

高光亮站起来转身向门口走去，却看到他的婆姨刘粉花衣衫不整、头发蓬乱地站在门口。

他于是问道："你来做甚？"

粉花没理会他，自顾自地说："我一想你就在这里，咋了这就走，是不是怪我打扰了你们的好事情？"

高光亮说："门都开着，我们有甚见不得人的事情？"

粉花说："你不要恼羞成怒嘛！我又不是来捉奸。你想呀，捉自己老公的奸我面子上也不好看，你说是吧？"

看到郑媛站在那里不知所措，她一指高光亮说："你先出去一下，让我们两个女人在一起说说话。"

高光亮小声说："不要闹了，行不？在家里闹完又跑到单位来闹，你不要把事情做得太过分。"

粉花冲他一笑，说："我没有闹呀，我只是想和她好好谈谈。"

一直到这个时候，郑媛才插上嘴，她说："董事长，那你就先出去一下吧，让我和嫂子说说私密话。"

高光亮无奈地摆摆手走了出去。

大约过了一个钟头，看到郑媛拉着粉花的手送她走出办公室，高光亮从西面楼头走过来，看到两个人的面色都很淡定，也不知道她们都谈了些什么。只见粉花拉过去郑媛的另一只手说道："妹子有空到家里耍。"

郑媛点头。

粉花又对高光亮说道："时候不早了，让妹子早点儿休息，咱们回嗑吧。"

像是一头被人牵了绳的老黄牛，高光亮乖乖地跟在婆姨的身后走向电梯口。

两个女人近一个小时的谈话，她们俩在一起到底都说了些啥，高光亮不知道，两个女人在他面前也是守口如瓶。

第二天一早，液化煤厂召开销售工作会议。在会议上销售人员反馈回来的信息说，大多数燃煤企业并不愿意使用液化煤，原因很简单，原煤锅炉省事又省钱。至于造成的环境污染问题，眼下政府又没有明令禁止使用原煤锅炉，这年头多一事不如少一事，没有几家企业愿意自己折腾自己。

在听了销售人员的汇报后，高光亮思考，看来必须首先寻求政府的支持。

会后，他和郑媛来到政府相关部门，当他们把正在从事的液化煤事业，以及液化煤对于环境保护方面的贡献向那位主管的负责人陈述后，那位负责人嘴里叼着香烟，一边看着手头的文件，一边慢条斯理地答复说："就本省来说，目前，我们还没有接到上级部门关于禁止使用原煤锅炉的红头文件。你们从事液化煤这项事业我个人认为是个好事情，可是政府也不能越俎代庖，非要让企业改造锅炉来使用你们的产品。我个人认为，你们属于企业行为，所以说，你们要是愿意去做这项事业，我们不反对也不干涉。当然了，企业愿不愿意使用你们的产品，这个不在我们的职权范围内，就不好说了。"

郑媛还想和他理论，高光亮冲她使了个眼色，意思是，看对方的官僚态度就知道，再多说也没用。

于是，他们起身和对方告辞出来，那位负责人非常和蔼地把他们送到门口，嘴里口口声声地说道："我个人认为这是件好事情，是件好事情。"

从政府办公大楼走出来，郑媛气愤地说："政府里咋还养了这样的官僚存在，这不是祸国殃民嘛！"

高光亮说："他们也有他们的难处，没有上级文件，他们插手出了问题咋办？这些人的原则主要还是保住乌纱帽要紧，你就是再生气也没用。"

看来这条路走不通。

前院的事情还没有处理好，后院又失火了。

窟野河煤矿投入五个亿资金建设的液化煤厂，自建成投产到生产出成品开始，一晃两年过去了，市场打不开，生产出来的产品大量积压在库房卖不出去，影响股东们的年终分红不说，而且谁也看不到它的前景何在。于是就有人在背地里开始散布，说这是一次失败的投资，甚至还有人指名道姓地批评，说让董事长高光亮负责。

杨圪劳正是搅起这一风波的幕后主使，眼瞅着五个亿的投入打了水漂，他的心情是复杂的。就时下的状况看，钱投进去了收回来的可能性不大，五个亿啊，谁不心疼？如果分给股东，每个人的腰包都能鼓出一个大包来。

与此同时，他又在内心暗自庆幸，高光亮这个董事长必须要为他的一意孤行引咎辞职，这样一来，他这个副董事长就可以取而代之，从而圆了他多年以来梦寐以求的董事长梦。

最近一段时间以来，杨圪劳又开始到处在董事和股东们之间游走了。两年前被高光亮打压下去的死灰再次复燃，照目前大家的情绪来看，这一次要比两年前来得更加猛烈，大家的怨气也要更大一些。

趁此大好机会，他一定要孤注一掷地抓住它，常言道：机不可失，时不再来啊！杨圪劳从以往的暗中游说董事，已经到了开始明目张胆地四处游说，在杨圪劳的鼓动下，个别股东早已按捺不住他们的不满情绪，他们开始站出来当面指责董事会的决策失误，矛头自然指向的是董事长高光亮。

屋漏又逢连阴雨。在年终的销售工作总结会议上，销售人员抱怨说，由于他们生产的液化煤产品缺乏高、精、尖的科技含量，花费九牛二虎之力好不容易在外省市打开的市场，很快就被那些仿冒的低价产品所替代。一些唯利是图的企业为了省钱，根本不把和他们最初签订的合约当回事，说废止就废止了。高光亮在会上咨询企业聘请的律师，律师说，像这样的经济纠纷只会是旷日持久地打下去，即使你把官司打赢了，最后也是竹篮打水，得不到应有的经济回报。如此说来，液化煤的市场前景是一片暗淡。

这次销售会上的内容，被杨圪劳在股东们中间广为传播。在他看来，这应该就是压垮高光亮的最后一根稻草。

适逢周末下午，高光亮再一次召集液化煤厂的全体销售和技术人员开会，商讨来年如何打开市场销售工作。他让大家在会上集思广益、建言献策，他说："我们必须蹚出一条企业销售的路子来，这就要开拓创新。开拓创新允许失败，即使失败了也不怪大家，这个责任我来承担，只要大家一起努力，总比坐等失败的好。真的勇士倒也要倒在前进的道路上，而不是倒在后退的道路上！我希望大家都能对厂里的销售工作提出一些个人的想法和建议，不怕你说错就怕你不说。"

在他的鼓动下，有业务人员提出必须提高技术含量，否则，很难保住已经开发出来的市场；还有业务人员提议增加销售业务提成，以提高销售人员的积极性；还有人提到应该让技术人员走向市场，发挥他们的技术特长，比如，医药公司跑医院的业务员，都是顶尖的药理分析师，因为只有他们才能把厂家的医药产品性能全面推荐给主治医师，我们也不妨学学人家医药公司的推销方式，让技术引领销售。

尽管很多想法属于奇思妙想，不具备实际可操作性，但是，对于正在有病乱投医的高光亮和液化煤厂来说，有想法总比没有想法要好。

大家七嘴八舌地在会议室里建言献策，不知不觉天已经完全黑了下来。就在会场上群情激扬时，粉花推门进来了。今天是周末，看到这么晚了高光亮还待在液化煤厂没有回来，粉花的心绪感觉到不宁，她想到那个人们公认的香草美人郑媛，一定和高光亮在一起，她再也坐不住了。尽管那天她和那个女人有过约定，可是女人心海底针，人心隔着肚皮，谁能知道她会不会遵守那个约定？

想到此，粉花怒气冲冲地赶到液化煤厂会议室，也不看里面都有谁在，只是想着高光亮一定是和郑媛都在里面，她推门走了进去。

门开了，不算很大的响动却吸引了所有在场的人的目光，会议室里立刻变得鸦雀无声，一双双疑惑的眼睛看着怒气冲冲的董事长婆姨。看到高光亮坐在上首，右边紧挨他旁边坐着的是总工郑媛，这样的座次本来也是无可厚非的，可是对于失去理性的粉花看来却是不正常的，她认为高光亮挨着郑媛坐是有意安排下的，他们这是在表演给她看，是在故意气她。

她的耳边传来高光亮颇为愠怒的质问："你来做甚？"

听到这一句很不耐烦的问话，粉花的脑海中顷刻迸发出红的、绿的、蓝的、白的、黄的色彩聚成一团，又瞬间变成了五彩霞光，她的满眼都是高光亮和郑媛的身影，片刻后，她稳了稳心神，走上前去，坐在了高光亮的左边。这个时候，高光亮的右边是郑媛，左边是粉花，粉花坐在那里也不吭气，在场的所有人都屏住呼吸。看到这个阵势，大家都已经明白，董事长的婆姨所来为何？这样一来，会议自然是再不能继续开下去了，高光亮说："今天的会就开到这儿吧，散会。"

一阵噼里啪啦的响动过后，人们都走了，空旷的会议室里剩下高光亮和粉花两个人，就连郑媛也随着大家离开了。

看到郑媛也走了，粉花的内心有了一种胜利的兴奋感，东宫就是东宫，还是能够压住西宫的，她每天坐在公寓楼的门房看清宫戏，脑子里对那些个宫廷里的后宫之争可谓是了如指掌。

看到粉花搅了会议，高光亮没好气地说："这下子你心满意足了吧。"说完站起身向门口走去。

看到高光亮要走，粉花紧跟几步随着他的身后走出了会议室。两个人一前一后走出办公大楼，早有专车在楼下等候，他们上车，随着两声砰砰的车门子响声过后，小轿车迅速驶出了厂区的大门。

郑媛站在她的办公室窗前，办公室里没有开灯，她隔着纱窗看着外面的一切。小轿车红色的尾灯在大门前一闪而过，厂区的道路华灯初上，星星点点的节能灯一盏一盏随着光线的变幻明亮起来，她的内心百感交集。记得董事长不止一次在她面前说起过"家有悍妻，永无宁日"的话，她为董事长难过，也为粉花整天像看门狗一样地过着这样忠于职守的日子而悲哀。她在想，像他们这样的婚姻家庭还有存在的意义吗？

三十

高扬威老汉一大早起来，掮了锄头走下山坡，来到窟野河边的苗圃，在给最后一块苗圃锄罢草后，打开蓄水池浇灌苗圃。如今河道里的水比十年前小了很多，他只得雇人在岸边挖出一个大型方塘出来，把从上游截流下来的流量不大的河水引过来，然后又在水塘的下方修一条水沟，让河水流经水塘，经过沉淀后再流出去。站在窟野河的河堤上，望着涓涓的水流从水塘沿着窄小的沟渠缓缓流入一块块青色的苗圃，望着苗圃里正在成长起来的松树、柏树等耐旱植物，高扬威老汉思绪万千……

自小，他和高家河的人们都是吃着窟野河水长大的。一晃七十年过去了，如今这河水被开煤矿流出来的废水污染，当年清泉般哗哗的流水声再也听不到了，取而代之的是沉闷的空洞的噜噜声响，窟野河水早已不能让人喝进肚子里了，只能用来浇灌植物。

他抬头看天，天空依然湛蓝，春天的风把云朵吹得卷了边儿，随时变化着它们奇幻的模样，仿佛有一种无形的力量，如驴推磨般推动着岁月在原地踏步。

是啊，时间就像自己屋里那个一年四季都在不停地嘀嗒作响的座钟，不紧不慢、不知不觉地把人的容颜催老。

他在想，已经好久没有见到和他一样也在一天天变老的大哥高扬成，还有大嫂王英两口子了，也不晓得他们在城里还住得习惯不习惯？唉！你高扬威这一生就是个劳碌操心的命，总是在替这个想、替那个想。

抬头看到天边燃起了朝霞，高扬威嘴里一边念叨着，一边捐起锄头打算往回走，又想起院子里那个用来浇花的大瓮里的水不是很多了，他便从苗圃里拎出桶来在水塘中打满水，捐着锄头提着水桶向山坡上的家中走去。

平时自己吃的水都是侄子高光亮安排的，高光亮让他正在上中学的孩子每个周末把村里的自来水接到一个大铁桶里，再用架子车给三爷爷送到村口的家中。他晓得侄子高光亮之所以不让动用机械化而用人拉肩扛的方式送水，目的就是为了培养两个孩子的勤劳和孝顺。

对于受苦人来说，有个良好的传统很重要；对于有了钱的受苦人来说，好的家风尤为重要。它就是这个家庭的存钱罐，在这一点上，高扬威老汉和他的侄子高光亮的认识是一致的。

他在脑子里就这么想着走着，一不小心右脚踩到一块活动的石头边上，脚下一滑，连人带水桶从半山坡滚了下去。

当高光亮得知三爸从山坡上摔了一跤的时候，已是中午时分。当时，他正在和杨圪劳一起商量召开股东大会的事情。对于副董事长杨圪劳来说，由于董事长高光亮的一意孤行，造成液化煤厂投资失败，让五个亿的资金白白打了水漂，股东们非常不满，大家的意见之大也是可以想见得到的。

他想趁此时机，开导一下高光亮，点拨着让他辞去董事长的位子，以平息股东们的怨气。只要高光亮辞去了董事长一职，身为副董事长的杨圪劳就可以名正言顺地接替高光亮，成为董事长的不二人选，到那时，他就可以完全掌控全盘，他的第一个打算就是下马液化煤厂，把厂子就地拍卖。多一事不如少一事，只要守住了窟野河煤矿这个聚宝盆，把煤挖出来卖掉，能给大家年年分红，让子子孙孙有吃有喝，比干甚都强。

在杨圪劳的心中想来，他并不愿像高光亮那样的不安分，总是想着发展发展再发展，要知道发展是有风险的，搞不好会赔了夫人又折兵，不划算。想想看，中国这么大，不管是工业发电、农业生产，还是民用取暖，谁个能离得开煤炭这个基础行业？如果大家都能本本分分地做好手头的事情，那不就是国泰民安嘛！

思来想去，他认为不管是三十六计、还是七十二变，安安稳稳地干好掏炭挣钱的营生，才是正路。

高光亮说："我会给股东们一个交代的。至于退出董事长的职务，我不是没有考虑过，让我不当董事长可以，但是，我有一个条件，也只有这么一个条件，那就是液化煤厂不能就这样下马，不管谁当这个董事长，这是我的唯一要求。"

接着，他给杨圪劳讲了高光远所在的那个国有煤矿的故事。

他说，一个有战略思想的企业家要把眼光放得长远，而不是只看到眼前利益。当年光远他们矿务局的领导要是有战略眼光，就不会在最困难时期为了一点儿蝇头小利而卖掉矿山了，现在你看光远他们的煤矿就是一座金山，我敢断定液化煤厂就是咱们窟野河煤矿未来的金山。

两个人正说着话，大哥金强推门走了进来，急切地说："光亮，刚才村里打来电话，说三爸上午提水时从山坡上摔了下来，传话来说要见你。"

高光亮的脑袋里嗡地响了一下，等他回过神儿来连忙问："咋不送医院呢？"

金强回答："三爸说，他不去医院，只说要见你。"

高光亮立刻中断了和杨圪劳的谈话，他叮嘱杨圪劳先要做好股东们的思想工作，稳定大家的情绪，说完便匆忙走出了办公室。

杨圪劳听到高光亮已萌生了辞去董事长职务的退意，心中暗自窃喜，正待进一步开导让他让出董事长位子时，又被这一档子事情给打断了，心中虽然不免有些懊恼，可是他嘴上却说："赶紧去，赶紧去。"

当高光亮赶到三爸住在半山坡上的窑洞的时候，看到不大的院子里已经站满了村里的老人和孩子。

他走进窑洞，看到三爸躺在炕上紧闭双眼，村里的几个老人正在那里与他说话，听说光亮来了，高扬威睁开双眼，由于光线的作用，他的眼睛眯成了一条缝，看着他的亲侄子。

光亮说："我已叫了救护车来，三爸咱们这就去医院。"

高扬威吃力地摇了摇头，突然精明起来，只见他口齿清晰地说道："光亮啊，不用麻烦医院了，我自己的命，我晓得。我掐算过，在金、木、水、火、土五行中，我属土命，掐指算来，今年的流年是木年，木克土，看来，是我的大限到了，命中注定，不必求医问药。"

光亮说："三爸，快别这样说，现在医学这么发达，一定不会有事情的。"

高扬威摇头说："我的命我知道，叫你来，只有一事交代。"

光亮说："三爸，你说，我一定做到。"

高扬威的眼睛开始闭上了，嘴里喃喃道："替我照顾好树，它们就是你三爸的魂……"

听了三爸的嘱托，一行清泪沿着高光亮的脸颊流了下来。

一小时后，救护车拉着警笛来了，医生进来，首先查看了老人的病情，又用听诊器听了听老人的心脏，摇着头说道："人已经走了。"

高光亮扑上去抱住三爸的躯体放声大哭起来，他悲痛的哭声感染了在场的所有人。此时此刻，泪水从人们的眼睛夺眶而出，哭号声伴随着低泣声在院子里响成一片。

高扬威老汉一生没有子嗣，高光亮成了他唯一的孝子，高光亮的三个孩子就是他的贤孙。

在村里人的张罗下，悼念高扬威老汉的灵棚很快在小院中搭了起来，听到消息后前来祭奠的人们纷纷走上山坡，来到高扬威老汉的小院落。

高光亮和他的三个孩子身披麻衣重孝，不断给前来灵堂祭拜的人们磕头还礼。

傍晚，夕阳西下的时候，高光亮的老岳父茂雄老汉在他的五弟刘茂盛的搀扶下走上山坡，两个人并肩走进灵堂。茂雄老汉兀自流着泪来到灵堂前，他望着高扬威摆在灵堂前的遗像，深鞠三躬，想起当年高扬威为了给他看坟地，站在窟野河岸的高地，为他指点风水时那意气风发的自信和自己早早就把墓碑立起来的往事，口中喃喃自语："老弟弟啊，真没想到，你咋就走到了我的前头。"

他抬起右臂的衣袖，抹去两行纵横的老泪，轻声叹了一口气，继续说道："唉，高家河一带最明白的人走了，扬威老弟，驾鹤西去，老哥哥祝你一路走

好啊！"

　　高光亮从地上爬起来，把走路颤颤巍巍的老岳父扶在一边，和父亲高扬成、母亲王英拉话，又看到五爸刘茂盛上前给三爸高扬威鞠躬行礼，急忙过来和孩子们一起跪下还礼，只见刘茂盛鞠完三个躬后，走上前去，把高扬威搭着黑纱的遗像从左至右正了正方位，又理顺斜在一旁的黑纱，自言自语道："窟野河岸边最有良心的人走了啊！"

　　到了下半夜，高光亮让粉花和孩子们都到隔壁窑洞睡去了，他独自一个人在灵堂给三爸守灵。坐在灵堂前的蒲团上，抬头能够看到外面的月亮与灵堂前的长明蜡烛交相辉映，一切都显得格外皎洁。

　　想到多年以来，三爸在精神上给他的支持与鼓励，高光亮再次流下两行热泪。

　　是啊，在人的一生中能有一个这样的长辈常相陪伴，给你指点迷津，甚至在大年三十晚上，在你穷困潦倒时，为了逃避债务，东躲西藏又走投无路时收留下你，与你一起喝酒解愁，给你讲风水、说命运，谈古论今。是三爸用他那宽广的胸襟和渊博的传统文化底蕴，无数次地开导你，才让你有了今天的辉煌。

　　恍惚间，他看到三爸披着一身红色的绸缎从门外走了进来，来到他的面前，双唇紧闭，也不开口说话。在三爸的背上竟然背着一棵古树，这棵古树看上去非常眼熟，一下子又想不起来在哪里见到过，正待张嘴问三爸那棵树的来由时，却听到山下村里的公鸡开始第一声打鸣，三爸便倏忽不见了踪影。高光亮的身子一歪醒了过来，原来竟然是南柯一梦。

　　接下来的一连三天，三爸披着红绸和那棵树的影像一直在他的脑海里闪现，那棵树真是太眼熟了，可一时半会儿就是想不起来在哪里见到过。

　　高扬威老汉在高家河一带的名声和人缘儿都是数一数二的。知道消息后，每天前来吊唁的人络绎不绝，高光亮白天晚上都在忙于应付，不知道一天要跪下去多少次，磕多少个头，晚上还要和孩子们一起给老人守灵，整个人看上去瘦了一圈，蓬头垢面，没了人形。

　　一直忙到头七那天黎明时分出殡，把三爸埋在窟野河岸边那块早已被他看好的风水宝地上，高光亮的身心才算是消停了下来。

人一消停下来，大脑也就跟着活泛了。就在出殡回来的路上，他这才又想起七天前的那个晚上，三爸背上背着的那棵古树，突然之间他的脑海中灵光一闪，这棵树不正是当年三爸指引自己前去祭拜的那棵神树吗？它原来就在窟野河对岸，正好与三爸的坟头遥遥相应，冥冥之中，仿佛是三爸在引导着自己。高光亮二话没说，找了一块红绸缎拿在手中，迅速向神树所在的方向走去，听到身背后婆姨粉花的声音问："你去哪儿？"

他没有回答她，因为此时此刻他不想回答任何人，只是一门心思地想着那棵神树，他甚至能够清晰地感觉到，三爸的灵魂已经附着在了神树上，拜祭神树就是在祭奠三爸的亡灵。

东边的太阳在面前缓缓升起，从绿树的枝叶间照射过来，绿树与阳光交织在一起，辉映在高光亮步履匆匆的脸颊上。来到古树下，为它披上象征生命与吉祥的红色绸缎，高光亮虔诚地跪下双膝，心里默默地念叨："三爸，从今以后，你在我心中就是这棵千年的参天古树。"

从三爸的墓地回来，高光亮没有休息，他直接走进了窟野河煤矿的办公大楼，并在办公室里再次约见了杨圪劳。

在高光亮离开的七天里，杨圪劳做好了一切准备，他首先接替高光亮掌管全盘工作，这也是高光亮临走的时候安顿给他的；接着，又在背地里鼓动股东们，挑起他们对董事长高光亮投资失利的怨气。

在杨圪劳的心里盘算，这一回他是稳坐董事长的宝座无疑，看来，是万事俱备，只等高光亮这股东风回来了。

杨圪劳把最近一段时间以来股东们反映的情况向高光亮做了汇报，高光亮能够从他的语气里听出来，杨圪劳的口气中有了强硬的成分。

最后，杨圪劳说："股东们对液化煤厂很有意见，认为就是一个赔钱赚吃喝的买卖，大家的意见还是立刻下马。"

听了杨圪劳表白的这番话后，高光亮没有作声，最近几天来，他已是身心疲惫，他的大脑里乱哄哄的，理不出个头绪来。于是，他嗓音低沉地对杨圪劳说：

"这几天掌握全盘工作辛苦你了,你先回去,让我好好思考一下,再答复大家。"

杨圪劳望着一脸倦容的高光亮,关心地问道:"你没事吧?要不回去先休息两天,矿上的工作我顶着,大家有怨气、有牢骚,让他们冲我来发,我还怕了他们不成!"

高光亮摆摆手说道:"不用了,再苦再累,工作还是没有问题的。"

看看再多说也无益,杨圪劳便起身告辞走了出去。

办公室里安静了下来,一只苍蝇在空中飞来飞去,发出单调乏味的嘤嘤嗡嗡的声音。高光亮从抽屉里拿出一盒没有拆封的中华烟打开,抽出一支,点燃,缓缓吸下去一口,慢慢吐出一片烟雾。望着那只苍蝇在烟雾里飞来飞去,脑子在纷乱如麻的思绪中一点一点理出一个头绪,液化煤厂的今天该如何走?它的明天到底又在哪里?产品销售步履艰难,市场前景一片迷茫,政府那里态度暧昧,难道说这条路子走错了,行不通?如果真是这样,他必须引咎辞职,好给股东们有个交代。

可是他又不甘心,就这么容易被困难打败了吗?想到这里,他抓起桌子上的内部电话,按下去一个常用记忆键,对方很快接起了电话,他说:"郑媛吗?来我办公室一趟,有事相商。"

十分钟后,郑媛手里拿着几页打印的稿纸走进了高光亮的办公室,尽管情绪低落,身体劳乏,高光亮还是很绅士地起身为她冲了一杯拿铁咖啡,同时,也给自己冲了一杯不加糖的。自从前年体检时大夫说他血糖偏高以后,他就不再吃糖,包括含糖食品。

郑媛接过咖啡,谢了董事长之后,把那几页打印纸递到他手中,说道:"知道你没有在网上读新闻的习惯,我特意给你打印出来了几页。你先看,看完以后咱们再说。"

高光亮把那几页打印纸放在案头,认真读了起来:

——美国驻中国大使馆去年在其使馆官方微博上公布了北京城的PM2.5数据。这一做法在北京乃至中国引发轩然大波,各种评论和猜测云集网上。虽然大多中国民众对此持欢迎和支持的态度，但"阴谋论"说的出现使舆论发生逆转，一些人真的以为美国公布北京的PM2.5是出于居心不良，是在干涉中国内政，并从民粹主义的角度加以批判。那么，美国使馆公布北京城的PM2.5是为谁而发呢？在美国大使馆没有公布PM2.5之前，恐怕中国公民除了为数不多的环境和气候专业工作者外，没有几个人知道什么是PM2.5，以及它和我们日常生活的联系。尽管近年来人们对国内大城市空气污染的抱怨不绝于耳，但人们却无法从具体的污染数据和危害的程度去评价它给城市居民正常生活带来的影响，更无法对这些污染对身体所造成的损害提出异议。

——美国使馆公布的数据只是本馆区的空气质量，而且是非专业性监测，它的"不严谨不规范"的确是事实。而对中国空气质量做监测和数据发布，也确是中国政府的公共权力。环保部要求美使馆停止发布数据，在法理上是站得住脚的。

有一种批评认为，美使馆搞PM2.5监测并公布数据有很大的"私心"，因为它想为其馆员们多争取美国政府的驻外使馆人员空气污染补贴。从利益上说，不排除他们有意把中国空气质量往差了说的动机。

无论是这种"私心"，还是出于要给中国社会制造话题的"公心"，美使馆都开创了中美关系史上的一个先例：外交官能持续影响中国公众的某个关注方向及态度，而且这种影响是通过用片面信息刺激中国公众情绪实现的。

在中国舆论的现实环境中，美使馆信息的片面性被淡化了，相反，它被很多人当成"更真实、更准确"的监测，尤其成了互联网舆论认识空气质量这一复杂问题的出发点。自PM2.5成为热点后，中国的环保问题显得更加紧迫。

必须承认，美国使馆的行为客观上促进了中国环保向更高目标迈进，捅开了一些中国公众过去不熟悉的问题。或许也是因为这一正面效果，中国官方和媒体都没有在一开始抱怨美使馆什么。

然而事情在逐渐变味，中国环保部门在加快推行更高精度的监测，但美国使馆有很多漏洞的做法却成了"标准"，中方公布的数据被一些舆论不断拿来同美使馆数据对照，造成更严谨的做法不断被美使馆有缺陷的监测干扰。

此外美使馆这样深度卷入中国社会内部的争议，而且持续这样干，显然有意将这种违反外交公约的做法常态化，逼中国默认。对此中国确实无法接受，因为这意味着给美使馆今后公开干预中国内部事务开一个口子。

然而昨天环保部没点美国的名，中方是否决心就此事对美使馆依《国际法》进行交涉，不很明朗。即使这样，如果美国使馆消极回应，继续我行我素，将给中方出一个很大的难题。因为中美的这个冲突通过环保部昨天声明实际已经公开化。中方目前没有自然消化美方行为的软实力，大概只能想其他办法阻止之。否则，就将外交丢脸。

对此次纠纷，中国官方自有值得自我反思之处。为什么美国使馆一个不完整的数据能有这么大的力量，有这么多的追随者，并有很多中国媒体愿意炒作配合？根本原因在于舆论对官方环保数据一直信任度不高，官方的公信力在互联网时代出现了亏空。

公信力的问题需要中国官方下大力气逐渐解决。但眼下，中方面临既然提出要求，就要实现这个要求的考验。这是国际政治常识。如果环保部昨天只是通过不点美国使馆的名发发牢骚，讲一些环保监测的原理，那完全可以找一种更恰当的方法和场合。

高光亮看完郑媛在网上专门为他下载的以上内容后，情绪激动，这还真的是山重水复疑无路，柳暗花明又一村。他感觉，液化煤产业的未来有了希望。

郑媛认为，PM2.5引起国际上广泛争论，就其趋势来看，中央政府和地方政府实际上已经开始接受环境污染成为中国社会问题的事实，预计在未来的几年中，整治环境污染，保护城市环境，必将成为各级政府的一项头等大事。

高光亮说："只要能够引起政府的重视，液化煤产业必将成为市场热点。"

郑媛说："我想借此机会，出去走走，到一些污染相对严重的城市做一些调研工作，我的导师李教授建议我到南方的工业城市去，他在那儿有不少学生都在政府担任要职，或许能帮上忙。"

高光亮说："只有从技术上了解市场，才能有更好的发展前景，这也是建厂伊始成立技术市场部的初衷。"

粉花推门走了进来，她是在门房看到郑媛上楼后，看着表等了二十分钟，还没有见她下来，就急不可耐地追了上来。

看到郑媛正要往出走，说道："刚来就走啊？"

高光亮听出来了，粉花说的是反话。

高光亮能够听出来粉花的反话，郑媛自然也听出来了，她俏皮地回答说："嫂子也来给董事长汇报工作啊？我就不打搅你们了。"

粉花的真实意图被看穿，而且还被调侃了几句，有些不自在，只得尴尬地说："我也没甚事情。"

一边说着，一边与郑媛一起走了出去。

目送两个女人走出去，关上门后，办公室里再次静了下来。高光亮寻找刚才那只让他讨厌的苍蝇，却已不见了踪迹，也许刚才开门，它已经飞了出去。

耳朵边少了那只苍蝇的搅扰，倒让高光亮觉得有些失落。

在平静了一会儿心绪后，高光亮摊开一本信纸，他要给主管工业的副省长写信，这是他最近一段时间不断思考的一件事情，一直没有动笔的原因就是不知从何写起。

刚才郑媛拿来的资料让他有了思路，于是他提笔写道：

"尊敬的×副省长，您好！我是窟野河煤矿的高光亮，也许您早已不记得我了，可是，我知道您主管着全省的工业工作，作为工业产业中的一员，我很想把我们正在投资建设的液化煤事业的前景，以及目前遇到的困境向您汇报。

当然，我向您汇报的目的不是为了寻求您对我的个人帮助，我只是把我思想中的困惑向您诉说出来，因为作为一家股份制民营企业，我们在前进中失去了方向，不知道应该如何走下去……"

三十一

每年六月是县上指定的环境保护月,"治理环境污染,从窟野河做起""还我碧水蓝天,杜绝污水排放""为了后代子孙,严打不法企业"的标语口号,在窟野河两岸随处可见。

身为环保局一把手的刘茂盛亲自挂帅,对环境污染进行为期一个月的大整治,他说,不把窟野河恢复到碧水荡漾的那一天,决不收兵。

他是要给已死去的高扬威一个交代,一个良心上的交代,也是给高家河的先祖和后代一个交代。当然,他也有一份私心在里面,最近从县委传出来了人事调整的消息,组织部门正在考查一名副县长,在考查名单中最有实力竞争的两个人就是环保局长刘茂盛和窟野河工业园区的赵成主任,他们两个人不但是竞争对手,而且还是同学,不但年龄、资历一样,而且地位、实力和人脉也相当,可以说是不分伯仲。刘茂盛想在环境治理上有所作为,也是在给自己竞选中添加筹码。

最近一段时间以来,总有村民反映一些煤矿偷着向窟野河中排放污水,可是派出去检查的人回来却说,一切正常,没有发现异常情况。

这又是怎么一回事情呢?为了搞清楚是否真的有企业向窟野河中排放污水,星期天一大早,刘茂盛便带着环保局的稽查人员,沿着窟野河自下往上开始检查。他之所以挑在星期天,是因为考虑到那些不法煤矿一定会想到周末是环保局休息的时间,不会被稽查到。

稽查人员开车沿着窟野河道每隔五公里抽样检测一次,从河的下游一直到上游,眼瞅着就要进入内蒙古境内了,河水水质均为正常。辛苦了一天一无所获,他的心情非常复杂,他不知道是应该高兴呢,还是应该难过?高兴的是,没有哪家企业敢于顶风而上,看来这场治理窟野河的环保运动初见成效,难过的是,让他始终不相信会有人闲着没事光写举报信玩儿。

窟野河 |

　　刘茂盛想，难道村民的反映不实？还是这次检查走漏了风声？

　　半夜起来，天空飘起了星星点点的细雨，刘茂盛独自开车来到窟野河下游的一个检测点，下到河道里亲自取了一瓶样品上来，打算明天一早上班到化验室进行检测。回到河岸上，在舒缓的风雨中，他嗅到了久违的青草的气息，久居城中，忙于事务，他已经好多年没有认真闻到过这样的气息了。

　　站在那里贪婪地呼吸着大口大口的新鲜空气，耳边听到的是窟野河哗哗的流水声，他仿佛回到了童年时代。那个时候，每天下午放学，他都要和已经逝去的高扬威背着小书包并肩走过河堤，走回高家河村的家中。

　　一路上，河水清澈地流淌，水鸟在河中心的沙滩起舞，两岸一簇簇绿色茂密的沙柳映出两个人投在沙地上的小影子，时隐时现。刘茂盛说，他长大一定要走出窟野河，到外面的世界去闯一闯。高扬威说，等他长大了就去北京给毛主席唱信天游，说罢亮开稚嫩的嗓子奶声奶气地唱了起来："东方红，太阳升，中国出了个毛泽东，他为人民谋幸福，他是人民的大救星……"

　　刘茂盛把嘴一撇插话说："毛主席那么忙，才不稀罕听你给他唱歌呢。"

　　高扬威又说："那我长大了当一名科学家，发明一种长生不老的药送给他老人家，祝他老人家万寿无疆。"

　　刘茂盛说："要是那样的话，我长大了就当一名飞行员，开上飞机从高家河飞到北京，给毛主席送去你的发明。"

　　当年，两个毛孩子天马行空的想象，让如今早已过了知天命之年的刘茂盛感觉到有些伤悲。

　　第二天一上班，刘茂盛带着样品水来到化验室，十分钟后检验结果出来了，各项指标都超。

　　针对这一检验结果，刘茂盛雷厉风行，迅速召开全局动员大会，组织人员下到各矿蹲点守候。他要求各小组严防死守，一定要把排放污水的煤矿查出来，他提出一个响亮的口号："不查出来违法企业，决不收兵。"

　　稽查队员组成三个小组，分别对上游、中游、下游的煤矿进行排查，很快查出几家小煤窑通过在地下掩埋管道的方式向窟野河排水。

在刘茂盛局长的督促下，这一次稽查队没有像以往那样只是给矿上写下整改通知书，开下罚单了事，而是责令其立即停产。

一家煤窑的老板带着人把一组稽查队员堵在了矿上，不让他们开停产整顿单据，稽查队员给刘局长打电话，刘茂盛放下电话后，立即赶到了那家小煤窑。

这是一家年产量仅为三十万吨的煤矿，由于井田面积较小，顶多再开采三五年就面临资源枯竭，所以煤老板也不想着花大力气投入更多资金改造它。

刘茂盛走进矿区，看到三名稽查人员被一群穿着井下工装，头戴安全帽，满脸煤黑的矿工团团围住，便走了过去。许多工人都认识他，看到环保局长亲自来了，矿工们便让出了一条道，刚才还在吵吵嚷嚷的人群一下子安静了下来。

这样的场面在刘茂盛眼里已经不是第一次了，自从他当上环保局长六年来，这样的场景每年在窟野河专项治理整顿期间，都能遇到。

刘茂盛走上前对矿工们说："把你们疤子矿长找来说话。"

看到局长亲自来了，矿长便从人群后面挤上前来。这位矿长也是高家河一带的人，只因脸上长了一块疤，人送外号高疤子。他一边从兜里掏着烟，一边说："刘局长，我在这儿。"

刘茂盛没有伸手接他递过来的烟，而是挥着手说："让你的人都散了。"

高疤子转身对大家说："听到刘局长的话了吗？都散了。"

人群中有人喊："不能停产，停了产，我们就没饭吃了。"

高疤子转过头来一脸无奈地说："你也听到了，你罚款都行，罚多少，我认多少，如果你责令停了产，会影响矿上一百来号工人养家糊口。都是乡里乡亲的，你就高抬贵手，放过我们这一回吧，以后我们不再往河里排放污水就是了。"

刘茂盛说："你们矿这样被责令整改，恐怕不是第一次了吧。"

对方无语，刘茂盛继续说："这回县上下了决心，一定要制止窟野河两岸非法排放污水这一行为。"

高疤子极其不满地斜眼看着刘茂盛，在嘴里小声咕哝道："你的眼睛就只盯上我们，窟野河煤矿咋不停产整顿，谁都知道，那是你侄女婿的矿。"

他的话虽然声音不大，但在跟前的人都听得真切，刘茂盛自然也听到了，于是回答对方："据我所知，窟野河煤矿的废水经过污水净化处理后用在了矸石电厂冷却上，能够达到排放标准。"

高疤子说："那是哄你哩，谁不知道他们矿也有暗含的管道，把井下水直接排放到河道里。"

刘茂盛惊奇地问："真有这事？"

高疤子说："既然事已至此，我也不怕得罪人了。不信你们到沙峁沟查去，那儿就有一条管道通到窟野河煤矿的井下。"

刘茂盛不相信地说："他们电厂的冷却水从哪儿来？"

高疤子向他道出了实情，原来窟野河煤矿随着煤层的开采，井下工作面也在不断延伸，为了图方便，窟野河矿就把离得较远的井下水不做处理直接排放到了河道里。听完高疤子的讲述，刘茂盛半天没有说话，让他不可思议的是，这些个老板为了多挣钱，谁都不愿意遵纪守法。

刘茂盛说："窟野河煤矿是窟野河煤矿的事情，我们马上就过去查看究竟，你们矿必须停产，直到达到国家的排放标准为止。"

高疤子说："好，我等着，要停，大家一块儿停。"

刘茂盛带人来到沙峁沟，果然看到沟里的水源源不断地从地下冒出。他立即给高光亮打电话，高光亮接到电话后，很快带着人来到了现场。

刘茂盛说："光亮啊，你给我解释一下，这是咋回事？"

听说环保局的人让高光亮到沙峁沟去，柱子就明白是啥事了。路上，他告诉了高光亮实情，为了图省事，二区队的区队长把一些井下水直接抽出来排到了沙峁沟。高光亮说："你们这样做，我咋不知道？"

柱子说："当时，你在国外，我把这事反映给了副董事长杨圪劳，要求处理那个区队长。"

高光亮插话道："他咋说？"

柱子说："他说，他知道了，让我不要管了，他来处理。"

高光亮问："那他是咋处理的？"

柱子回答："好像没做处理。"

高光亮不满地看了他一眼说："那你就听之任之让他继续向河道排放废水？"

柱子惭愧地低下了头。

高光亮赶到沙峁沟，看见五爸刘茂盛正带着人站在那里看着沟里流出来的污水，他走上前去，把柱子告诉他的事情经过一五一十地讲给五爸听。五爸听后，从兜里掏出烟来，递给高光亮一支，自己点燃一支，深吸一口后做出决定："立即停产整顿。"

一说要停产，高光亮有些头大，说："能不能只整改不停产，今年县上给我们矿下达的生产任务很重，一旦停了产，年底就怕完不成全年的产量了。"

五爸语重心长地说："光亮啊，做错了事就要受到惩处，这不是你一家煤矿的事情。大家都在看着呢，你让我对你开绿灯，他们会咋看？"

当着五爸的面，高光亮低下了头，算是默认了处罚。

送走环保局的人，高光亮对柱子说："回去立刻把这个开采工作面停下来治理废水排放问题，开除那个自以为是的区队长。"

在一起共事多年，柱子太了解高光亮了，以前曾经听高光亮说过，他最讨厌自以为是的女人，也不喜欢自以为是的男人。今天这句话从高光亮的嘴里再次冒了出来，看来，他是下定决心要处理那名区队长了。于是，柱子跟在他的后面没有言语。

县环保局的这一做法，让主管工业园区的主任赵成坐不住了。入驻园区的许多企业因排放不达标被县环保局挂牌，责令停业整顿，让今年县计划局给工业园区下达的产值指标难以完成。在赵成看来，刘茂盛的这一做法是有意为之，目的就是为了和他竞争副县长。他私下鼓动企业的老板们一起到县上找县长告状。

周一早晨一上班，窟野河两岸的矿长们聚集在县府大楼前状告环保局，窟野河煤矿的杨圪劳也来了。那天高光亮回去后，立刻召开办公会议，严肃处理了沙岢沟私自排水事件，宣布开除那名区队长。

虽说高光亮自始至终没有提到杨圪劳的名字，但身为副董事长的杨圪劳脸上有些挂不住了，尽管造成目前这一被动局面，被环保局勒令停产整顿的起因不在自己，但是，他毕竟是纵容了那名区队长。为了挽回颜面，他背着高光亮来到了县府门前，加入了告状的队伍。

县长一上班就被煤老板们堵在办公室，在他了解到情况后，立刻打电话把环保局长刘茂盛叫了来，和他一起与煤老板们座谈，商量解决问题的办法。

如果让县长在环保问题上表态，他也只能说环保重于天，可是从内心来说，他对刘茂盛的这一做法大为不满。面子上的话和面子上的事还得做，这就是官场，是官员在环保与GDP之间发生矛盾时的心态。

县长问刘茂盛能否有个两全其美的法子？刘茂盛回答说，近年来，他们在窟野河治理上没少给煤矿让步，限期整改，停产整顿，甚至一次比一次处罚的力度加大，可是直到现在，没有任何效果。这些个煤老板就是些蒸不烂、煮不熟的铜豌豆，任你打来任你罚，到头来依然是穿新鞋走老路，我行我素。

当着县长的面，煤老板们也很委屈，他们认为，环保问题是历史遗留问题，也不是一朝一夕就能解决的。就拿井下废水排放来说吧，多少年来一直都是排放到河道里，现在突然就不让排放了，总得有个解决的办法吧？

环保局一味地下令停产整顿，也不是个一劳永逸的办法。

正在双方僵持不下时，县长开口说话了，他说："要我看来，解决这些问题咱们还得从长计议，不能只顾一时的意气用事。我们县今年要争创全国一百强，这全国一百强不是说出来的，也不是吹出来的，是实实在在地干出来的。我看，这样吧，先恢复生产，大家也都知道，今年是县上制定的安全生产年，我们就得以生产为龙头，咱们就把明年定为环境保护年，下大力气整治企业排放问题，大家看如何？"

煤老板们异口同声地说："我们听县长的。"

刘茂盛低头不语，县长让他表明态度。刘茂盛觉得，县长是在给环保局画饼充饥，分明是在和稀泥，既解决了煤老板们面临的停产难题，又不碰触环保红线。面对县长的再次询问，刘茂盛顶不住了，看来，这次下大力气整治的结果依然是无疾而终。

于是，他表态说："我服从县长，但是保留意见。"

县长宣布："那就这么定下了，散会。"

刘茂盛从县长的语气中能够听得出来，县长对自己的表态是不满意的。不满意就不满意吧，身为环保局长得有原则性。

杨圪劳从县上回到窟野河煤矿，把县上座谈会的内容向高光亮一一做了汇报，最后他说："人嘛，都是只看眼前能够得到的利益，至于明年咋样，明年自有明年的办法，能多挣一天的钱，就多挣一天的钱，先把眼前的利益拿到手再说。"听了杨圪劳的这一番话，高光亮打内心替五爸难过，尽管眼下全国到处出现雾霾天，可真正动真格的要治理整顿时，却会遇到这样那样的阻力。五爸还是太心急了，他太想在一夜之间就把窟野河治理好，给高家河的父老乡亲和逝去的高扬威一个交代，其结果只能是理想主义者的天方夜谭。

杨圪劳继续说道："昨天几名股东找到我，提说今年矿上分红的事情，我说矿上把资金都投到液化煤项目上，恐怕今年的分红不会像往年那样多，他们就不愿意了，说让给他们一个说法，我解释了几句，可话不投机，你看他们把我的衣领扣子都拉扯掉了。"

说着杨圪劳解开西服领带让高光亮看，高光亮上前细看，杨圪劳的白色衬衣领扣果然被拉扯掉了，他甚至还能看出来就连扣眼都被撕扯开的痕迹。

其实，高光亮心里明白，杨圪劳给他看，除了想说明大家对液化煤项目投资不见成效的不满情绪外，还有一个不可告人的目的，就是逼迫高光亮辞职，他好取而代之。

高光亮仰身躺倒在老板椅上，闭目沉思了一会儿，开口说道："还是那句话，液化煤项目不能下马，不管谁来当这个董事长，只要能答应这个条件，我就请辞董事长的位子，给大家一个交代。"

尽管杨圪劳太想当这个董事长了，甚至可以说，他离董事长的位子仅有一步之遥，可是让他答应下来高光亮的这一要求，即使他坐在了董事长这个位子上，也是如坐针毡。

他当然不能答应，可是这样僵持下去也不是个事情啊。又一想，反正你高光亮引咎辞职是板上钉钉的事情，那只不过是时间上的问题，咱们就这么耗着吧，等耗到年底开股东大会时，自然会有那些拿不到红利的股东们出来闹腾的。

三十二

茂雄老汉坐在自家院子里的那块青石板上，一边抽着他的旱烟锅子，一边在脑子里幸福地盘算，现在的日子就像活在天堂里一样，照目前的花销看，家里的积蓄到孙子那辈子也花不完，去年，他在原来的窑洞上加盖了一层平房，他还记得高扬威活着的时候，有一次，和五弟茂盛来家里吃炖羊肉喝烧酒，看到房子后说："下面是中式窑洞，上面是西式平板房，土洋结合，看来，你茂雄老哥的思想还很超前哩！"他和五弟听后都哈哈大笑。如今高扬威驾鹤西去，在茂雄老汉的心目中，高扬威是不会死的，他是高家河的半个神仙，怎么可能死呢？他这是升天做神仙去了，在人世间，高扬威算得上半个神仙，升了天那就是一个神仙了。

在装修房屋和拾掇院子时，茂雄老汉让人把院子里所有杂物都收拾了起来，唯独这块青石板他没有让人挪动。在他的印象中，这块青石板比他的年龄还要大，据说，他的祖上在民国时期搬过来时就有了，留下它是让他见证一下时代的变迁，同时，也见证一下茂雄老汉一家人从贫穷走向富裕的过程。

正当茂雄老汉美滋滋地坐在青石板上遐想他的晚年美好生活时，金强的婆姨艳玲眼睛哭得通红地回到家中，她向公公哭诉说，内蒙古新城的房地产一夜之间崩了盘，银强投资的那家房地产公司的老板昨天晚上跳楼自杀了，连累到二弟银强。现在银强公司门前挤满了急于讨债的人，二弟银强早已跑得不见踪影，县上所有在他那儿集资的人都疯了似的四处在找他。他的公司看来是要倒灶了，她和红花投进去的钱，她的父母、兄弟姐妹、亲戚、同学、朋友投进去的钱，还有公公、婆婆投进去的钱，全都打了水漂，完蛋了。

乍一听到儿媳的哭诉，茂雄老汉还没有从沉迷于美好的遐想中缓过神来，婆姨艾玉琴就从外面跑了回来，她一脚门里一脚门外地哭号起来，边哭边号道："天大大呀，天爷爷啊，二小子这个倒运的灰汉是不叫他的娘老子好活了哟！你们说，我这是前辈子作下甚孽了，生下这么个灰汉。"

直到这个时候，茂雄老汉才猛然惊醒过来。他的大脑飞快地转动，眼前出现了无数张花花绿绿的人民币票子。它们伴着漫天黄沙，在大风中，从窑洞里、院子里、二层的平板房中飞出了家门。他想站起来去追赶它们，可是腿已经不听使唤了；他想伸手去抓住它们，可是手已经不管用了，只有大脑还在那里飞速转动。他很快想到艾玉琴投到二小子银强公司的钱数，并且很快计算出来，连本带利应该是多少钱？三百六十万，整整三百六十万啊。茂雄老汉眼冒金星，在他看来，那不是金星，是红色百元的人民币，是伟大领袖毛主席的画像啊！一辈子自信，甚至自信到了自以为是的地步的茂雄老汉，此时此刻，突然被他的自信击垮了。他想起死去的高扬威曾经对他说过的一番话语。一次高扬威和五弟刘茂盛来家里喝酒，茂雄老汉端起酒杯自豪地对两个人说："现在的日子好过了，人就像生活在天堂一样啊！"

五弟听了他的话默不作声，像是有什么很深的心思似的，高扬威举着酒杯说："这钱啊，来得容易，去得就快。"

当时，他还不以为然，觉得一辈子都神神道道的高扬威是在装神弄鬼，现在想来，天妒英才，高扬威真就是高家河方圆一百里内的半个神仙啊。

感叹至此，想到自己如今除了这一栋豪华的别墅外，又和十年前一样，兜里一文不名，再次成了穷光蛋。

他的眼前一黑，感觉嗓子发咸，不等他的大脑反应上来，一口鲜血哇地从嗓子眼儿喷了出来，紧跟着双眼紧闭，一头栽倒在祖上留给他的那块青石板上，不省人事了。

内蒙古新城房地产资金链崩盘的消息，是昨天晚上从网上传出来的。当时，银强还在省城，他正搂着他的行政女助理在一米八的豪华大床上睡大觉，留守在县上的房娥打来电话，说有投资人来到公司，询问他们的本金何时能够退还。

银强问："他们没有说原因吗？"

房娥说："他们说，内蒙古新城出事了。"

银强问："出啥事了？"

房娥说："我也不知道，不过，他们说是在网上看到的。"

银强听了并没有在意，网上传的大都是谣言，他让房娥不要理他们，就说老板不在。

挂断电话，银强对身边的女人说："咱们继续。"

银强的手机铃声再次响了起来，他光着身子下了床不耐烦地拿起电话，看到是公司在内蒙古新城的办事处主任打来的，于是接起电话问："这么晚了有什么事情不能明天说？"

对方口气急切地说："刘总，事情紧急，咱们投资的那家房地产商的老板跳楼死了。"

银强正在打电话的手一抖，差点儿把手机掉到地毯上，他说："你说什么？再说一遍。"

在听清楚了对方重复的话语后，银强刚才缠绵缱绻的心情一下子便烟消云散了。然而，他并没有感到措手不及，因为他早已经预料到，这是早晚会发生的事情，只是来得突然，提前又没有什么预兆。

近一年来，由于煤炭市场持续走低，泡沫经济的水分日渐突显，直接影响到内蒙古新城的房地产开发的资金投入，在银强的预计当中，这场危机的爆发是迟早的事情。

他问道："这事是什么时候发生的？"

电话那端说："听这边公安上的朋友说，事情发生在昨天晚上八点来钟，警察去了现场，据说，他是先报了警后才跳的楼。"

银强有气无力地说了一声："知道了。"

挂断电话，想起房娥刚才打电话过来说，有人打问此事，消息传得真快啊。

于是，他又给房娥打电话，让她立刻安排财务人员把公司的资金全部转到省城这边的账户上来。

房娥说："那可是上千万资金呢！"

银强不耐烦地说："叫你转照着做就是了。"

放下电话，看到身边的女人一副冷漠的表情，知道一定是自己在这个节骨眼儿上给另一个女人打电话，惹她不高兴了。争风吃醋是女人的天性，他再次钻回温馨的被窝里哄她高兴说："明天送你一条纯金项链……"

房娥接到银强的指令后，知道这一天终于要来了，她早已斩断了和银强这个负心汉同舟共济的心思，银强每周末都要乘飞机去和女助理约会的事情，她是了如指掌。

自从银强任命那个女人坐上办事处的行政助理后，身为办事处负责人的包主任就把此事告诉了她。包主任自有他的打算，银强在办事处安排一个女行政助理，除了好色的原因外，让他隐隐感觉到这是银强对他的不信任，等于给他身边安插了一个耳目。他之所以告诉房娥，就是想让房娥闹上一场，好把这个女人从办事处赶走。

他清楚，如果让这个女人在自己身边，自己以前装进腰包里的黑钱，早晚会被她发现，一旦被她发现，刘银强还会让自己继续当这个办事处主任吗？

答案是肯定的：不会！

因此，他必须得把这个女人从办事处赶出去，为了达到这一目的，房娥就是为他所利用的最佳人选。当然，他也知道，有过和几个老板往来经验的房娥也不是等闲之辈，自从房娥知道银强在外面有了女人后，她一直按兵不动就是证明，她在等待时机，那她在等待什么时机呢？包主任并不知晓。

让房娥等待的时机终于到来了，她已经预感到银强的公司即将崩盘，她必须得为自己考虑了。一大早，房娥安排财务上的人在网上把资金分批转了出去，同时，她也给自己的户头上转了一笔二百万元的现金，这是刘银强当年答应她用身子从杨圪劳那儿交换来的。尽管刘银强这么些年下来，前前后后加起来也给了她一百来万的实物和现金，可是，她拿到手的是实物居多，她需要更多的是现金。

人不为己，天诛地灭。她这也是在用青春换未来，不得已而为之，等到了人老珠黄青春不再的年龄时，她拿什么来养活自己？

房娥盯着财务上的人一笔笔转出资金，这也是她为刘银强这个负心汉做的最后一件事情。

看到所有资金随着财务人员灵巧的手指敲击着键盘被转了出去，她这才走出公司所在的酒店大楼。她看到酒店大楼外面已经有投资者开始在那里聚集，心想，用不了多久，公司就会被这些愤怒的投资者围个水泄不通。

房娥开着车拿着现金支票，分三次在不同的银行取出来二百万元现金装在车上，然后，她关掉手机，拔出手机卡，把它扔进水沟，潇洒地说了声："树倒猢狲散喽。"从此人间蒸发。

当那些前来讨债的人把刘银强的公司包围起来，找他讨说法时，他们这才发现，刘银强的小额贷款公司的核心人物早已消失，只剩下那些打工的下属还在等着向老板讨薪。

接下来，一个更大的惊天秘密又被曝光出来。当投资人拿着刘银强给他们许愿所投资煤矿的复印件手续，到内蒙古相关政府查询时，这才发现，一切都是子虚乌有。那些煤矿审批手续原来都是刘银强制作出来的假文件。他们唯一能够摸得着、看得见的实物就是那些崩盘了的期房。他们迅速到公安局报案，状告刘银强诈骗。

与此同时，刘银强关掉了手机，开始了他早已预料到的逃亡之路。

三十三

郑媛从上海虹桥机场的出口一出来，一眼就看到了身材高挑的大学同学亚丽，她正在那里押着细长的脖颈四处寻找自己。亚丽在学校时同学们都喊她长颈鹿，大学毕业后，亚丽分配到了上海，郑媛继续在北京攻读她的研究生学业。时间过得真快呀，一晃六年过去了，看到亚丽那细长的脖子，郑媛会心地笑了，已是孩子妈的她还是上大学时那个老样子，喜欢抻长脖子四处张望，仿佛有那么多好奇的事情等待着她去了解似的。

当两个人的眼光同时对在一起时，亚丽兴奋地用上海普通话大声喊她："媛媛，媛媛，这么些年过去了，我看你一点儿没变，还是那么年轻漂亮，光彩照人。"

郑媛放下手中的行李，和正在张开双臂欢迎她的亚丽热情地拥抱在一起，说："你也没有太大的变化，还是大学时代那个老样子。"

快人快语的亚丽说道："你不要取笑我好啦，自从生了孩子，感觉一天比一天苍老了，你看我这脸上。"

说着她把脸庞从郑媛的肩头挪开，和郑媛面对面近距离相视，继续说道："你快看看我这脸上的蝴蝶斑，早已没有学生时代那般鲜嫩光滑。"

不容郑媛开口，亚丽又说："我看你倒是没啥变化，还在读博呀，这人啊不能走向社会，都说社会是个大染缸，一旦跳进去就会被染成甜面酱，洗都洗不白的。"

郑媛细看她的脸，果然在扑了薄粉的面妆下，看到了亚丽生孩子时留下的雀斑的印痕。不过，在亚丽精心打扮下，不是近距离地细看，是看不出来那些活跃的小雀斑的。

直到这时，郑媛才插上嘴说："哪有啊，你还是以前那个老样子，快人快语，说话像打机关枪。"

亚丽说："我们上海人都是这个样子啦，说话快，像爆豆子，改不了的啦。"

两个人说着走着，很快来到了停车场，来到亚丽的红色宝马车前，放好行李上了车。等车子一开动，亚丽又打开了话匣子，她给郑媛讲她的上海老公，讲她老公眼下正在做商贸生意，一年也有上百万元的收入；自己在政府部门做一个小职员，每天上下班接送孩子上学，属于典型的大都市里的小市民生活，过着平凡得不能再平凡的小日子。

又问郑媛，这么多年不见过得如何？不等郑媛开口，亚丽看到前面十字路口的红灯，便把车停了下来，嘴里继续说道："上海的交通就是这个样子，每天上下班都要等十个八个红灯，真烦死人了。"

紧接着她又给郑媛讲她的孩子，她的孩子叫小宝，是个男孩，又聪明又调皮，长了一头卷发，像个中国洋娃娃，在幼儿园里经常问老师，这个为啥？那个为啥？老师们都很喜欢他。

一路上郑媛只是在听她讲话，心说，这个家伙和上学时没啥区别，依然是一个话痨。

大学时期，两个人住在同一个宿舍的上下铺，一到周末，反正第二天不上课，亚丽就从上铺下来钻进她的被窝，两个青涩的女孩子凑在一起，有着说不完的悄悄话。当然一般情况下，是亚丽的嘴巴说得多，郑媛的耳朵听得多。

亚丽说："媛媛，你这次来上海就不要住宾馆了，住我家吧。"

郑媛说："还是住宾馆吧，住在你家，你有老公又有孩子的，怕不方便。"

亚丽道："有啥不方便的，就跟在自己家里一样，我们住的是复式楼，上下二层，给客人有专门的客房住。"

来到亚丽家中，偌大一个家里面空无一人，亚丽解释说："今天是周末，孩子去他爷爷家了，老公忙着应酬，恐怕要到半夜才回来。上海这个地方就是夜生活丰富，你今天刚到，一定累了，先休息一天，等到明天晚上我陪你去外滩。"晚上吃罢饭，两个人坐在电视机前聊天，直到这个时候，亚丽才问到郑媛有对象没有，郑媛摇头。

亚丽说："是不是我们的大美人太挑剔了，这女人一过三十老得太快了，要我说，你还是快快找一个吧。"

不等郑媛开口，亚丽又说道："对了，你看我这记性，听你说过，你好像在黄土高原一家煤企做课题研究，咋样了？"

郑媛回答："还在做，不过，我现在在一家煤老板的企业做总工。"

亚丽说："到处在传煤老板一夜暴富的故事，我听人讲过，很传奇的啦，你讲讲，咋个传奇？"

于是，郑媛就给她讲那里的人和事，讲民歌手高扬威把自己分到的上百万元钱如数拿出来，育林治沙；讲刘银强一夜集资近亿元到内蒙古鬼城投资期房；讲黄原煤矿的循环经济；讲煤老板高光亮的成长历程，以及投入五个亿资金搞液化煤项目的胆识和魄力。

讲到这里，郑媛的眼眶中噙着泪水。

亚丽被在那片土地上发生的传奇故事吸引和感动，当听到郑媛讲煤老板高光亮的故事时，亚丽看到郑媛的眼睛里闪烁出兴奋的光芒，她问："你是不是爱上这个凤凰男了？"

亚丽的问询让郑媛的心里咯噔跳了一下，她从来没有认真想过这个问题。不过，高光亮这个人时常在她的脑海里影影绰绰地闪现，于是回答亚丽："人家是有老婆的人了，老婆和他既是青梅竹马的发小，又是同他一起患难与共过来的。"

亚丽说："那又咋样？爱情面前是没有道理可讲的，爱上了就大胆地去追。"

郑媛说："那样做是不道德的，我不会去做他们中间的小三的。要说爱还谈不上，喜欢倒是有一些的。"

后来，两个人就靠在一起，小声讨论关于爱情与情爱这两个话题，亚丽以过来人的身份告诫郑媛："一个男人爱上一个女人，都是从性爱开始的；一个女人爱上一个男人，却是从把身子给了他那一天开始。男人是水性杨花的多。女人则是从一而终的多。我现在算是看明白了，老话说的，嫁汉嫁汉，穿衣吃饭，才是真理。"

郑媛认为，作为女人首先应该自强自立，不能把自己的一生托付给男人活一辈子，合则聚，不合则分，即使你和他有过一夜的激情，那也不能说明什么问题。在中国的传统中，女人永远是男人的附属，大多数女人都想找一个高富帅的男人，一辈子过着衣食无忧的生活，也许别的女人会这么想，而郑媛却不这么想。

要说她对高光亮的感情，还仅仅停留在不讨厌他的层面，最多也就是喜欢，还谈不到爱情上。

亚丽说："我听你说这话的语气，是不是和他有过肌肤之亲了？"

郑媛感觉到脸上发烧，不高兴地说："你是我肚子里的蛔虫啊？"

亚丽笑着说："我和你在一起闺蜜四年，还能猜不出来你的小心思呀。"

郑媛说："那也不能说明什么，一时的感情冲动也是有的。"

亚丽说:"你和在学校时的思想一样,没啥大的变化,还是很西化,不过,如果有一天你要是真的爱上那个凤凰男了,看你咋办?"

郑媛坚决地说:"不会有那一天,我这次来除了做液化煤推广宣传和市场调研外,还有一件事情,我已接受了日本一家环保公司的聘请,这次来,就是到他们设在上海的分部接受面试,如果面试成功,我打算去日本工作。"

两个人谈到这里,关于爱情与情爱的话题暂时告一段落,她们不再继续下去这个话题,一个未婚女人和一个已婚女人在一起谈爱情,自然是各有各的看法。

亚丽说:"你现在还算专业对口,我在大学时学的那些个元素表和分子式,现在是一点儿也用不上。这女人啊,早晚有一天都要成为家庭妇女。好的啦,咱们言归正传,你来上海做液化煤技术推广或许我能帮到你。"

"我公公就是做房地产开发的老板,最近他们在郊县开发了一座楼盘,也不知他们那座楼盘的供暖中心有下家没有?"

郑媛说:"近年来,煤炭价格持续下行,一些小型煤矿都已陷入停产和半停产状态,我这次来,就是想通过液化煤项目的技术推广,消化掉我们矿上一半以上的原煤产量。国外的煤化工企业一年要消化掉百分之八十的原煤产量,这是煤炭未来发展的必然趋势。"

亚丽说:"好的了,好的了,一谈到你的专业就滔滔不绝,咱们还是聊聊小女人之间的悄悄话吧。"

周一上午,郑媛来到正在建设中的闸北工业园区找到了管委会的李主任,李主任是她的导师李教授的学生,郑媛在做了自我介绍后,和李主任谈起了她此行的目的,就是调研液化煤给工业园区供气供暖的可行性。

郑媛向李主任介绍了使用液化煤的主要特点和功效后,说道:"我给咱们工业园区算一笔大账,如果开发区使用我们的液化煤产品,与使用同类型的天然气相比,一年可以节约近百万元的资金,十年下来,就可以节约出千万元来,它在园区未来的环保和可持续发展上,都会起到事半功倍的成效。"

李主任在看了资料后说道:"听你这么一说,看来这是个不错的选择。不过,要上这么一个大型集中供暖中心,我们还得考虑前期的投入。你也知道,政府给我们划了一块地,说是要搞工业园,吸引国内外的企业进入园区,可是却没有给多少资金,现在就连七通一平都还有不小的资金缺口,这个供暖中心如今还只是一个画饼充饥的规划。"

为了表达地主之谊,晚上,李主任请郑媛在闸北开发区新开的一家酒店吃饭。李主任向郑媛介绍前来一起吃饭的人,在一大桌人当中,郑媛只记住了四个人,一位是闸北区环保局的局长,一位是一家大型连锁超市的总经理,一位是给这家酒店供应海鲜的广东人,还有一位是李主任的办公室主任,郑媛一一和大家握手。酒席当中,超市经理的一番话引起了郑媛的注意,她听到超市经理对李主任说:"只要你把地划给我们,其他的事情都由我们来做,比如,超市建设、经营管理等,你们管委会只管定期收管理费就是了。"

又听那个卖海鲜的广东人插话说:"我们和这家酒店也是这种合作模式。"

郑媛好奇地问:"咋合作?"

广东人说:"就是我们负责给酒店供应海鲜,酒店负责给我们提供地方,让我们把海鲜池在酒店建起来,说得简单一些,就是把海鲜超市开到酒店里来。"

饭桌上大家的闲聊让郑媛对液化煤市场开发有了一个新的思路。

回到亚丽家中,郑媛给高光亮通电话,介绍了这边的情况,并把她的市场推广计划向高光亮做了详细说明。

经过短暂思考,高光亮在电话那端说:"你可以和李主任谈谈你的想法,先听听他的意见。"

电话里传来粉花的声音:"这么晚了,给谁打电话呢?"

对方挂断了电话,郑媛低头看表,已经过了零点,心想这会儿给他打电话是晚了点儿,同时,在她的心中,仿佛有一条蚰蜒蠕动出一缕淡淡的失落。

亚丽的孩子早已睡了,亚丽告诉她,老公去南京谈生意了,晚上不回来。

郑媛便拿出给孩子买的礼物,亚丽说:"你这是干啥?"

郑媛道:"我自作主张,以后我就是小宝的干妈了,给孩子一份礼物也是应该的,就算是见面礼。"

窟野河 |

亚丽打开包装，看到是一艘价值不菲的航模飞船，亚丽说："这孩子就喜欢摆弄这些玩意儿，他一定会非常喜欢的。"

郑媛是昨天在闲聊中听亚丽说起过孩子的爱好，这才在商场买下它的。

亚丽告诉郑媛，她已经和她的公公说好了，明天上午让郑媛到她公公的办公室见面。

亚丽说，她问过了，他公公的那座楼盘的集中供暖项目还没有确定下来，他们原本是打算上天然气的，看了亚丽传过去的资料后，对他们的液化煤项目很感兴趣。

郑媛听后很高兴，在谢了亚丽之后，累了一天的她便回客房休息去了。

在亚丽的帮助下，郑媛与亚丽公公的房地产开发公司的谈判进展非常顺利，双方可谓是一拍即合。

不管在中国大地的任何地方，"熟人好办事"这句话永远是一个颠扑不破的真理。当然，对于房地产开发商来说，有人愿意主动出钱为他们投资建设供暖中心，并且和他们共同经营，红利按比例分成。他们一分钱不出就把供暖中心建起来了，何乐而不为呢？郑媛计算，这样一来，仅一家楼盘的供暖中心，每年就可以消化掉窟野河煤矿近百万吨的原煤产量，如果能够形成一个液化煤管网，在本地推广，市场前景真的是不可限量。同时，也一劳永逸地解决了一直困扰着他们的液化煤产品因技术含量不高，会被其他竞争厂家采用低价倾销策略取而代之的威胁。

郑媛来到了闸北区工业园李主任的办公室，当她把与房地产开发商合作的思路告诉李主任后，李主任觉得她的这一思路很有创意，于是叫来办公室主任，让办公室组织各部门开会研究双方合作筹建供热中心的可行性。

参照与房地产开发商的运作模式，双方很快达成了一个意向性协议，其内容大致是：管委会和液化煤厂联合成立股份公司，共同组建闸北工业园集中供热供气项目，管委会负责划出一块土地，作为实物投入，交给液化煤厂使用，使用期为三十年，其集中供暖项目的建设资金由液化煤厂投入，建成后的供暖中心由液化煤厂负责经营，收取的民用供暖和工业用气费用，双方按投资比例分成。

郑媛带着这两份草签的意向书，在华东继续她的液化煤市场推广业务。

三十四

  县委书记和市委组织部的一位副部长找刘茂盛谈话。两个人在肯定了刘茂盛在县环保局任上做出的突出成绩后,他们的话锋一转,县委书记说道:"茂盛同志,根据组织考查和群众的意见反映,组织上认为,赵成同志在开发区工业园的建设当中,为县上连续多年的 GDP 增长立下了汗马功劳,市县领导和组织部门经过认真考查,决定让赵成同志担任副县长一职。"

  市委组织部副部长接过话茬儿说道:"我们对你在环保方面的工作也做出了中肯的评价,决定把你调到市环保局担任副局长一职,你有什么意见没有?"

  刘茂盛清楚地感觉到,自己这是被明升暗降了,市环保局已有六个副局长,以自己到局里的时间和资历,只能排在第七位,成为市环保局的第七副局长,也就是一个闲职,他是明显地被挂了起来。

  同时,他也清楚,窟野河的治理暂时告一段落。

  看来一切都是木已成舟,组织上找他谈话,无非是走个过场,有意见也只能是保留。想到此,刘茂盛痛快地回答道:"我服从组织上的安排。"

  进入腊月,陕北北部高原到处都是千里冰封,万里雪飘的景象。

  一大早起来,天空飘下纷纷扬扬的大雪,看这情形,雪还要继续下下去。

  高光亮望着被冰雪覆盖着的窟野河,黑色的河床已经被白色的大雪所覆盖,与两岸的河堤,还有远处的山峦组成浑然一色的整体。

  如果不是高低落差形成的反衬对比,人的眼睛很难分辨出哪儿是河道,哪儿是河床,哪儿是河堤。

  高光亮从矿部走出来,嘴巴里、鼻孔里呼出一缕缕白色的呵气,他搓着双手沿着被厚厚的积雪覆盖的道路,深一脚浅一脚地向前走着,在他的脚下,积雪发出咯吱咯吱的响声,仿佛是山里的拦羊汉唱信天游时挑起的尾音。

  自从三爸离开人世后,已经说不清多少次,内心孤独的高光亮总是鬼使神差地

窟野河

在这条通往三爸的窑洞的路上走过，到底为了啥？连他自己也不能说清楚，每当遇到困难，或者是碰到在思想中解不开的难题时，他都会不知不觉地走上这条道路。

眼望着被白雪映衬得棱角分明的山峦沟壑，他的脑海里不断回忆起过去的岁月。记得当年与杨圪劳竞争，他终于承包下这座煤矿时的情景，好像外面也是下了一场大雪。他和粉花一前一后来到矿上，那个时候的窟野河煤矿还叫乡办矿，当时乡办矿的规模，按照时下的说法就是一座小煤窑。

两口子眼瞅着一片凄凉的煤矿和黑洞洞的黑口子，当地的人把矿井口叫黑口子，他们都傻了眼，东挪西凑好不容易攒够了钱，买来的就是这么一个黑口子。

粉花望着眼前一片白花花的积雪，胆怯地问他："光亮哥，你说咱俩是不是胆子太大了？"

高光亮也有同感，但是，在年轻的婆姨面前他不能表现出胆怯来，他学着电影《列宁在一九一八》中瓦西里的语调乐观地给她打气说："面包会有的，牛奶会有的，一切都会有的。"

那个时候，夫妻同心。他们只有一个信念就是往前冲，哪怕前面是刀山火海，是沟壑崖畔。因为他们知道，他们已经没有退路了，他们必须向前，向前，再向前！

就是在这样的苦日子下，他们都一天天地熬过来了，终于把乡办矿建设成了现代化的窟野河煤矿，又在激流勇进中，把窟野河煤矿发展成了集电力、煤化工、建材为一体的集团化企业，他不怕困难，更不怕艰苦。

高光亮的双脚一边踩着咯吱咯吱的积雪向前迈进，一边在脑海中思考着答应年终给股东们一个说法的时间在一天天地逼近，直到现在他也没有想出更好的办法。他一步一步艰难地在大雪中行进，很快便走到了窟野河与高家河的交汇处，汗水浸湿了他的内衣，一股潮湿的气息贴着他的脊梁从后脑勺儿冒上来，让他情不自禁地打了一个寒战。抬头看去，三爸活着时精心培植出的一排排杨树和柳树上挂满了霜花，仿佛是三爸手里举着无数个拦羊的鞭子站在那里望着自己，冥冥之中，三爸的魂灵在告诉自己：不管任何时候，都要挺起脊梁做人。

就在这一时刻，他下定了决心，他决定不辞去董事长职务，迎难而上，就是再苦再累再难，也要把液化煤事业继续干下去。

随着煤炭市场持续下行，开采出来的原煤卖不出去，液化煤产品市场开发推进缓慢，大笔的资金投入眼瞅着打了水漂，企业经济效益开始下滑，股东们的不满情绪在一天天膨胀，高光亮答应给股东们一个交代的日子一天天逼近。

在杨圪劳背地里的煽动下，股东们群情激愤，都在找高光亮讨说法，看来高光亮只有引咎辞职了，等到高光亮辞去董事长的位子，杨圪劳就是新董事长的不二人选。

杨圪劳早已想好，一旦等到自己坐上了董事长的位子，就赶紧将液化煤厂项目下马，不能再往里面砸钱了。至于窟野河煤矿的未来，他早已做好了打算，与液化煤厂一起对外进行拍卖，把拍卖下的钱清算后分给股东，皆大欢喜。

自从高光亮的小舅子刘银强把他坑了一把，一千万元的投资至今只收回了三百万元的红利，剩余的七百万元看来是没有收回来的希望了。堤内损失堤外补，窟野河煤矿就成了他挽回损失的希望。

年跟前，高光远来到窟野河煤矿找到高光亮，寒暄过后，高光远开门见山地说："副省长看到了你给他写的信，他对你的印象非常深刻，对你的评价很高，说你是一个会唱信天游民歌的开拓型的煤老板，他打电话给我们华源公司董事长，提出了搞混合经济的思路。"

高光亮不解地问："甚是混合经济？"

光远解释说："混合经济就是国有企业和民营企业共同合作，以股份制形式出现的一种相互依存，又相互监督的实体经济运行模式。"

高光亮哦了一声，他还是有些似懂非懂，心想那与我有甚相干。

光远继续他刚才的话题说道："我们董事长在知道你和我之间的关系后，特意安排我来与你沟通，你想过与我们国有企业合作，走混合经济道路这种新的经济发展模式没有？"

高光亮老实地摇摇头。光远说："就是与我们合作，吸引国企资金投资入股你们的企业。"

高光亮问："那你们打算怎么个合作法？"

光远说："我们可以给正在面临困境的液化煤厂注入资金，我们已经考察过了，你们的液化煤项目当前面临的困境是受投资规模影响，才出现亏损的局面，如果加大投资力度，上二期工程，扩大生产规模，使液化煤厂立足陕北煤田，辐射全国市场，从而产生出规模经济效应，就可以解决当前煤炭市场下行，原煤滞销的难题。同时，我们还考虑利用工业园的土地与王工程师他们合作，用窟野河煤矿的原煤进行煤制油项目开发。"

高光远提到煤制油项目，高光亮想起三年前王工程师曾经找过他，他也打算和王工程师合作，可是因为资金方面的困难，才没有答应与他合作，现在想来，还很是遗憾。

现在听光远一说，高光亮的心里豁然开朗，他说："光远兄，如果你们国企能与我们合作，为了液化煤事业的发展，我甘愿让出董事长的位子。"

光远笑道："窟野河煤矿的循环经济和液化煤项目是你老弟一手搞起来的，这个总经理还得你来当啊。"

郑媛带着起草好的市场营销方案来到了矿上找高光亮，门卫说："高总去了窟野河边。"

于是，郑媛踩着积雪来到窟野河边，看到岸边一条小路上有两行清晰的脚印延伸向前方，踩着脚印前行，很快便来到了高扬威生前植树造林的苗圃，远远看见高光亮和粉花两个人一左一右并排走在沙峁上。

在一片白色苍茫的积雪下，高光亮拉着妻子粉花的手向前走着。郑媛停住了前行的脚步，驻足望着他们的背影。

她没有前去打扰他们，在她的潜意识中，这里属于他们的世界。

在这片荒芜的高原上，曾经流下了他们先祖的汗水，流下了他们自己的汗水，也必将留下他们后代子孙的汗水……

泪水沿着她的脸颊流了下来，她对自己说，郑媛啊，你原本就不属于这片土地，这片土地永远属于他们，他们是这里永远的主人。

回到办公室,她打开电脑,坐在电脑前写下一份辞职信,把信和开发液化煤市场的营销方案一起放在了她的办公桌上。之后,她在厂里要了一辆小车带上行李去了飞机场。

一架银灰色的飞机在晴朗的天空划出一道优美的弧线,于一片白色苍茫中飞向远方。

2015 年 4 月 21 日清晨完稿于黄陵矿业宾馆